La vita (non così) superficiale di Mia

di Mathias P. Sagan

[handwritten: Jay, The Italian version! Thanks again! xoxo J.]

Traduzione: Dalia Nobile
Edizione italiana a cura di: Alessandra Magagnato

"La vita (non così) superficiale di Mia"
Copyright © 2017 Mathias P. Sagan
Traduzione: Dalia Nobile per "Francy and Alex Romantic Dreams"
Edizione italiana a cura di: Alessandra Magagnato
ISBN: 978-1542826150
Tutti i diritti riservati

Informazioni sul libro che avete acquistato

Questa è un'opera di fantasia. Nomi, personaggi, luoghi e avvenimenti sono il prodotto dell'immaginazione dell'autore o sono usati in modo fittizio e ogni somiglianza con persone reali, vive o morte, imprese commerciali, eventi o località è puramente casuale.

Cover Artist: Jay Aheer, Simply Defined Art 2015

AVVERTENZE:

La riproduzione o distribuzione non autorizzata di questo prodotto, protetto dal diritto d'autore è illegale.

Tutti i diritti riservati. Nessuna parte di questo libro può essere riprodotta o trasmessa in alcuna forma né con nessun altro mezzo, elettronico o meccanico, incluse fotocopie e registrazioni, né può essere archiviata e depositata per il recupero di informazioni senza il permesso scritto dell'Autore, eccetto laddove permesso dalla legge. Per richiedere il permesso, e per qualunque altra domanda, contattare Mathias P. Sagan al seguente sito internet: http://mathiaspsagan.wix.com/auteur

TRAMA

Ciao a tutti!
Sono Mia e ho una vita perfetta. Sì, dico sul serio. Ho 27 anni, vivo con il mio gatto, ho un lavoro da sogno, un amante perfetto, un bellissimo appartamento e, tutto, ma proprio tutto quello che ho desiderato durante la mia infanzia si è avverato! Sì, è proprio così, ve lo assicuro.
C'è da dire però che il mio gatto è un mostro che preferisce fiondarsi dalla finestra della mia micro cucina, dell'altrettanto micro appartamento, e il mio lavoro da sogno non è altro che un semplice lavoro di segretaria. Il mio innamorato? Dite piuttosto il mio migliore amico, che è gay e ha il coraggio di fare sesso con tutto ciò che si muove. Sapeste quanto mi fa ingelosire la cosa. E non sto qui a parlarvi della mia famiglia, che non supporta il fatto che io sia ancora nubile, anche se i miei ovuli sono perfettamente fecondabili...

RINGRAZIAMENTI

Quando ho iniziato a scrivere mi dedicavo esclusivamente ai romanzi M/M. Solo che mi piacciono le sfide.

Nella vita uno deve eccedere e per eccellere, deve puntare sempre più in alto. Ed è quello che ho fatto con questo libro.

Nel mese di dicembre ho avuto una sorta di scambio divertente con un lettore. Così, senza nemmeno rendermene conto, nella mia mente è comparsa Mia. Mentre ero in un periodo di vacanza, ho iniziato a scrivere la sua storia. Ho riso moltissimo durante la stesura del manoscritto, ma questo romanzo è stato anche una tonificante fonte di dubbi, in particolare sul suo contenuto: cosa sono disposto a fare? I lettori come reagiranno? Riuscirò in questa sfida o, al contrario, mi pianteranno in asso? Tante domande mi hanno afflitto, ma alla fine sarete voi lettori a giudicarlo.

Questa storia è un modo per parlare della libertà delle donne, la libertà di voi, signore, di incarnare con umorismo quello che la vita vi dà, e soprattutto per ricordare che a volte le apparenze ingannano. Spero sinceramente che vi piacerà e, se sarà così, significa che il mio tentativo non è un stato un fallimento.

Come un caro ricordo, un vecchio ritornello, desidero ringraziare ancora una volta tutte le mani che hanno gentilmente partecipato a questo progetto. I proofreader, i beta reader, ma anche le persone che hanno letto i primi capitoli della storia, che avevano il compito arduo di dirmi se questo mio progetto era degno di essere completato. L'entourage è stato numeroso e indispensabile. Avete partecipato a questo lavoro, e vi ringrazio molto.

Ringrazio anche la mia famiglia. Mio marito in primo luogo, naturalmente, dal momento che supporta sempre entrambi. I miei amici della rete. E, infine, questa famiglia di sangue e di cuore, che è costantemente presente nella buona come nella cattiva sorte.

Per finire, voglio ringraziare voi lettori e lettrici per aver acquistato La vita (non così) superficiale di Mia in cartaceo o digitale, condividendo i vostri pensieri con me o sul web, per dare a questo libro la possibilità di vivere attraverso nuovi lettori. Mi ripeto, ma insisto: un autore non esisterebbe senza i suoi lettori.

Grazie!

CAPITOLO 1

Sì, è deciso, oggi smetto di fumare!

È domenica, è una bella giornata, fin troppo per il mese di maggio, e io mi sono alzata all'alba. Eh sì, perché svegliarsi alle undici del mattino, nel giorno del Signore, è proprio da considerarsi tale. In più, ho deciso di cambiare vita.

Ma la sfortuna si abbatte su di me, appena vedo il telefono lampeggiare. Conoscete quella piccola luce in alto che appare sui BlackBerry? Ebbene, eccola là, l'apparecchio mi segnala l'arrivo di una e-mail.

Se solo in ufficio ci avessero proposto un iPhone, ora non avrei visto nulla. Ma no, ci hanno fatto acquistare questo marchio proprio per le e-mail istantanee. E io non ne ricevo mai! Ah, avrei voglia di tirarmi il piumino sulla testa e risvegliarmi solo al momento di andare al lavoro. Sì, in quel posto dove vado a guadagnarmi un tozzo di pane, che non mi permette di comprarmi quello che voglio e, cosa ancora più importante, un posto che provoca tutta la mia rabbia.

È una cosa ben nota: al lavoro, c'è sempre qualcuno migliore di voi. E credetemi, quando parlo di "qualcuno", mi riferisco solo a *una ragazza*. Quella più bella, più alta, più... tutto.

Nel mio ufficio, questa ragazza è Morgana. Viene da quella sua marcia Inghilterra, dove tutti sanno che piove sempre e gioca a fare la gran dama solo perché il suo fidanzato o, per meglio dire, il suo amante maturo, è parecchio ricco. Quindi ci omaggia della sua presenza nel nostro splendido ufficio, solo per dare un senso alle sue giornate e non per vera necessità. Ma sul serio? Se avessi un uomo simile mi comporterei come le protagoniste di "Casalinghe Disperate", girerei per negozi e mi divertirei a ordinare alla donna delle pulizie di sfregare meglio il parquet. Ah, Gabrielle Solis, vieni a me! Però non voglio un Carlos accanto a me. No, no di certo. Ma avete notato quanti peli ha? Basterebbe una strusciata e avrei bisogno di un gommage totale. Invece avrei bisogno di un Andrew Van de Kamp. Lui sarebbe perfetto. Giovane, fisico piacevole, glabro e ben dotato dalla natura. Dovrebbe avere quel qualcosa in più che mi faccia arrampicare sulle tende o contorcermi sulla moquette, quando avesse voglia di provare delle nuove posizioni. Ah, sento già la schiena dolermi per colpa del pavimento… Cosa? Sì, lo so che è gay, e con questo? Non ha ancora incontrato la donna perfetta, tutto qui. Non mi conosce! È solo questo.

Bah! Scusate mi sono un po' persa. Tendo il braccio e prendo l'oggetto demoniaco, e giuro che se si tratta di una cattiva notizia, lo butterò nel water. Ci verserò sopra della candeggina e poi tirerò lo sciacquone per essere sicura che sparisca nelle nauseabonde fogne di Parigi. Sarà il mio regalo per i topi. Anche loro hanno diritto ad avere dei bei giocattoli, non credete?

Digito il pin con una mano sola, l'altra è tutta intorpidita visto che ci ho dormito sopra, e apro il messaggio.

Mamma: *Mia, spero che non ti sia dimenticata del pranzo di famiglia. Lo avevamo stabilito con largo anticipo per darti modo di organizzarti. Ti aspettiamo per le tredici. Non fare tardi. Ti voglio bene.*

«No!» Il mio urlo spaventa così tanto Fendi, il mio gatto, che salta giù dal letto e si fionda nella cucina-salone, che poi è lo stesso locale.

Bene, ricapitoliamo. Se è un pranzo di famiglia ci sarà anche il mio fratellastro con la sua donna, perciò devo essere al top! Senza contare che non ho avuto l'opportunità di depilarmi le gambe, questa settimana. Addio depilatore, non avrò mai il tempo di usarlo. Ho bisogno di farmi una maschera. E anche un brushing. E per di più, che mi vesta *più che bene*. Tutto sommato è una cosa peggiore che andare al lavoro.

Inspira. Espira. Inspira. Espira.

Uno. Due. Tre.

Andata. Tiro il piumone, mi alzo, quasi crollando sul gran numero di riviste datate che sono sparse sul pavimento, e che conservo perché parlano di come far sparire la buccia d'arancia dalle gambe, del contorno occhi, dei capelli ricci, dell'ultimo colore di tendenza. In breve, di tutto quello che fa venire i complessi a una ragazza come me. Pensavate forse che quando mi sveglio, io sia radiosa come si vede nei film? Se per disgrazia ho dimenticato di struccarmi, somiglio a un panda. O, peggio ancora, alcuni potrebbero pensare che sia andata a sbattere contro lo spigolo dell'armadio. E anche quando vado a letto, dopo essermi presa tutto il tempo di applicare sul viso una qualche soluzione miracolosa, per avere al risveglio la pelle di un bambino, avendo per di più l'accortezza di usare un batuffolo di cotone ipoallergenico, mi sveglio il mattino dopo con delle occhiaie che nemmeno una che non ha dormito per sei mesi avrebbe. Se va tutto bene, potrebbero pensare che abbia fatto baldoria per tutta la notte, ma non come quelli di Broadway. O che ci abbia dato dentro, e non è quasi mai il caso. No, no, è il mio viso al naturale che è così. Pietoso.

Crollo sullo sgabello da bar del mio angolo cottura barra angolo cucina, così come pubblicizzava l'annuncio d'affitto, e schiaccio il pulsante della mia Nespresso. Peccato che George non sia qui per porgermelo. Prendo il pacchetto delle sigarette e me ne accendo una, gesto che, naturalmente, aumenta il mio glamour mattutino: i capelli sparati da tutti i lati, la faccia lunga, il pigiama di cotone "respingi uomo" acquistato su Internet, perché non avrei mai potuto acquistarlo in un negozio e, a coronare il tutto, l'alito fetido del fumatore. O all'occorrenza della fumatrice. Ci penserò più in là a smettere come avevo deciso. Oggi non è il giorno adatto.

Inalo il mio veleno mentre sorseggio il caffè e mi brucio le labbra come tutte le mattine. Perché non hanno ancora inventato una macchina che faccia un caffè a temperatura bevibile? Accidenti, quanto brucia. Mi porto l'indice sulla bocca e sento il rumore caratteristico di un capello che brucia. Ecco, per coronare il tutto avevo la sigaretta nella mano sbagliata. Occorre veramente che ritorni a letto. La giornata non potrà che essere orribile.

Fendi comincia a massacrarmi le orecchie a forza di miagolare per uscire e io mi maledico per avergli dato questa abitudine. Se solamente non gli avessi mostrato che il tetto dell'edificio accanto poteva essere bello, ora non sarebbe così tirannico. Provo ad accarezzarlo prima di fargli prendere aria, ma ringhia. Come al solito. È sempre la stessa storia: ottengo le carezze solo quando fa comodo al "signore". Sono un bravo ragazzo, fammi le coccole! Invece, quando sono io che non ne ho voglia, è più appiccicoso di un barattolo di colla. Uomini. Tutti uguali: bipedi o felini, ci provocano solo noie. Ma come sarebbe bello avere un bipede in casa. Ogni tanto, togliere le ragnatele fa bene al morale e può essere anche considerato fare sport.

Ma l'attività fisica in questo momento non è il mio forte. Vengo da un periodo di ibernazione, degno del nulla del deserto della Siberia. Non vi preoccupate, so come divertirmi da sola e il mio migliore amico mi racconta abbastanza momenti piccanti cui pensare quando uso il mio vibratore, al punto che l'ultimo ragazzo che mi ha messo le mani addosso mi è sembrato parecchio insipido. La posizione del missionario, semplice e basica, è di una noia mortale e il poverino era anche un tantino precoce. Ma preferisco dimenticarmi di quella disavventura. Normale, direte voi!

Finisco il caffè ormai quasi freddo, constatando che il silenzio è triste. Accendo la televisione su un canale musicale e lascio che il rock scarichi i suoi bassi fra i muri del mio piccolo appartamento. Vedrete più avanti che tendo a trovarlo minuscolo, mentre obbiettivamente non lo è.

Mi dirigo in bagno con un passo talmente aggraziato e delicato, che sbatto il fianco sul pomello della porta. Poi rovisto nell'armadietto fino a trovare i miei prodotti miracolosi: crema depilatoria e maschera all'argilla.

Cerco di non sbagliare flacone, immaginate che tragedia se mi ritrovassi senza sopracciglia? Aiuto, mi verrebbe di sicuro la depressione. Applico la pasta verdastra sul mio viso così perfetto, senza impurità – si può sempre sognare – e rimango paziente in piedi con le gambe aperte, per il tempo necessario affinché la crema depilatoria faccia il suo effetto.

Dodici minuti di attesa per ottenere una pelle serica, e intanto posso fumarmi un'altra sigaretta, nuda come un verme. L'argilla comincia ad asciugarsi, e io ho l'impressione di aver fatto un lifting, tanto mi sento tirare. Bella, ecco ciò che devo essere.

Prima di fare un tiro dalla sigaretta, alzo la testa per vedere se Fendi vuole rientrare, e scopro che il mio caro vicino di fronte mi sta guardando. Abbasso gli occhi e solo allora mi ricordo della mia leggera tenuta da Eva. L'altro, il perverso, è tutto un sorridere mentre gli faccio un gestaccio prima di correre a sciacquarmi.

Il contaminuti del mio telefono si mette a suonare, e io posso finalmente fiondarmi sotto la doccia. Come per magia, le mie gambe diventano perfette. Ci passo sopra una mano e mi sento bella, mi sento donna. Alla fine, mi ci vuole poco, ma proprio molto poco, per essere felice.

Ne approfitto per strofinarmi il viso, e mi lavo i capelli con lo shampoo che mi ha venduto il mio magnifico e formidabile parrucchiere. Perché tutti quelli belli sono gay? Mi diletto a insaponarmi con la mia crema da bagno alla noce di cocco. Ogni volta che la uso, ho l'impressione di partire per Tahiti, anche se la conosco solamente di nome, e i miei sensi si risvegliano. Provo la sensazione di essere su un'isola paradisiaca, e questo mi spinge a rafforzare la mia decisione di risparmiare il più possibile per andarci... fra dieci anni. Prima non sarà possibile, perché ci vogliono parecchi soldi per poterci andare, e io non ne ho molti, anche se facessi più attenzione. Sì, lo so, potrei smettere di acquistare solamente vestiti di marca, ma sono così debole di fronte alle tentazioni. Anche perché non partirei per una settimana, me ne occorrerebbero almeno tre. E poi è lontano. Per il momento, ogni anno faccio degli sforzi mostruosi per convincere il mio migliore amico a portarmi con lui a Sitgès. Ha funzionato due volte, ma è stato un po' deprimente. Lui era sempre a letto con qualcuno e io mi rintanavo nella mia camera in attesa che finisse di darsi da fare sul divano. Qualche volta avevo provato discretamente a uscire, ma beh…

Joshua è il ragazzo perfetto! Ve ne parlerò più tardi, per ora vi basti sapere che è da sempre nella mia vita. E sono innamorata di lui. Segretamente, certo, lui non ne sa nulla. Immaginate che grosso casino sarebbe, se lo venisse a sapere. In breve, sarebbe orripilante. Abbiamo la stessa inclinazione: gli uomini. Ma questo lo avevate già capito.

Quando alla fine finisco di utilizzare il phon, mi trucco al meglio delle mie possibilità: matita nera, eye-liner, un tocco di fard, il mascara che curva e allunga le ciglia, e infine un gloss trasparente. Il risultato non è così male. In tutto mi ci saranno voluti quarantacinque minuti, e posso assicurarvi che è un tempo relativamente veloce, rispetto a quanto impiego di solito.

Torno nella mia camera e apro il guardaroba. Cosa ho di bello da potermi mettere? Una gonna e un top? Un abito? Opto per la seconda idea e scelgo l'ultimo che mi sono regalata. Grazie mio Dio per gli outlet! Un abito corto nero firmato Cavalli, con un scollo importante, un'apertura sulla schiena e soprattutto pieno di tanti fili dello stesso colore di quelli che ci sono davanti e che arrivano fin sotto il ginocchio, mentre l'abito in sé, si ferma a metà coscia. Questo escamotage basterà ad acquietare l'animo scandalizzato di mamma, che si offende sempre per la mia pelle scoperta. Metto un push-up, mi infilo l'abitino senza dimenticarmi le culottes e la seconda sfida inizia. Che tipo di scarpe userò? Dei tacchi, è sicuro. Ma decolté, stivaletti, o stivali? Mi sento talmente a mio agio nei miei stivaletti che la scelta è automatica. Cambio la borsetta rossa della settimana scorsa e ne prendo una nera da abbinare al resto. Un giro in bagno e rimango rapita: una bella bionda mi guarda dallo specchio, mentre si prepara ad andare a pranzo dalla sua adorabile famiglia. Nessuno dubbio: Christina Cordula mi darebbe almeno un otto.

CAPITOLO 2

Afferro le chiavi e prendo l'ascensore dove, per caso, incrocio il pervertito di poco prima. È tutto un sorridere mentre mi guarda, e io ho una gran voglia di fargli inghiottire i denti a colpi di tacco. I miei stivaletti sono fatti per questo, no? Ma decido di essere più intelligente e lo saluto come se niente fosse.

«Buongiorno, signor Nillon, come va?» domando cortesemente.

«Signorina Johanesson, io bene e lei?»

«Mai stata meglio.»

«Bene. Scende al parcheggio?» mi chiede una volta entrati nella cabina.

«Sì, grazie.»

Beh, d'accordo, lo ammetto, è un gran fusto. Non potrei negarlo, neanche se volessi. È bruno con i capelli tirati all'indietro e i suoi abiti sono sempre ben assortiti. In più, indossa dei jeans che gli modellano talmente bene il sedere, che mi vedo già aggrappata a lui mentre facciamo l'amore, approfittando della nostra promiscuità. Mi immagino già con la schiena incollata allo specchio e le gambe strette attorno alla sua via, mentre mi fa salire al settimo cielo. Se non fosse che ho come l'impressione che al perverso piacerebbe domarmi e questo no, non è possibile. Lui lusinga il mio ego con il suo essere sempre gentile, ma non posso dimenticare che appena la situazione lo permette si fionda davanti alla sua finestra per guardare ciò che sto facendo, o piuttosto per cercare di vedermi, preferibilmente nuda.

Il tragitto in ascensore è lungo, e io ho l'impressione che faccia caldo, mentre in realtà è la visione che ho davanti che mi fa questo effetto. *Ridiscendi sulla terra, Mia. Non è il ragazzo giusto per te.* Ascolto la mia piccola voce interiore e abbasso lo sguardo verso la parete fredda e metallica dell'ascensore. In questo modo almeno mi rinfresco un po'.

Arrivata a destinazione lo saluto e mi dirigo verso la mia area, dove mi aspetta il regalo di mia madre per tutte le feste degli ultimi due anni. Sì, per i miei venticinque anni, mamma mi ha comprato una Smart, affinché potessi smettere di prendere i mezzi pubblici, che comunque non utilizzavo quasi mai, privilegiando il taxi, ma soprattutto per sfruttare il mio parcheggio. Perché avevo avuto l'idea di affittare questo appartamento, provvisto di parcheggio, se non avevo un'auto? Ma perché il posto è bellissimo, ovvio. Anche se è vicino alla stazione Est, il quartiere Louis Blanc è fantastico. E poi in questo complesso immobiliare c'è una palestra e una piscina per i residenti. Io ci vado raramente a causa del lavoro e soprattutto non vado in piscina quando ci sono i marmocchi. Se devo farlo solo per farmi schizzare dagli gnomi, o sbirciare da qualche padre di famiglia panciuto, non più soddisfatto della propria moglie, passo. A dirla tutta, ci sarò andata quattro o cinque volte in tre anni. È proprio un affare, direte voi.

Sì, lo so. Avrei potuto prendere un appartamento più grande e senza la piscina. Solo che non sono riuscita a farne a meno. A rischio di annoiarvi, ve lo ripeto, di fronte a certe tentazioni sono debole. E il mio consulente finanziario ve lo confermerebbe! Credo di non aver mai filtrato tante telefonate come faccio con lui. Non l'ho mai visto, è arrivato qualche mese fa e ha sempre chiesto di incontrarmi. Suppongo che la richiesta sia legata allo scoperto che ho accumulato o alle mie carte di credito che hanno superato i limiti. Ma gli rispondo via e-mail e questo mi dà modo di ammansirlo, e soprattutto di evitare che mi faccia la predica come se fossi una ragazzina disubbidiente. Attenzione, io gestisco bene il mio denaro, è solo che la disponibilità del mio conto corrente non include lo scoperto. Ovunque funziona così! E se il mio conto non ce l'ha, non devono far altro che autorizzarlo. È così semplice.

Salgo in auto ed esco dal garage. È proprio una bella giornata oggi, e guardando il cruscotto mi accorgo che le temperature hanno raggiunto i ventidue gradi. È Natale! Anzi no, sembra piuttosto estate, ma è bello così. Fa bene al morale e alla pelle, che potrebbe anche dorarsi un poco, e poi si possono anche indossare tenute più leggere. Non che mi infastidisca mettere una minigonna in inverno, ma bisogna usare i collant, e io sono la regina delle smagliature. Ho una vescica piccola, e a forza di andare venti volte in bagno per alleggerirmi, da un singolo filo tirato mi ritrovo sempre con un buco enorme. Per quanto ci stia attenta, a fine giornata il mio paio di calze è buono solo per la pattumiera. Mi direte che potrei mettere delle parigine, ma talvolta sono talmente corte che un collant è, beh, più presentabile. E me ne frego brillantemente di tutto il resto.

Le strade sono abbastanza libere, e arrivo velocemente da mamma e dal dottore, suo marito. È il terzo matrimonio per questa habituè da grandi atelier. Sì, so da chi ho preso. Salvo che per i molteplici anelli al dito! Aspettate, ho degli anelli, ma non si tratta di fedi. Sì, me lo hanno chiesto una volta o due, ma ho sempre rifiutato. Non ero abbastanza innamorata, non era abbastanza un bel tipo, non era abbastanza gentile, eh sì, è la colazione a letto tutte le domeniche che desidero, e quindi tutti loro non erano semplicemente abbastanza.

È l'una e un quarto, e quasi non sono in ritardo. Parcheggio di fronte al marciapiede, il vantaggio di avere un'auto grande quanto un vasetto di yogurt, e scendo per entrare nell'esclusivo palazzo Haussmannien della mia adolescenza. Avevo cinque anni quando il mio papà morì. Attraversare una via mentre si è ubriachi fradici, non è proprio una grande idea. Mamma si è risposata alcuni anni più tardi. Poi, quando François-Bernard si è suicidato, ha venduto la nostra casa di Neuilly per venire a vivere nella capitale. Non si può dire che abbia avuto molta fortuna nelle sue relazioni, ma, in un modo particolare e bizzarro, ha sempre tenuto alta la testa e soprattutto è rimasta fiera. Credo che il ruolo di Bree Van de Kamp le andrebbe a meraviglia. E io, io ristagno nel personaggio di Edie Britt, almeno avrei gli uomini.

«Mamma! Francisco! Sono qui,» annuncio entrando nell'appartamento.

«Siamo nel salone,» mi risponde la voce della mamma.

Lascio la giacca nell'anticamera e li raggiungo. Come mi aspettavo, il mio adorabile, o demoniaco, fratellastro è là, accompagnato dalla sua affascinante sposa. Li bacio tutti e verifico che il mio stratagemma abbia funzionato. Felipe lancia uno sguardo alle mie gambe. Adoro fare dispetti e indirizzo una rapida e misurata occhiata all'ultima arrivata in famiglia. È verde di rabbia, e io me la godo. Se solo sapesse che conosco molto bene ciò che ha nelle mutande il figlio del mio patrigno, mi ucciderebbe. Ma, ecco, a letto è un po' egoista. Un altro, purtroppo...

«La mia affascinante ragazza è in tenuta adatta oggi,» sottolinea mia madre. «Devo dire che sei molto bella, ma è normale, dato che ti ho messo al mondo io.»

«Sì, mamma. Lo sappiamo, sei perfetta. Cosa ci hai preparato di buono oggi?»

«Una cosa molto semplice. Una fricassea di lumache e un astice bretone come piatto principale. Per dessert, ho deciso di tenermi leggera con un soufflé caldo al Grand Marnier.»

«Mi sembra succulento.»

«Vuoi una flûte di Champagne rosé, mia cara?» mi propone Francisco.

«Con piacere, patrigno.»

«Abbiamo una notizia da darvi,» ci avverte Felipe.

«Stiamo per avere un bambino!» dice Charlotte.

Vi risparmio tutte le effusioni che seguono da parte dei miei genitori, delle congratulazioni che ricevono e, all'improvviso, mi arriva una mazzata quando mia madre mi chiede: «E tu, Mia? C'è un fidanzato nella tua vita?»

«Oh, no! Mi basta il mio gatto, per il momento. Non avrei tempo da dedicare a qualcuno, e poi con quello che mi aspetta al lavoro nei prossimi tempi, rischio di avere ancora meno possibilità.»

«Smettila di trovare delle scuse. Hai l'età giusta per avere un marito e dei bambini. Prendi esempio da tuo fratello.»

«Fratellastro,» rettifico.

Ah no! Non posso pensare che sia mio fratello. Ma ve lo immaginate? Sarebbe leggermente incestuoso e perverso. E malsano. Ah no!

«È la stessa cosa,» continua mia madre. «Aspettate, torno subito, vado a prendere i pasticcini.»

«E io lo Champagne,» aggiunge Francisco.

I miei genitori si dirigono in cucina e io ne approfitto per togliere ogni illusione di glamour alla cognatina ricordandole: «Sai cosa succede durante il parto, vero? Evita di spingere troppo forte, perché sembra che possa venir fuori da tutte la parti.»

Gongolo per averne fatta una delle mie e lei diventa livida. Non si parla di queste cose nella nostra famiglia. Siamo troppo perbene. Come se fossimo degli unicorni e la nostra unica preoccupazione fosse fare degli arcobaleni. Seriamente? Tutti escono dallo stesso buco. Beh, a parte me. Ma è normale, sono una principessa.

«Mia, trattieniti,» mi dice Felipe.

«Oh, ma dai! C'è bisogno che qualcuno le dica le cose come stanno.»

Riprendo la mia serietà quando tutti ritornano nel salone, e ci mettiamo a discutere di quelle piccole cose che non permettono una gran conversazione, ma che fanno in modo che non si debba parlare di me.

Poi ci sediamo a tavola e mangiamo in silenzio.

«Mamma, hai sempre il biglietto per l'anteprima dei saldi alle Gallerie Lafayette?»

«Sì, vuoi venire con me?» si affretta a propormi.

«Sarebbe fantastico!»

«Ti chiamerò per darti la data e l'ora, ma di solito è per il lunedì sera, sai, prima dei saldi ufficiali per tutti.»

Mi rallegro in anticipo di questo appuntamento, perché so che la mia carta di credito resterà ben nascosta in fondo alla mia borsa, almeno per quanto riguarderà gli acquisti principali. Girando la testa verso Felipe, realizzo che lui ha compreso la mia sottigliezza, perché ha lo sguardo torvo e digrigna i denti. Sì, sono una ragazza che approfitta della generosità di sua madre, e sì, amo andare in giro per negozi. Soprattutto quando non sono io a dover pagare per le mie spese, come invece fanno tutti. Non è colpa mia se è un avvocato sposato con una donna che è peggiore di lui. A giudicare dalla camicetta da nonna a motivi floreali, e dalla gonna lunga che le arriva alla caviglia, di certo a sua moglie non piace andare a fare spese. Ma l'abbigliamento non è peggiore dei suoi capelli, pieni di lacca più di quanto lo possa essere un toupet. Però compiango un po' il mio povero fratellastro quando penso a come potrebbe spettinarla quando…

Non riesco a trattenere una risata e quasi mi soffoco con un chicco di riso.

«Prendi un poco d'acqua, cara,» mi dice il mio patrigno.

Lo ascolto e la mamma ne approfitta per interrogarmi: «Cosa ti fa ridere?»

«Oh niente, pensavo a quello che mi è capitato stamattina mentre mi preparavo per venire qui. Il mio vicino era intento a guardarmi dalla finestra mentre mi mettevo una maschera.»

«E?»

«Ero tutta nuda,» rivelo, osservando tutti.

Come mi aspettavo, Felipe arrossisce immediatamente. È talmente facile farlo reagire così. È così timido, un così bravo ragazzo.

«Dovresti mettere delle tende, Mia. Non è sano come stile di vita, mia cara. Non puoi ritrovarti in queste situazioni.»

«È solo colpa di Fendi,» mi difendo io. «Se non volesse sempre uscire dalla finestra della cucina, non accadrebbe nulla di simile.»

Mamma cambia velocemente argomento e passiamo al dessert. Mi sento quasi come una balena spiaggiata e sono pronta a esplodere da un momento all'altro, per quanto ho mangiato. Un pranzo semplice. Col cavolo! È sempre la stessa cosa con lei. Ma il soufflé caldo è così buono, che non posso rifiutarlo. Bisogna dire, però, che di solito mangio molto poco. Altrimenti come farei a conservare il mio vitino da vespa?

Dopo il caffè mi invento una serata immaginaria come pretesto per eclissarmi e mi metto in movimento per tornare a casa. Poi però cambio idea, e preferisco fermarmi lungo la Senna per bere un cocktail, anche se non è ancora l'ora giusta. Ne approfitterò per riempire il mio cervello di immagini decadenti di uomini muscolosi. E con un po' di fortuna incrocerò Joshua.

CAPITOLO 3

Mi siedo sul terrazzo del *Little Caffè* e come ogni volta non so cosa prendere. Mi sento appesantita dal pranzo, ma ho comunque voglia di bere un bicchiere. Giusto uno, lo prometto! Non sono così incosciente da guidare ubriaca. Mi decido a chiedere una Piña Colada, giusto perché non posso ordinare un Cosmopolitan. Qui non hanno visto *Sex and the City*, altrimenti lo avrebbero di certo nella lista. Mi metto comoda e comincio a rifarmi gli occhi.

Sono nella zona di Marais, le temperature sono risalite e mi diletto di ciò che vedo. Ho sempre trovato molto attraenti due ragazzi che si tengono per mano, mi fanno sentire un caldo bollente! Guardarli, immaginare cosa possono fare a letto, e hops, mi occorre un asciugamano, addirittura uno di quelli da spiaggia, per asciugare le mie piccole mutandine. Basta, ora la smetto di scherzare. Non faccio che fantasticare sui gay perché secondo me hanno un qualcosa in più, come una sorta di dolcezza nello sguardo, un'attenzione, quasi della tenerezza, appena poggiano gli occhi su qualcuno. Certo, non sono tutti così, ma Joshua lo è.

Pensando a lui, prendo il telefono e gli mando un messaggio per sapere dov'è, e poi aspetto pazientemente che mi risponda. Languo un po' in attesa del mio bicchiere, e mi do un tono da *hyper* occupata. Fortunatamente, il mio migliore amico ha il telefono impiantato nella pelle. Certo, è un modo di dire, ma ha questa specie di orologio, un iWatch credo, un qualcosa creato dalla Apple, che lo avverte appena riceve una notifica. È sicuro, un giorno o l'altro tutti avremo i telefoni impiantati sottopelle. E la cosa è inquietante. Un po' come nel film *Time Out* con Justin Timberlake, dove tutti hanno un innesto nel braccio che segna lo scorrere del tempo e quanto gli rimane da vivere. No, so a cosa state pensando. Non sono pazza di lui, e mi domando spesso cosa ci abbia trovato in lui Britney, ma è comunque una bellezza. Ed è anche etero. Beh, almeno fino a quando non annuncerà, un giorno, di preferire i ragazzi…

Comunque, Joshua mi avverte che è in giro per negozi, e che mi raggiungerà non appena arriverà alla cassa, e questo dipende dal negozio in cui si trova. Il mio drink arriva, e io mi perdo a immaginarmi al posto di Mélanie Doutey quando gioca con Frédéric Diefenthal in *Clara Sheller*. La fantastica fidanzata con un migliore amico gay e che, per disgrazia, dormono assieme. A me non succederà mai, altrimenti la mia vita diventerebbe una vera commedia patetica, però sarebbe divertente fare come loro e vivere insieme!

«Principessa! Come stai?» esclama l'uomo del mio cuore, e non del mio letto.

«Mio maschione adorato! Bene, e tu?» gli rispondo voltando lo sguardo verso di lui.

Beninteso, non è solo il mascalzone! Già, Joshua è un bell'esemplare del suo genere, con la sua pelle olivastra, gli occhi neri e i capelli scuri, ma è il ragazzo che lo accompagna che mi sta facendo morire di invidia. Capelli castani con leggeri riflessi rossi e occhi verdi così chiari che potrei annegarci dentro! Potrei dire… non so, come uno smeraldo così magnifico che lo vorrei al dito! Seriamente, è splendido. Squadrato, senza essere imponente, alto e ben vestito. E ovviamente è con Joshua. Trattengo con difficoltà un filo di bava che minaccia di colarmi dalla bocca e mi alzo per baciarlo. Essendo l'unico lembo di pelle che toccherò di lui, tanto vale approfittarne!

«Principessa, ti presento Andrew. Ci siamo incontrati al Queen ieri sera.»

«E di sicuro avete dormito ognuno per conto vostro,» replico io, con un grande sorriso. «Piacere, Andrew. Il mio nome non è Principessa, ma Mia. Felice di incontrarti.»

Oddio, sto sognando di stare in un letto con lui! È proprio come il mio Andrew di *Desperate!* Mio Dio, lo voglio. Però devo accontentarmi di assaporare solo la morbidezza della sua pelle, depositandogli un semplice bacio su ciascuna delle guance.

«Lietissimo di incontrarti, Mia. Non ti spiace se mi fermo a bere qualcosa con voi?»

Ma scherza? Rifarmi gli occhi vale bene un bicchiere. Posso offrirgliene anche parecchi se vuole.

«Gli amici di Joshua sono anche miei. Resta, mi fa piacere.»

Ci sediamo, e iniziamo a parlare un po' delle nostre vite. Apprendo che è nel settore bancario, e non mi dilungo a chiedergli altro sull'argomento. Il lavoro in banca deve essere di una noia inimmaginabile. Gli dico che sono assistente in un'impresa di marketing, e poi parliamo delle prossime vacanze.

«Vieni con me quest'anno?» si informa il mio amico.

«Me lo chiedi così gentilmente che non so proprio come potrei rifiutare. Grazie, mio adorato maschione!»

«Dove andate?»

«Sitgès!» esclama Joshua.

«Andiamo in vacanza nello stesso posto,» si entusiasma Andrew. «In quale periodo ci andate?»

«Dalla metà di luglio all'inizio di agosto,» risponde Joshua.

«Rischiamo di incrociarci, sempre se riusciremo a trovarci.»

Li lascio parlare tra loro senza intromettermi. Mentre mi perdo nelle mie contemplazioni, benedico gli occhiali da sole che non svelano dove si ferma il mio sguardo. Tutti e due hanno una maglietta un po' stretta. Ah, questi uomini che acquistano dei vestiti di una taglia troppo piccola sono favolosi, poiché mi permettono di vedere i loro pettorali attraverso il tessuto. Devo essermi proprio lasciata prendere dalle mie divagazioni, poiché Joshua mi ha appena preso la mano.

«Sei ancora sulla luna?» mi sfotte. «Volevamo proporti di mangiare con noi, questa sera.»

«È adorabile da parte vostra, ma no. Vi lascio approfittare della vostra serata. Sono a dieta dopo il semplice pranzo a casa dei miei genitori.»

«Antipasto, primo piatto e dolce?»

«Come al solito. Mi sento un po' appesantita. Ah, non ti ho detto la novità! La Charlotte alle fragole è incinta.»

«Bene, alla fine il tuo fratellastro ha trovato il buco giusto!» replica il mio amico, divertito.

«Non è gay,» gli rispondo, con un po' di veemenza.

«Mia, solo tu non te ne rendi conto. È l'unica spiegazione plausibile per aver sposato una donna simile.»

«Sono stata a letto con lui,» gli ricordo.

«Uhm, lo so. E mi sembra che non sia proprio stata la tua botta migliore.»

«È vero,» confesso.

«Comunque rimango convinto che non sia etero.»

«Ma non l'hai avuto nel tuo letto.»

«Non ci sono mai riuscito,» mi conferma lui, mogio.

Rivolgo uno sguardo a Andrew che assiste al nostro scambio, incuriosito e sconcertato allo stesso tempo. Decido di chiarirgli la situazione, così da non pensare a cose strane.

«È il figlio di Felipe, il mio patrigno. Una sera avevamo bevuto un po' troppo e siamo finiti a letto insieme. È quello che può succedere quando si ha vent'anni e gli ormoni in subbuglio,» spiego. «Joshua è convinto che sia un gay represso, ma io non ci ho mai creduto. Ecco tutto.»

Ride, e non so se devo definire quella situazione come una patetica, vecchia, ma molto vecchia, brutta esperienza capitatami, o se devo considerarla una delle mie scuse pietose.

«Sai, forse è semplicemente bisessuale. Molte persone lo sono.»

«In questo modo dai ragione a entrambi,» riassumo io.

«Esattamente,» si rallegra.

«Bah, io sono gay e per nulla al mondo cambierò sponda!»

«Hai torto, le tentazioni sono ancora più intriganti quando il ventaglio delle possibilità è più vasto.»

«Tu sei bisessuale?» gli chiede Joshua stupito.

«Sì, e fiero di esserlo.»

«Oh, andiamo bene!» esclamo io.

Grazie, Signore, di aver creato degli occhiali da sole a forma di farfalla (in verità si tratta di un modello Chanel), perché mi permettono di attenuare il rossore che mi si diffonde sulle guance.

«Accidenti, sei bisessuale!»

«Non è una malattia,» mi risponde lui.

«Oh, sì lo so bene. Sono solo... sorpresa. Non pensavo che... in fin dei conti sei...»

«Gay? Sì,» dice lui. «Ma mi piacciono anche le donne, e la cosa non ha mai disturbato i miei ex.»

«Eh, per essere un bisessuale ti difendi bene a letto,» conclude il mio migliore amico.

Non rispondo perché so che Joshua non ha simpatia per i bisessuali. Per lui o si è etero o si è gay. Il mondo è solo nero o bianco. Sapete, non comprende le cinquanta sfumature che può avere la vita. E quindi, con gli anni mi sono decisa a non insistere più su questo suo punto di vista. E poi la cosa non mi riguarda, io non vado con le ragazze. Salvo forse quando ero al liceo, e con un'amica volevamo scoprire cosa fosse un orgasmo. Non è stato terribile, anche se... ecco... le ragazze non fanno per me.

Finisco il mio drink, lascio una banconota sul tavolo e saluto i ragazzi. È tempo che ritorni a casa ad acciambellarmi sul mio divano. Non è forse questo il principio stesso dell'esistenza della domenica sera? Niente da fare, se non rimuginare sulla futura settimana di lavoro?

Recupero la mia auto, e scopro che ho preso una multa. Come se avessi visto il passaggio pedonale! A dire il vero l'avevo visto, ma non mi sono preoccupata del fatto che le ruote posteriori lo toccassero. Nessuna compiacenza per le giovani donne. Sarà stata una vigilessa gelosa; o un vigile frustrato. Si riconosce subito l'auto di una Principessa. Soprattutto la mia. Ho un secondo specchietto centrale per i ritocchi del trucco, una Betty Boop appesa al pannello di controllo, e sicuramente ho anche qualche altra cosa che mi differenzia da un ragazzo. Ah sì, il foulard che metto sui capelli! Tutti sanno che è un'auto da ragazza! E nonostante tutto mi hanno dato una multa. Maledetti sbirri!

Prendo il biglietto che mi informa che la riceverò a casa tra qualche giorno, e mi avvio tutta impettita per tornare a casa. Mi sono innervosita. Occorre che calmi i nervi focalizzandomi su qualcosa. E non lo farò pensando alla mia casa! Ci pensa già Jeanine, meglio di quanto faccia io. E non penserò nemmeno al lavoro.

Prima di entrare nel parcheggio vedo che la piccola drogheria del mio quartiere è aperta. Mi chiama e mi tenta. Non devo cedere. Non devo assolutamente farlo. Tuttavia, metto le quattro frecce, prendo il portafoglio e corro a prendere il mio piccolo punto debole. Momo mi guarda precipitarmi verso il congelatore per prendere la mia droga dolce preferita. I suoi occhi parlano da soli e io mi sento un po' meglio. È sempre piacevole essere osservata. Il mio ego è adulato, e non mi sfugge il suo sguardo mentre ritorno all'auto. Mi prendo tutto il tempo per attraversare la strada, risalire nella mia Smart e prendere di nuovo la via verso casa.

Appena arrivata mi tolgo gli stivaletti e il mio bellissimo abito, prima di infilarmi un top. Lancio un sguardo ai miei DVD e decido di regalarmi una serata romantica: *Il Diavolo veste Prada, 27 Volte in bianco,* e *Se fossi lei.*

Resisto alla tentazione per tutto il primo film ma alla fine dal secondo cedo, e prendo il secchiello di gelato. Il cucchiaino non smette di andare dalla vaschetta alla mia bocca, perlomeno fino alla scena della proposta di matrimonio. Indispettita e depressa per tutti questi buoni sentimenti, non guardo l'ultimo e vado a nascondermi sotto il piumone. In fin dei conti, la giornata non è stata così catastrofica.

CAPITOLO 4

Sveglia. Spingo sul bottone. Seconda sveglia. Spingo sul bottone. Terza sveglia. Spingo sul bottone. Quarta sveglia. Apro un occhio e mi viene da piangere.

Sono le sette e mezza, ovvero il momento in cui, in teoria, dovrei uscire di casa. La settimana comincia proprio male. Come ogni lunedì. In modalità Wonder Woman mi alzo, apro il guardaroba, prendo una camicetta bianca Jacquard, una gonna nera, un reggiseno bianco e un paio di mutandine nere. Ebbene sì, nere, visto che il ciclo deve arrivare oggi, e sto male al pensiero che i miei indumenti intimi non saranno coordinati. Entro in doccia, non mi bagno i capelli, ma mi lavo i denti sotto il getto. Mi sciacquo alla svelta, incollo l'assorbente sui mutandoni della nonna, indosso i vestiti, bevo un caffè bollente, ancora una volta, e schizzo via, senza neanche fare una carezza a Fendi.

Nell'ascensore mi pettino velocemente con una spazzola, metto un po' di fondotinta, con una salvietta ripulisco i resti del prodotto dalle mani e salgo in auto. Estraggo l'astuccio del trucco da "ultimo ricorso" che utilizzo almeno due volte a settimana, e mi avvio. Mi occorrono quindici minuti per arrivare in ufficio, nell'undicesimo arrondissement, e gli innumerevoli semafori rossi mi permettono di applicare tutte le piccole cose che mi consentono di essere presentabile. Ignoro i sorrisi beffardi dei miei vicini di sesso maschile nella fila accanto, e ringrazio con un segno della testa la smorfia compassionevole delle mie colleghe femminili. Completo la trasformazione con una ciocca di capelli che mi cade su un lato del collo. Per essere un lunedì mattina, dovrebbe andare.

Nel momento in cui arrivo nel parcheggio dell'ufficio, avverto un spasmo alla pancia. Sono davvero precisa come un orologio. Prendo una pasticca di antidolorifico, recupero dal cruscotto la piccola sacca piena di noccioli di ciliegia e la infilo nella borsa. Sorridere, non mostrare gli inconvenienti dell'essere una donna a nessuno e camminare coraggiosamente fino all'ufficio. Ecco il mio mantra mentre mi dirigo verso la mia postazione.

Mentre aspetto che il computer si accenda metto a scaldare la sacca nel forno a microonde e appena suona il bip me la appoggio sulla pancia. Ho cercato di usare la *Flower cup*, ma ho scoperto che funziona solo come strumento di tortura. Alla fine sono pronta a iniziare la mia giornata.

Rispondo alle e-mail, do delle cose da fare alla stagista, di solito si tratta di smistare la posta, ma oggi non c'è quasi nulla. Saluto i colleghi che vengono a cianciare, organizzo l'agenda del mio capo e continuo la giornata fino alle diciassette.

Al momento di uscire mi squilla il cellulare e senza prendermi la pena di vedere chi mi sta cercando, rispondo.

«Pronto?»

«Principessa! Che fai stasera?»

«Ho il ciclo,» gli dico.

«Ahi. Se ti faccio da mangiare, posso venire?»

«Dipende da cosa hai intenzione di cucinare.»

«Insalata di pomodori e mozzarella?»

«Andata. A che ora vieni?»

«Lascio il lavoro fra una mezz'ora, facciamo verso le diciannove?»

«Fantastico! Pensi tu al vino?»

«Sempre, Principessa.»

Riaggancio con un sorriso sulle labbra. Joshua è l'uomo perfetto. Chiudo l'ufficio, ritorno a casa, e ringrazio mentalmente Jeanine di essere passata stamattina. Niente da sistemare, tutto è al proprio posto. Faccio una doccia per passarmi il soffione dell'acqua calda sulla pancia e aspetto che i muscoli si distendano. Ora mi sento un po' meglio. Da quasi quindici anni ho la stessa tecnica. La cosa brutta è che noi donne, in questo periodo del mese, siamo quasi tutte simili, anche se sono sicura che Morgana, la lavoratrice indefessa, fa parte di quelle poche elette che non avvertono quasi nessun dolore, ma nessuno ne parla. Non conosco nessuna donna con un ciclo semplice e indolore e tutte hanno una tecnica per sentirsi meglio, ma non se ne parla. Salvo io con Joshua. È informato perché è gay e voleva sapere come funzionava tutta la faccenda.

Tempo fa gli ho spiegato cosa mi succede in questo periodo, non ogni mese, ma abbastanza spesso. Così, da allora, in inverno ho diritto al brodo di pollo e d'estate alle insalate. Il primo giorno di solito lui viene da me, mi prende fra le braccia, guardiamo un film sul divano e io mi sento coccolata dalle sue carezze e dal plaid che mi tiene calda. Come posso non essere innamorata di un ragazzo simile? Gli altri giorni va un po' meglio. Non sono in forma smagliante ma lo gestisco. La vita è proprio ingiusta. Perché gli uomini con quella loro cosa tra le gambe, non devono subire niente? E per di più, hanno una prostata che dà loro piacere. Avremmo diritto anche noi ragazze ad avere qualcosa di simile. Sarebbe il minimo per noi, che tutti i nostri orifizi ci facessero arrampicare sulle tende, e lo so che siete tutte d'accordo con me. Poi i maschietti si stupiscono di non avere un accesso semplice quando bussano alla porta posteriore. Insomma, cercate di comprendere. Se a voi inseriscono mezzo dito vi mettete a godere, a noi, invece, la stessa cosa non provoca quasi nessun effetto. Almeno per quanto mi riguarda. Occorre che il signore in questione sia dotato e ben attrezzato per procurarmi piacere da quel lato. Quindi, tanto vale farlo entrare da davanti, almeno è più igienico.

Finché aspetto Joshua mi distendo sul divano e Fendi sceglie proprio quel momento per chiedermi delle carezze. È talmente raro da parte sua, che lascio che si acciambelli sulla mia gonna, più tardi vi passerò il rotolo adesivo, e provo, bene o male, a cercare di rilassarmi ancora un po'. E in effetti, ha ragione lui, dannato gatto. Il suo calore sulla mia pancia mi ha fatto proprio bene. Prendo il portacenere e tento di non rovesciarlo sul sofà. La musica calmante di Era, una canna tra le labbra, Fendi sopra di me, e mi lascio avvolgere da questo momento di assoluto relax.

Quando la porta d'entrata si apre non mi preoccupo. Joshua ha la chiave da molto tempo, in effetti, da quando ce l'ho io e lo sento subito protestare.

«Principessa, si sente la puzza di erba fino all'ascensore. Hai dimenticato di accendere un bastoncino di incenso.»

«Abito alla fine del corridoio e i due vecchi qui accanto non conoscono la differenza tra il fumo di sigaretta e altro.»

«Oh, Marie-Louise Parker, non sei in *Weeds*. E l'erba non è stata ancora legalizzata,» mi ricorda lui.

«Allora, mio maschione adorato, primo, mi serve per rilassare i muscoli, secondo, la si acquista facilmente tanto quanto il pane alla panetteria che sta all'angolo, terzo, sto impazzendo. Mi fa male.»

«Piccola mia, se è così va bene,» mi dice, mentre appoggia le provviste sul bancone della cucina, prima di raggiungermi sul divano.

Fendi lascia immediatamente le mie gambe, e parte a rintanarsi nella mia camera. Non è grave, trovo molto conforto tra braccia di Joshua. Lui lo sa e mi dice: «Potrei approfittare del tuo trattamento terapeutico? Ho un grosso dolore...»

«Andrew ti ha scopato così bene?» lo stuzzico io.

«Ti sbagli, Principessa. Lui era sotto.»

«Oh! Non c'è dubbio, quel ragazzo mi sorprende.»

«Sì, anche a me. Non ti nascondo che il suo essere bisessuale mi infastidisce. Ma l'ho tenuto una notte in più.»

«Sei infernale,» scoppio a ridere io. «Dormi con me questa notte?»

«Sì, non ti lascio sola.»

«Grazie, cucciolo.»

Fumiamo tranquillamente e la maria sta facendo il suo effetto perché i nostri stomaci richiedono cibo. Joshua prepara la cena e mangiamo davanti a una replica di *Cougar Town*.

«Non riesco a trovare lo stesso bicchiere di Courteney Cox,» mi dice lui, versandomi da bere.

«Pensi veramente che ti servirebbe a qualcosa? Voglio dire, ha la capienza di una bottiglia.»

«Certo! Devo assolutamente prenderne due, uno per me e uno per te. Così sapremmo con certezza che berremo solo settantacinque centilitri ciascuno.»

«Alcolizzato!»

«Anche tu, Principessa.»

«Non mi piacciono le tue maldicenze, cucciolo.»

«Scherzi? Guarda il tavolo del tuo salone. È stato per caso lui a bersi le due bottiglie che ho portato?»

«L'alcol evapora, lo sanno tutti.»

«Nel tuo stomaco, ma c'è da dire che non sei in forma. Quindi, in via eccezionale ti accordo il beneficio del dubbio. E se andassimo a letto?»

«Con piacere.»

Mi infilo il pigiama in bagno, lego i capelli e ritrovo Joshua in mutande e maglietta nel mio letto. Mi stendo su di un lato, dandogli la schiena, e lui mi prende fra le sue braccia. Se non mi sentissi così male, adorerei sentire le sue gambe contro di me, la sua mano posata sul mio ventre, il suo respiro sul collo... Ma no, ho l'impressione che Godzilla mi stia calpestando le ovaie, quindi dimentico il pensiero vizioso.

«Buona notte, Principessa,» mi mormora lui.

«Buona notte, mio maschione adorato. Grazie per essere qui con me.»

«Sono sempre qui per te.»

«Lo so.»

Mi addormento come un bambino in questo caldo e dolcissimo conforto.

* * *

Un bisogno pressante mi costringe ad aprire gli occhi durante la notte. Non faccio rumore per non svegliare Joshua, e vado velocemente in bagno. Ancora un vantaggio da uomo! Mi rimetto a lette, e il mio migliore amico riprende la posizione iniziale. Mi tiene fra le sue braccia, e malgrado il mio "uccidi-sesso", sento la sua erezione attraverso il pigiama. *Arghhhhh*, urlo internamente. Perché è obbligato ad appiccicarsi contro i miei glutei? La situazione non sarebbe così esasperata se non avessi il ciclo. Provo a spostarmi, ma ritorna con più forza emettendo una specie di piccolo gemito… Povera me. Sono nel mio letto con il mio migliore amico gay che mi si struscia contro. Che devo fare?

Okay, è deciso, non reagisco. Aspetto che si calmi, e soprattutto non faccio nessun movimento. Il tempo, in questo caso, è fottutamente lungo. Vi è mai capitata una situazione simile? Essere a letto con uno splendido maschio e non poter fare niente? Posso dirvi che è deprimente. Ridicolo, spiacevole, al limite dell'angoscia. Un pochino eccitante, forse. Sì, beh, okay, lo riconosco, è decisamente tentatore. La voglia di far scivolare una mano nei suoi boxer, di stringerlo, di vedere la sua lunghezza, il suo … *No,* mugugno. Non posso pensarci. È gay. Gay. *Gay.* Ed è il mio migliore amico!

Ma non si struscerebbe se non ci fosse una minima attrazione, mi sussurra la mia piccola voce demoniaca. Poi, però, la ragione prende il sopravvento e riconosco che sta dormendo, e che, statisticamente, un uomo ha tra le tre e le cinque erezioni durante la notte. È solo che è la prima volta che mi succede, e il fatto mi turba.

Turbata? Come no! Mi sento quasi una pulzella, e se non avessi qualche minima nozione di buone maniere, non dovrei lottare con me stessa. Mi sarei già messa con il sedere all'aria e lui sarebbe dentro di me.

Pensa ad altro, pensa a una cosa orribile, pensa su… non so…alla morte della nonna. Ah, bah, il pensiero si sofferma sulla mia "brava nonnina" e la rivedo nella bara. La vecchia strega somigliava sempre a una di quelle donne maligne che si vedono nei film. Per fortuna è morta. Un vero drago, quella. Anche la mamma si era sentita meglio a non più avere sua suocera che le si presentava in casa alle quattro del mattino. Siccome eravamo la sua sola famiglia, se ne approfittava sempre. Francisco non diceva niente, per rispetto. Felipe l'adorava. Ma il mio fratellastro non fa testo, è sempre stato strano.

Ma perché ho bisogno di associare il decesso della nonnina con una sessione di gambe all'aria? Però la cosa ha avuto l'effetto di avermi fatto pensare ad altro e, spostandomi leggermente, sospiro di gioia. Il sesso di Joshua sembra aver ripreso una forma normale o, come si suol dire, è a riposo. Alleluia, potrò finalmente addormentarmi.

Il sonno però mi evita. Tanto che quando suona la sveglia, sono in piedi nel giro di tre secondi, ed è un evento da segnare con una croce sul calendario. Mi preparo e programmo la mia "George" per portare il caffè al mio migliore amico che dorme ancora. Ho deciso che il disgraziato episodio di questa notte resterà solo e unicamente nei miei ricordi. È inutile imbarazzarlo.

Beve il suo caffè mentre mi trucco, e siccome lui inizia a lavorare più tardi rispetto a me, quando esco lo lascio ancora a letto.

CAPITOLO 5

Il resto della settimana è passato veloce. E, sinceramente, pensavo che il peggio fosse accaduto quella notte bizzarra con Joshua. Solo che, arrivando al lavoro quasi in orario, vedo una e-mail del mio consulente spaventato dal mio scoperto. E pensare che non è ancora il momento dei saldi. Il poverino non ha visto quanto spendo in quei periodi.

A. Grimberg: Signorina Johanesson, potrebbe contattarmi al più presto, per discutere del saldo del suo conto corrente? Cordialmente.

Io: Signor Grimberg, sono oberata di lavoro. Non si preoccupi, le cose si sistemeranno tra poco. Mi accordi qualche settimane di tregua, e tutto ritornerà nell'ordine. Saluti a lei.

Questo dovrebbe calmarlo per qualche giorno. Nota per me stessa: non utilizzare più la carta legata al conto corrente, ma la AmEx. Con il pagamento in differita, ho tutto il tempo di regolare le cose. E poi, usandola guadagnerò anche tante miglia per il mio ipotetico viaggio a Tahiti. Questa soluzione semplice e piena di vantaggi mi fa sorridere, finché Morgana non entra nel mio ufficio con la sua abituale grazia da dinosauro.

«Mia, potresti preparare la sala conferenze? Fra un po' arriveranno dei clienti tedeschi.»

«Certamente. Quante persone?» domando, mentre stringo i denti.

«Una ventina. Non dimenticare il caffè questa volta,» mi ricorda, gioendo di una vittoria meschina.

«Un errore può capitare a tutti, Morgana. È umano. Non dirmi che tu non ne fai.»

«Fortunatamente non mi succede mai,» mi risponde con la sua aria altera.

«Allora mi spieghi cosa è successo con Marc? Non è stato molto onesto da parte tua, mi sembra,» le chiedo.

Diventa livida di rabbia, e io so che ho vinto questo round. Eh sì, brutta gallina, la tua infedeltà ha fatto il giro di tutto l'ufficio. Non c'è nemmeno un collega che non sia informato del tuo lato volubile o, piuttosto, dei vantaggi procurati dal tuo abito corto.

Godo e lascio il mio ufficio per fare quello mi ha chiesto. Anche se ufficialmente abbiamo lo stesso status, i nostri superiori non hanno lo stesso lavoro. Lei si occupa di compiti importanti, mentre io sono relegata alle cose di minor rilevanza. La cosa non mi ha mai disturbato, comunque. Mi stanco di meno e prendendo lo stesso stipendio. E poi, Dominique è un buon capo. Quando gli chiedo una giornata, raramente è restio ad accordarmela. Senza parlare delle vacanze che mi concede senza mai provare a farmi modificare le date. Sono queste piccole vittorie che mi permettono di essere abbastanza soddisfatta del mio lavoro. A ogni modo, dove potrei trovare un altro lavoro così ben pagato? Beh, lo stipendio non è straordinario, ma non è certamente poco. Piango lacrime di coccodrillo solo con il mio antipatico consulente finanziario. Sono indipendente, e non chiedo niente a nessuno.

Finisco di sistemare i tavoli, maledicendo i tacchi alti e l'abito un po' troppo striminzito, e poi regolo l'aria condizionata. A mezzogiorno, mentre mi preparo per la pausa pranzo, un'insalata verde bio con tre rotelle di carote, due funghi e un pietoso pezzo di pollo nutrito senza OGM – e fa tanta differenza, sapete – Dominique mi chiama.

«Mia, potresti occuparti di servire i nostri clienti più tardi?»

«Sì, non c'è problema. Passo a prendere i dolcetti al ritorno dalla pausa, e tutto sarà pronto in tempo.»

«Fantastico. Sei la migliore!»

I complimenti del mio boss sono sempre piacevoli, tanto più che so che non ha nessun secondo fine. È felicemente sposato, è un bravo padre di famiglia, e io non ho niente da rimproverargli. Non l'ho mai visto sbirciare nella mia scollatura e sua moglie è adorabile. Penso che nemmeno lei non sia minimamente preoccupata di me, e sa che sono dalla sua parte. Come la volta in cui mi ha chiesto aiuto per avere il marito a disposizione quattro giorni per una scappatella romantica, senza che lui lo sapesse. Ho aggiunto all'agenda dei falsi appuntamenti, così che non li prendesse lui in quei giorni, e lui non si è accorto di nulla. Posso essere machiavellica quando voglio, anche se spesso passo per una bionda svampita.

Dopo il mio magro pranzo ipocalorico e ipoallergenico, consumato davanti a una Coca-cola zero, sul terrazzo di un caffè in Boulevard Voltaire, vado velocemente alla solita panetteria usata dalla società per prendere l'ordine. Dispongo i dolci che mi fanno l'occhiolino, (e un calcio nello stomaco), su un vassoio che metto al fresco, e aspetto che arrivino gli ospiti.

Allora, tanto Dominique è un buon uomo, quanto i clienti sono peggio dei cani. Se potessero mangiarmi sul posto, non esiterebbero. Ma non sono un osso da rosicchiare. La natura non mi ha dotata troppo male, e io, semplicemente, valorizzo le mie carte vincenti. Provo a pensare ad altro mentre mi rifaccio il trucco, un colpo di fard, uno di gloss e una spruzzatina di profumo, mentre do una controllatina anche alle unghie. Domani devo per forza andare dall'estetista, il mio french è ridotto malissimo.

I colletti bianchi arrivano e io ritorno nella fossa dei leoni. *Zen, restiamo zen,* canticchio tra me e me mentre vado loro incontro e, con un sorriso gentile, offro loro una tazza di caffè. Continuo tranquillamente il mio giro intorno al tavolo, sentendoli discutere dei bilanci, delle prossime campagne pubblicitarie e altro. Passo ai dolci, e anche se ho fatto attenzione, per terra, dietro una sedia, vedo la cinghia di una borsa per il computer. Sono stata bravissima fino al momento delle bevande calde, ma, questa volta, non riesco a evitarla. Il mio tacco ci si infila dentro e, come in un film, vedo la scena al rallentatore, il vassoio che vola via, il suolo che si avvicina e mi accartoccio come un bicchiere di plastica.

Mi sento ridicola, e non è nemmeno il culmine della vergogna. Il mio fantastico abito Sisley a fiori si è sollevato, svelando la mia biancheria... Aiuto, teletrasportatemi! Voglio scappare da questa sala, lasciare questo mondo e rintanarmi sotto il mio piumone. Portatemi lontano, per favore.

Tranne che non sono in *Harry Potter* con la sua polvere magica, e che non ho né una scopa né la bacchetta magica. Quindi, le mie preghiere non vengono esaudite. Dominique, in veste di salvatore, viene verso di me, e mi aiuta a rialzarmi. Sono mortificata e tengo lo sguardo fisso sul parquet. Non voglio vedere i testimoni della mia rovinosa caduta. Mi chiede se sto bene, ma non rispondo, mormoro un grazie, prima di lasciare la sala per rifugiarmi in bagno.

Fottuto Karma!

Mi sento umiliata. Ho le lacrime che mi pungono gli occhi, ma non mi lascio abbattere. Almeno non completamente. Inspiro, espiro, ed esco dal mio nascondiglio. Mi osservo allo specchio, non vedendo niente di speciale salvo un leggero rossore sopra gli zigomi. Bene, può andare.

Torno nel mio ufficio e volto la testa per guardare verso la sala conferenze. Morgana sta facendo quello che avrei dovuto fare io. Non è grave, ma me la farà pagare. Riflettendo su quello che è appena successo, apro la posta elettronica della società e mando un messaggio al mio superiore.

Mi dispiace di essere caduta. Posso tornare a casa? Credo di essermi fatta male a una caviglia.

Mezza bugia. È il mio ego che soffre. Guardo verso il luogo della mia umiliazione, e vedo Dominique con il telefono in mano. La sua risposta non si fa attendere.

Certamente. Rimettiti. A lunedì.

Alleluia! Forse, finalmente anche il cielo è dalla mia parte.

Mi occorrono solo tre minuti, orologio alla mano, per raccogliere le mie cose e lasciare l'ufficio. Dieci volte in più per ritornare a casa, e buttarmi sul divano. È venerdì pomeriggio, sono appena le quattro, non ci sono vacanze scolastiche e io posso usare la piscina.

Metto il costume comprato per quest'estate, infilo un paio di leggins rosa e prendo al volo un telo, prima di scendere in piscina. Faccio velocemente la doccia, e mi immergo nell'acqua deliziosamente calda. Non è a trenta gradi come la vorrei, ma ventotto sono sopportabili.

Nuoto o, piuttosto sguazzo, per un po' di tempo. Mi fa bene alla salute e mi rassicura anche sull'ottimo investimento immobiliare. Forse non ci vado spesso, ma è piacevole. Come mi aspettavo, gli gnomi arrivano alle cinque. Esco dall'acqua e vado a rifugiarmi nella sauna. Il cartello "Vietato ai minori di sedici anni" mi rassicura. Nessuno mi darà fastidio.

Giro la clessidra per non restare più tempo di quello consigliato e mi allungo sul mio telo. Mi sento rinvigorita da questo calore, mi rilasso e le mie palpebre si fanno pesanti, inducendomi a sonnecchiare un po' in questo bozzolo caldo, finché la porta non si apre e scopro il nuovo occupante: il mio vicino. Mi rivolge un sorriso timido e si posiziona sul lato opposto della mia panca. Osservo la clessidra e vedo che ho ancora alcuni minuti per approfittare di questo momento fuori dal tempo, fuori dalle mie preoccupazione, fuori dalla mia banca, fuori dalla mia crisi professionale, fuori... da tutto.

«Si sente bene?»

«Uhm, e lei?» chiedo educatamente.

«Sì, sta arrivando l'estate. È una bella stagione, e le persone sono più sorridenti. Non trova?»

«Non so. Non vi faccio troppa attenzione.»

«Non l'ho mai vista qui,» continua.

Maschero la mia irritazione per essere stata disturbata, e rispondo: «Scendo raramente. I bambini e il rumore sono un po' faticosi.»

«Capisco. È per questo che ci vengo solo quando sono a scuola. Posso chiederle una cosa?»

«Prego.»

«Le piacerebbe venire a cena con me questa sera?»

Rimango confusa e perplessa. È sbalorditivo. Mi propone un appuntamento mentre io, per tanto tempo, gli ho rivolto ogni genere di gestaccio ogni volta che mi guardava dalla finestra? Nel mio cervello c'è la confusione più totale. Devo dire di sì? Rifiutare mi sembra più giusto. Ma se non esco o, piuttosto, se non ho nessuno nella mia vita, non sarà per caso a causa dei sentimenti che provo per Joshua? No, sono single anche perché, in ogni caso, gli uomini non sono mai perfetti. Non posso dire di sì.

Probabilmente sto impiegando troppo tempo a rispondere, poiché precisa: «Tra vicini. In amicizia. E sarà lei a scegliere il ristorante. Abitiamo sullo stesso pianerottolo da parecchi anni, perché non accettare?»

«D'accordo,» rispondo, pensando subito che la mia stupida bocca non mi ha dato tempo di riflettere un po' di più.

Argh! Ho parlato ancora una volta troppo rapidamente, e ora non posso più fare marcia indietro.

«Dove le piacerebbe andare?»

«Il giapponese in fondo alla strada è buono,» suggerisco.

«Perfetto! E sono del suo stesso parere. Tanto più che è un locale indipendente e non una di quelle catene che ci sono ovunque.»

Bene, ha segnato un punto a suo favore. Deve amare il pesce crudo e questa è giusto una cosa molto importante per me. Per una cucina equilibrata e digeribile non c'è niente di meglio.

«A che ora passo a prenderla?»

«Alle otto? Va bene?»

«Perfetto.»

Verifico la clessidra e il mio tempo è finito. Mi alzo, gli rivolgo un sorriso timido e gli dico: «A tra poco.»

Mi avvolgo nel telo, recupero i vestiti e non perdo tempo a rimetterli prima di risalire nel mio appartamento. La parte più dura sta per cominciare: ho un appuntamento amichevole. Come dovrei vestirmi? E mi insulto ripetutamente per aver accettato. Sono veramente debole davanti a un invito al ristorante. Certo non è proprio un sacrificio insormontabile andare a cena con un ragazzo galante. Malgrado i suoi modi licenziosi quando mi sbircia, è stato molto gentile ed educato nell'invitarmi.

CAPITOLO 6

Appuntamento? Non appuntamento? Impreco da sola davanti al guardaroba cercando di decidere cosa indossare questa sera. La tenuta di una ragazza che esce con un ragazzo per la prima volta? O dei vestiti semplici per una serata tra vicini?

Gli uomini non si rendono conto dell'inferno che viviamo noi ragazze, quando dobbiamo uscire. Ancora una volta, la società benpensante ci ha imposto di vestirci in base alle circostanze ed è insopportabile. Sospiro per l'ennesima volta rimettendo a posto un abito bustier. No, non indosserò un jeans e una maglietta. Se avessi un Denim potrei anche farlo, ma non è questo il caso. Ah, un'illuminazione. Posso mettermi i pantaloni neri aderenti con la camicia bianca di seta cinese, che ha i bottoni a forma di margherita e un bel fiocco all'altezza del collo. Me l'ha regalata mia madre due mesi fa e non ho ancora avuto l'opportunità di indossarla. Bene, ottima idea. Il completo farà la sua figura senza essere troppo appariscente. Classico. Ideale. Impagabile.

Mi infilo sotto la doccia per eliminare i resti del cloro, e mi preparo aspettando tranquillamente il momento in cui verrà a bussare alla mia porta. Completo la tenuta con delle espadrillas che ho acquistato la scorsa estate, e con dei gioielli fantasia, poi aspetto sul divano fino all'arrivo del Signor Nillon. Cavolo! Non conosco nemmeno il suo nome. È un po' il colmo uscire con qualcuno senza conoscere almeno questa cosa basilare. Potrei scendere a guardare sulla buca delle lettere, ma no. Zazie canticchia di nuovo il suo ritornello nella mia testa. *Zen, sì resto zen.*

Afferro il telefono e chiamo la mamma per chiederle se ha già la data dei saldi. Cominceranno fra meno di due settimane, tanto vale mettersi d'accordo fin da adesso.

«Buongiorno, cara, come stai?»

«Bene, mamma. E tu?»

«Ho un buon umore costante fin dalla grande notizia dell'ultimo week-end.»

«Eh? Ah sì, Felipe e la Charlotte alle fragole.»

«Mia! Smettila subito di essere così infantile! Charlotte è un'ammirevole giovane donna...»

«Che ti regalerà il tuo primo nipotino. Stai per diventare nonna! Devo chiamarti nonnina, adesso? O nonna?»

«Mia, non ho ancora l'età giusta per essere chiamata così. E ricordati che sono sempre tua madre, dunque non fare battute di questo genere, per favore.»

«Ma è divertente.»

«Sei proprio come tuo padre. Vi somigliate in parecchie cose. Torvald aveva un umorismo simile,» ricorda lei. «Qualche volta, mi faceva un po' vergognare, ma era gratificante e senza peli sulla lingua, soprattutto per l'epoca.»

«Mamma...» la supplico io.

«Perdonami, cara. So che non si deve parlarne. Lasciamo il passato al suo posto, hai ragione. Alla fine, sei la degna discendente dei Johanesson.»

«Parli come se fosse una referenza, mamma. Non sono come i Dupont o i Martin in Francia.»

«Lo so, ma hai radici svedesi, mia cara. Forza, cambiamo argomento. A cosa devo la tua chiamata?»

«Volevo solo avere tue notizie,» tento di sbrogliarmela io.

«Cara, non chiami mai senza una ragione.»

«Okay, d'accordo. Mi chiedevo per i saldi...»

«Ah ecco,» ride lei.

«Mamma,» rispondo con una voce infantile.

«Lunedì prossimo alle diciassette. Fra otto giorni. Potrai venire o avrai problemi al lavoro?»

«Nessun problema! Non mi perderei l'evento per nessuna ragione.»

«Molto bene. Ti aspetto per il tè, allora.»

«Perfetto! Grazie, mamma.»

«Di niente, mia cara.»

Continuiamo a discutere un poco della settimana, o piuttosto mi informo di ciò che ha fatto lei, non avendo niente da dire di personale. Mi sento male a parlarle di Joshua, della notte che abbiamo passato insieme, della disastrosa esperienza al lavoro, o ancora dei miei mal di pancia. Però, posso dirle di questa sera.

«Sai, mamma, stasera vado a cena con un vicino.»

«È un'ottima cosa. È un brav'uomo?»

«Non lo so molto. Penso di sì,» dico, omettendo il dettaglio delle finestre.

«Allora, divertiti. Spero che trascorriate una bella serata. Mi spiace, cara, ma devo ancora preparare le verdure per la cena di stasera, e non sono in anticipo, come puoi constatare.»

«A presto, mamma.»

«Ti bacio, cara.»

«Io anche.»

Riaggancio sorridendo. Mia madre mi conosce bene. Normale, direte, è lei che mi ha fatto. Ma comunque sospettava che non la chiamassi per il solo piacere di sentirla. L'adoro, siamo chiari. Tende un po' a prendere le parti delle cose positive, appena si presentano. In questo momento, Felipe è la cosa positiva e io sono l'altra. Ma che bisogno aveva di diventare padre, mentre io non sono nemmeno fidanzata? Sono ancora giovane. Arriverà il giorno in cui il mio corpo si sveglierà, l'orologio biologico inizierà a ticchettare e incontrerò un principe affascinante sul suo fedele destriero. Ventisette anni non sono la fine del mondo, e non sono l'unica nubile di questa età.

Anche se i miei parametri di riferimento sono limitati. Al lavoro, la maggior parte delle colleghe o sono in coppia oppure sposate, ma non necessariamente madri. Tutto a un tratto realizzo che, forse, sono rimasta un po' indietro. Solo che i miei sentimenti per Joshua mi turbano. Non sono gelosa degli uomini con cui va a letto. Penso che ciò che mi piaccia di lui sia l'ideale che rappresenta. Si prende cura di se stesso, è premuroso e lo è con me. E la cosa bella è che lo fa senza nessun interesse. È premuroso nei miei riguardi e basta, e non perché gliela do. Nemmeno lui, però, ha trovato il compagno giusto. Dunque, dov'è nascosta la nostra scarpetta di cristallo?

Mi accendo una sigaretta, e prendo una decisione: prima delle feste di fine anno, ovvero fra sette mesi, ci sarà un uomo nella mia vita. Uno vero, non il solito dongiovanni infedele. E andrò a Tahiti l'anno prossimo!

Anche se dovessi vendermi un rene per andarci, lo farò. Però ho seriamente bisogno di mettere un ottimo filtro al mio computer che mi impedisca di andare sui quei siti di vendite private, per stare più tranquilla, su tutti quelli dove posso pagare con la carta. Dovrei riuscirci. Quando mi fisso un obiettivo, lo raggiungo. L'ho sempre fatto.

Ma prima di parlare di un ragazzo, occorre che mi tolga dal cervello, e da alcuni neuroni, quello che provo per Joshua. Si vedrà dopo le vacanze estive.

Il campanello suona, e prima di andare ad aprire spengo la sigaretta.

«Ancora buongiorno,» mi dice lui.

Gli rivolgo il mio più bel sorriso, e cerco di essere affabile.

«Sa che non sappiamo nemmeno i nostri nomi?»

«Ma io conosco il suo. Lei si chiama Mia, ha ventisette anni, è cresciuta nell'ottavo arrondissement ed è andata al liceo Hattemer.»

«Cosa?» gli domando sorpresa.

«Facebook, amici in comune... Internet è una fonte inesauribile di notizie.»

«Ha ficcanasato,» lo accuso ridendo. «Bisogna che lo faccia anch'io. Qualcosa da bere prima di andare?»

Acconsente, e io lo lascio entrare nell'appartamento. Dopo avergli chiesto cosa vuole, preparo due vodka all'arancia. Mi accomodo sul divano, gli porgo il drink, e inizio la conversazione.

«Voglio sapere tutto di lei.»

«Mi chiamo Matt, ho quasi trentun anni e lavoro in uno studio di avvocati. Sono cresciuto in periferia. La mia famiglia non è ricca quanto la sua, ma è felice. Ho una sorella più piccola e un fratello più grande. Scott, che abita negli Stati Uniti, sulla costa Ovest vicino a Seattle, e Lindsay, che vive a Nizza. Sono scapolo, non sposato dunque non divorziato, però ho un bambino di dieci anni. Vive con sua madre, una vecchia amica del liceo, accanto a Bordeaux. Lo vedo regolarmente, e lei non lo ha mai visto perché sono io che vado da lui il più delle volte. Il riassunto è soddisfacente?»

Oh! Cavolo, accidenti e merda! La prima parte andava quasi bene, salvo il lavoro, ma, beh, nessuno è perfetto. Ma ha un bambino? Oh, per la miseria!

«Mi spiace per lei. Un bambino. Alla sua età?»

«Adoro mio figlio, è la luce dei miei occhi,» mi rivela lui.

Ho appena fatto una figuraccia, lo so, però mi guarda divertito. Come posso recuperare? *Argh, zen, zen.*

«Immagino. È importante un bambino.»

Flop. Grosso Flop. Il ritorno della bionda svampita, o della stupida, come preferite.

«Non crede che potremmo iniziare a darci del tu?»

«Sì, sarebbe più logico visto che stiamo andando a cena insieme,» approvo io.

«Allora, alla tua!» mi sorride lui.

«Cin cin.»

I nostri bicchieri tintinnano e guardo i suoi occhi maliziosi. Sono marroni con piccole pagliuzze verdi e, quando sorride, le iridi brillano. È un bell'uomo e si veste bene. Una camicia nera, di ottima qualità, un jeans *bootcut* e dei mocassini in daino. Profuma anche di buono. E non è un profumo noto o almeno non lo riconosco. Le sopracciglia non sono imponenti. Mi chiedo se se le depili per dar loro forma o se sono naturali...

Persa nella mia contemplazione, non sento cosa mi dice.

«Scusa?»

«Ti stavo chiedendo in che ramo lavori.»

«Sono assistente in un'impresa di marketing e pubblicità. In breve, tutto quello che ha a che vedere con il valorizzare i prodotti.»

«E ti piace?»

«Non è così male e mi aiuta a pagare le bollette. E tu, avvocato, sei contento?»

«Abbastanza. Lavoro in uno studio associato, quindi ognuno di noi ha la sua specializzazione, e ci completiamo a vicenda.»

«Qual è la tua?»

«Diritto di famiglia. Non è uno dei rami più importanti, ma cercare di trovare delle soluzioni adatte ai bambini, quando si tratta di divorzio o di separazione, mi piace.»

«Capisco.»

Ritardata. Sono una vera idiota accanto a lui. Come se il mio ego per oggi non fosse stato messo abbastanza alla prova, serve anche che mi senta patetica. Lui fa l'avvocato, io sono una semplice assistente. *Zen, zen. Esci dalla mia testa, Zazie!*

«Perché in famiglia avete tutti dei nomi americani?» chiedo.

«Mio padre è originario di Pittsburgh.»

«Come in *Queer as folk?*»

«Scusa?»

«Non lo conosci?» Mi riprendo dallo stupore, prima di riprendere: «Ah, beh sì, è normale. Sei etero. Cioè, lo sei vero? Voglio dire, non sei bisessuale?»

Grazie, Signore, per le cazzate del mio neurone solitario, che è partito per il paese dei gay! Perché mai gli ho chiesto una cosa simile? Mio Dio, non siamo ancora arrivati al ristorante e io ho già buttato tutto all'aria. Datemi una buca, per favore! Ho bisogno di sprofondarci dentro per nascondermi.

«Sono il più etero degli etero!» scherza lui. «Sono banalmente etero. Ti sei rassicurata?»

«Ah, ma non ho paura. Però preferisco sapere in che situazione mi metto, Matt.»

«Bene, allora. Ti giro la domanda.»

«Etero al cento per cento! Una vera ragazza che preferisce i ragazzi.»

E che ne ama segretamente uno con le sue stesse preferenze, e che altri non è che il mio migliore amico. Sono pazza, lo so.

«Ne concludo che questo ci darà modo di cenare senza che tu ti metta a guardare sia donne che uomini.»

«Non avrò occhi che per te. E Dio mi sarà testimone,» gli dico solennemente, sollevando il mio bicchiere e finendolo.

«Ti prendo in parola. Guarda solo me e io farò la stessa cosa. Ma sappi che, anche se non mi avessi promesso questa cosa, io non sarei riuscito a distogliere lo sguardo da te. Sei davvero incantevole,» si complimenta lui.

Seriamente? Con le insulsaggini che sono riuscita a dire, lui è ancora affascinante e diventa anche irresistibile.

«Vuoi un secondo bicchiere o preferisci andare subito a mangiare?»

«Ho prenotato per le venti,» mi dice guardando l'orologio. «È meglio se andiamo.»

CAPITOLO 7

Se si riassume la situazione in versione espressa, potrei dire: è carino, affascinante e fuma. È avvocato e anche padre. Potremmo condividere l'alito fetido del mattino, ma lo gnomo che salta sul letto un po' meno. Però non è come se lo allevasse lui. Ha detto che va a fargli visita e forse potrei chiedergli con quale frequenza. Per il momento, però, è carino e non tenta di prendermi la mano o fare qualsiasi altro gesto disdicevole. È piuttosto interessante uscire con qualcuno che non ti fa sentire addosso l'abituale possessività. Spesso, l'*appuntamento* mi mette una mano sulla parte bassa della schiena, oppure cerca di stringermi il braccio... Piccoli gesti che urlano "lei è mia." Vi confesso che adoro trovarmi in questo genere di situazione, ma solo quando sono innamorata.

Fumiamo una sigaretta mentre camminiamo lungo la strada del nostro quartiere, per raggiungere il ristorante. Ora mi ricordo del perché ero stata felice quando avevo saputo che il locale era stato aperto da un vero giapponese. È così bello e non è una catena. Certo, alcune le adoro, ma ogni tanto non c'è niente di meglio della tradizione. E a Parigi è una cosa che manca crudelmente. Spesso, in questi ristoranti non trovi facilmente posto oppure devi avere una tessera fedeltà per poterci andare. Quindi, è inutile dirvi che mi fa sempre piacere quando qualcuno accetta la scommessa di ritornare al passato, anche perché alla fin fine credo sia audace trovare il coraggio di fare certe scelte. Come ho appena fatto io. Sento già il tic-tac dell'orologio biologico programmare il futuro.

Appena arrivati, Matt guadagna ancora altri punti: mi apre la porta. Non è granché, ma gli rivolgo il mio sorriso più bello, senza sbattere le ciglia. Ci accomodiamo velocemente al nostro tavolo, e mi chiede cosa voglio prendere.

«Penso che, come al solito, prenderò il menù otto, che contiene un po' di tutto.»

Lui guarda la carta e le sopracciglia si alzano fino alla radice dei capelli.

«Questo è tutto?» si stupisce.

«Ma è tantissimo. C'è la zuppa di riso, l'insalata di cavoli, ed il riso vinaigré.»

«Due sushi, due sashimi, e due maki?»

«Ho poca fame,» preciso, e questo lo fa scoppiare a ridere.

«Ah certo! Questo spiega tutto. Quindi suppongo che stai progettando di partecipare a una gara a chi mangia di meno durante l'anno?»

«Mangio abbastanza,» gli rispondo. «Non sono pelle e ossa, forse un po' magra, ma non scheletrica. Ho ancora molto margine, prima di arrivarci.»

«È vero. Scusami, ho mancato di tatto. Diciamo che sono sorpreso da quanto poco pensi di prendere, e potrei avere dei complessi.»

«Quale menù stai considerando?»

«Il numero tre.»

Guardo il dettaglio e a quel punto sono io a inarcare le sopracciglia in modo spropositato. È almeno cinque volte più del mio. Come fa a mangiare così tanto?

«Riesci a finirlo?»

«Sì. È grave, dottore?»

Scoppio a ridere, e lui mi segue nel mio irresistibile gracchiare rauco. Nel frattempo arriva il cameriere per prendere le ordinazioni. Matt mi guarda e mi chiede se sono d'accordo a dividerci una barca, spiegandomi che c'è tutto quello che ognuno di noi vuole mangiare, e che non potrà farci male tutta quella roba visto che è per due. È stranamente intelligente, il ragazzo.

Degustiamo le nostre zuppe appena ci arrivano e iniziamo a parlare. È piacevole e non giudica la mia ossessione per i vestiti, anzi, dice che sono una donna che si prende cura di se stessa. Il vino è perfetto per accompagnare il cibo, e noi continuiamo la nostra chiacchierata fino al dessert. E in quel momento noto il suo sorriso da vincitore.

«Che c'è?»

«Niente. Anzi, no. Diciamo semplicemente che, presa dalla conversazione, non ti sei resa conto di aver mangiato il doppio di ciò che avresti consumato ordinando il tuo menù. E questo mi fa piacere.»

«Hai contato il mio cibo?»

«Sì. Volevo vedere se ti saresti lasciata trasportare dalle nostre chiacchiere. Mi piace, e alla fine hai mangiato normalmente. Ne sono incantato.»

«E così mi hai spiato, mi hai affascinato e mi hai raggirato per farmi aumentare di peso. È stranamente calcolatore come modo di fare.»

«Faccio l'avvocato, mia bella signora,» ammette. «Non è colpa mia,» si scagiona, facendo una smorfia infantile.

«Signorina,» replico io, ridendo e allungando le mani davanti a lui. «Non ci sono anelli qui.»

Il mio anulare sinistro vicino al suo viso viene afferrato dalla sua mano che non ho visto arrivare. E in modo delizioso mi bacia là dove un giorno ci sarà una fede nuziale. È adorabile. È proprio l'appuntamento ideale!

A ogni modo lo avevo sospettato, dunque non sono sorpresa. È piacevole farsi corteggiare elegantemente. Non è pesante o insistente e i suoi modi sono affascinanti. E adesso? Che si fa?

La serata è andata davvero molto bene. Gli propongo di venire a prendere un ultimo bicchiere da me? È già stato prima di cena, nel mio appartamento, quindi non è come stessi cedendo al primo appuntamento. Non sono la ragazza facile che si butta sul primo maschio accettabile, appena ne ha l'occasione. No! Forse una volta o due. Ah sì, ho anche avuto per un certo periodo, con mia grande vergogna, un S.R., ovvero uno Scopamico Regolare. Intanto siamo arrivati al dessert, i maki alla Nutella. La mia pancia è sul punto di implodere, e già visualizzo il riflesso dello specchio domani mattina: una grassona con le cosce enormi e la pancia da donna incinta, che festeggia i suoi sei mesi di gravidanza. Sì, adoro mangiare, ma faccio anche attenzione. Non crederete mica che riesca a indossare una trentaquattro barra trentasei rimpinzandomi tutti i giorni, vero? Faccio delle giornate "liquide" a base di tisane depuranti e ringrazio Dio quando mi viene una gastroenterite. No, è inutile che mi parliate di glamour, tutte noi sogniamo di averla ogni tanto, soprattutto dopo le feste o prima delle vacanze estive.

Mentre lo guardo mangiare, noto uno sbaffo di cioccolato all'angolo delle labbra, e mi assale una voglia matta di toglierglielo. Con un dito? No, con la lingua, degustandolo *con gusto*.

«Che c'è?» mi chiede lui, mentre io sono presa da quella piccola macchia che mi chiama.

«Niente. Anzi, sì c'è qualcosa. Hai un po' di cioccolato qui,» gli dico, e tendo il braccio verso di lui.

Non si tira indietro, e sapete cosa faccio? Mi allungo verso quella smorfiosetta che mi fa l'occhiolino, la recupero con il dito e me la porto alla bocca. I suoi occhi non mi hanno mai lasciato per tutto il tempo. Arrossisce, ed è adorabile. Quante volte l'ho detto, questa sera? A forza di ripetermi sembro una ragazzina. Ho quasi l'impressione di essere tornata al liceo. Tranne che ora le cose sono molto diverse. Siamo indipendenti, con l'età giusta per fare ciò che desideriamo e, dunque, anche passare del tempo in modo meno ortodosso.

«Ti va di salire da me a bere qualcosa?» gli propongo.

«Se ti fa piacere.»

Lascio che sia lui a pagare, e apprezzo il suo gesto. Non fa come certi presuntuosi che chiedono che il conto gli venga portato al tavolo, affinché tutti possano vedere che hanno pagato la cena. No, lui si alza, prende il portafoglio e va discretamente alla cassa. C'è tutta un'arte dietro un invito al ristorante, e la delicatezza, nei miei vecchi appuntamenti, lasciava molto a desiderare. Ho come il presentimento che qualunque cosa faccia, acquisterà sempre più punti. Ci sono in lui tutti questi piccoli dettagli che fanno la differenza. E penso che nemmeno io devo essergli sembrata così male, durante questa cena. Altrimenti, non avrebbe accettato di venire da me.

Ma che non pensi che gli farò posto nel mio letto. Non la prima sera, almeno. Sono una giovane donna rispettabile.

Perlomeno fino a quando non bevo un bicchiere di troppo. Ecco, vi basti sapere che non devo abusare dell'alcol.

Torniamo verso casa e il suo comportamento non cambia. Matt non cerca di appiccicarmisi addosso nell'ascensore, ma, al contrario, continua la conversazione, e in modo casuale apriamo l'argomento delle vacanze.

«Dove vai quest'anno?» si informa, mentre apro la porta.

«Con il mio migliore amico a Sitgès. Come l'anno scorso, in effetti. E tu?»

«Porterò Liam a fare un giro in Italia per una settimana, e ci fermeremo qualche giorno da mia sorella. Né io né lui la vediamo spesso, quindi ne approfitteremo. Dopo, andremo da Scott a Seattle per due settimane. Perlopiù visiteremo il paese, insieme al resto della famiglia. Mentre in Italia saremo solamente noi due.»

«È fantastico. E sua madre? Voglio dire... si è rifatta una vita?»

«Sì, ma sai, in realtà la situazione è più semplice di come sembra. Non siamo mai stati realmente insieme, abbiamo avuto una relazione da cui è nato nostro figlio, ma non siamo mai stati una coppia. Capisci?»

«Ah! Okay. Quindi, non siete in una situazione di conflitto permanente?»

«Non del tutto,» mi spiega lui. «Lei è sposata, e ognuno di noi ha un suo ruolo. Il patrigno è molto presente per lui e si è ritagliato un suo spazio. Sono suo padre, e provo a essere presente il più possibile. È per questo che vado spesso a trovarlo.»

«Ma è fantastico che tutto proceda così bene. E perché lo fai venire raramente da te?»

«Preferisco andare io per non obbligare lui a perdere tempo con i trasporti, perciò mi organizzo. Evito di fare troppi spostamenti, prendo sempre lo stesso hotel, e talvolta resto anche da lui. Tutto si svolge molto bene e pacificamente.»

«E ogni quanto vai?»

«Minimo due volte al mese. E quando ci sono le vacanze scolastiche, provo a passare un lungo week-end con lui.»

«Trovo che sia tutto fantastico. Cosa vuoi da bere?» gli domando, alzandomi dal divano su cui ci siamo seduti da quando siamo arrivati.

«Qualunque cosa tu abbia.»

«Dovrei avere del Bailey's. Ti va bene?»

«Sì, certo. Adoro il whisky,» mi risponde lui.

Prendo i bicchieri e la bottiglia continuando a pensare, e le parole lasciano la mia bocca senza che veramente me ne renda conto.

«E non è più difficile frequentare qualcuno, avendo la responsabilità di un bambino? Certo, non sta sempre con te, ma ti prende molto tempo e dunque sei meno disponibile,» constato.

«Sì e no. Esco poco. In verità, era più complicato quando studiavo, ma da quando lavoro tutto è più semplice. Non lo nascondo, ma non ne parlo molto spesso. È quasi come se Liam fosse il mio giardino segreto.»

«Ma a me l'hai detto subito.»

«Sì, di solito non lo faccio, ma con te preferisco essere onesto. E poi, siamo vicini. L'avresti visto un giorno o l'altro. Anche Liam viene a trovarmi ogni tanto.»

«Allora devo pensare ad acquistare delle tende, non vorrei che tuo figlio faccia come te.»

«Non capisco di cosa parli,» ironizza lui, prendendo il bicchiere che gli offro. «Grazie.»

«Mi guardi quando sono tutta nuda!» replico io, scherzando.

«Non è colpa mia se sei in tenuta adamitica quando prendo il caffè. Spesso ti vedo anche vestita. Solo che non fai attenzione, tutto qui. Provi sempre a recuperare il gatto dalla finestra, dunque non guardi, ma io sì.»

«E tu mi osservi da molto?»

«Tre anni. Dal giorno del tuo trasloco,» mi rivela, un po' imbarazzato. «Non sei una donna facilmente raggiungibile e quindi rimanevo in cima al mio trespolo ad ammirare la mia bella vicina.»

Okay. Restiamo calmi, ho bisogno di una canna.

CAPITOLO 8

Glielo dico o lo faccio con naturalezza? Alla fine, è giovane, ha solo trentun anni e non è sicuramente un vecchietto decrepito. E poi comunque fuma sigarette. La maria acquieta lo spirito e il sistema nervoso e io ne ho bisogno.

«Tre anni, eh?» ripeto, prendendo la scatola nel cassetto del tavolo del salone.

«Ne sei sorpresa?»

«Perché non me ne hai parlato prima? Voglio dire, ci incrociamo in ascensore, nel parcheggio, alle finestre...»

«E anche al supermercato,» scherza lui. «Non lo so. All'inizio ti trovavo attraente ma altera. Sai, eri tutta presa nella tua bolla dorata, con i tuoi amici... poi quel tuo amico che passa spesso. E sei sempre impeccabile. È intimidatorio anche per un avvocato come me. Non veniamo proprio dallo stesso mondo.»

«Non ti vesti così male,» confesso.

«Tuttavia, credo che tutti i miei vestiti di questa sera non raggiungano il prezzo delle tue scarpe.»

«Ho dei vizi. Acquistare vestiti mi fa stare bene,» dico, iniziando a rollare il mio calmante. «Ti disturba?» chiedo

«Una canna? No, tranquilla.»

Mi concentro per fare un bel cono, non vorrei ritrovarmi con una cosa che non somiglia a niente... Poi però penso, e chi se ne frega, tanto comunque quando la fumerò finirà nel posacenere.

Appena l'accendo, mi sento subito meglio. L'asprezza del prodotto illecito mi solletica la gola. Matt non parla più e io mi rilasso nello schienale del divano, prendendo una seconda boccata. Gliela porgo, e lui aspira chiudendo gli occhi.

È veramente un bell'uomo. Credo di non averlo mai guardato sul serio, a parte il suo sedere ma quello non conta, e i miei paraocchi mi hanno impedito di scoprirlo. Il suo viso è armonioso e trasuda lussuria con quell'aria così rilassata. Mi piacerebbe depositargli un bacio sulle labbra. Uno piccolo, giusto per sentire la ruvidezza della barba. Ma lui blocca tutto il mio desiderio quando mi chiede: «Perché spendi tanto in abbigliamento? Cosa compensi?»

«Perché mi piace. Mia madre mi ha insegnato fin da piccola che vestirsi bene è una garanzia di successo, in società. E poi le donne hanno quest'obbligo. Almeno, nel nostro paese. Le parigine ancora di più. Capisci?»

«Sì, certo. Ma dei vestiti costosi che vantaggio hanno rispetto a un prodotto medio?»

«Non lo so. I materiali sono diversi, durano più a lungo. Ne ho davvero molti, però, e credo che potrei vestirmi per un anno senza bisogno di portare qualcosa in lavanderia, tanto i miei armadi sono zeppi.»

«Mi parli un po' della tua famiglia?» mi chiede, restituendomi la canna.

«Non c'è granché da dire. Papà è morto quando avevo cinque anni, mamma si è risposata due volte. Ho un fratellastro, ovvero il figlio del mio patrigno Francisco. Si chiama Felipe ed è sposato con Charlotte, una perfettina come ce ne sono poche in giro. Ma almeno c'è equilibrio con me, quando ci sono i pranzi di famiglia.»

«Di cosa si occupano?»

«Mamma di niente. Cioè, si occupa di Francisco e della casa. Lui fa il medico e Felipe fa il tuo stesso lavoro,» dico, facendo una smorfia.

«Non ti piacciono gli avvocati?»

«Sì. È solo che non mi sembra appassionante il loro mondo. Almeno secondo il mio punto di vista. Quando Felipe ha trovato lavoro si vantava di tutti i privilegi che avrebbe avuto, e su quanti dossier importanti avrebbe lavorato, ma io non lo trovavo molto eccitante. Non vedo molte cose interessanti a fare l'avvocato fiscalista, a parte giocare a fare l'osso duro per aggirare la legge ed evitare di pagare le tasse. Però mi compila la dichiarazione dei redditi ed è già qualcosa,» riassumo.

«Felipe e il cognome?»

«Giacometti.»

«È un mio collega!» esclama Matt. «Com'è piccolo il mondo.»

«Tu però sei specializzato in diritto di famiglia,» dico io stupita.

«Sì, ma ti ho detto che lavoro in uno studio associato. E il tuo fratellastro fa parte dei soci.»

«Oh caspita!» replico io, un po' rigida per gli effetti della canna. «Non è noioso?»

«È un ragazzo simpatico che fa bene il suo lavoro. Ho visto sua moglie solamente una volta.»

«È incinta.»

«Hanno l'età giusta,» mi risponde lui.

«Certo.»

«Ne vuoi?»

«Scusa? Al primo appuntamento mi chiedi se voglio dei bambini?»

«Sono domande normali, tra adulti,» sorride.

«Uhm. Vabbè, se lo dici tu. Penso che un giorno ne vorrò. L'ideale sarebbero due. Un maschietto e una femminuccia. Ma per prima vorrei una principessa. E tu? Ne vorresti altri?»

«Sì. Penso che al momento giusto, ne vorrei degli altri. Per il numero, si vedrà a tempo debito.»

Faccio un altro tiro, e pondero su ciò che mi ha appena detto. Ho risposto spontaneamente, anche perché l'erba mi fa sciogliere la lingua. Sto bene in sua compagnia. Non so se cerca altro per questa sera, ma in questo momento mi piace così com'è. Gli ripasso la canna, e i nostri sguardi si incrociano. Di nuovo, ho voglia di baciarlo. Le sue labbra mi chiamano, come la gravità ci tiene ancorati al suolo. Sono irresistibilmente attratta dalla sua bocca. Mi chino nello stesso momento in cui lo fa lui e, alla fine, le sento.

È un bacio timido quello che ci scambiamo, e ci regaliamo pochi secondi per questo semplice contatto, senza fare altro. Ma il suo labbro superiore è deliziosamente allettante. Ho voglia di aspirarlo lentamente, mordicchiargli quella piccola estremità di pelle ... pare che mi abbia letto nel pensiero perché mi fa la stessa cosa con quello inferiore. Senza aggressività, se ne appropria, e vi affonda i denti con dolcezza, esercitando una debole pressione. Mi sento sempre più coinvolta e comincio ad avere caldo a causa di questo bacio umido che ci scambiamo. È bello, è buono, è dolce.

Socchiudo le labbra e mi lascio penetrare dalla sua lingua. Percepisco il gusto del liquore e ho l'impressione di fluttuare in una nuvola lanuginosa, perché la danza delle sue labbra sulle mie è perfetta. Il movimento non è veloce, né scrupoloso, né vagamente bestiale. Emana tenerezza, avverto una sorta di comunione tra i nostri corpi, solo per il semplice contatto delle nostre bocche l'una contro l'altra.

La mia mano posata sul suo torace gioca a indovinare le forme che si nascondono sotto quel lembo di stoffa, mentre la sua imprime dei movimenti lenti sulla parte bassa della mia schiena. Mi sento benissimo in questa posizione, e così anch'io invado la sua bocca. Mi diverto a giocherellare con la sua lingua, e lui fa lo stesso, costringendomi a essere più dura. Iniziamo un tenero combattimento che mescola i nostri sospiri in una nuova intimità.

Tuttavia, abbiamo bisogno di riprendere fiato entrambi, così mi scosto un poco da lui. Senza volere, la mia mano si poggia sul cavallo dei suoi pantaloni, non riesco a trattenermi ed emetto un suono molto simile a un gemito. L'ho sentita: la sua erezione. È dura, imponente, pronta a un po' di svago e mi tenta moltissimo, ma non siamo a questo stadio. Non possiamo, non dobbiamo. Ogni cosa a suo tempo.

«Spiacente,» mi dice lui, raddrizzandosi goffamente sul divano.

«Per cosa?» mi stupisco io.

«Questo,» mi dice, abbassando gli occhi sul suo membro. «Mi fai quest'effetto, mia bella Mia. E credo che sia reciproco.»

No, non sono eccitata. No, no e no! Sebbene... Ma non può vederlo. Però, il suo sguardo puntato sulla mia scollatura mi fa realizzare che il mio reggiseno, per quanto bello, non riesce a nascondere bene i miei capezzoli. Sono eretti e desiderano solo una cosa: essere coccolati. Se la sua lingua è dotata per questo scopo, quanto lo è per i baci, non oso immaginare cosa succederà quando la userà su di me.

«Sei un bell'uomo e baci molto bene,» gli dico, pensando che la scusa sia accettabile.

Mi tocco le guance sperando di far sparire il rossore dovuto all'eccitazione, e inspiro una grande boccata d'aria.

«Ora va meglio.» Poi gli propongo: «Un ultimo bicchiere?»

Ride, ma lo sento teso quanto me. I suoi occhi brillano, le sue labbra mi chiamano, e io brucio dalla voglia di scoprire il suo corpo, di vedere ciò che nascondono i vestiti. Ma dobbiamo riprenderci entrambi. Mi alzo e vado in cucina per preparare dei nuovi drink. Nel momento in cui il liquido riempie i bicchierini, lo sento dietro di me. Le sue dita si infilano sotto i capelli, sulla mia nuca, scostandomeli, e la sua bocca si posa sulla mia pelle scoperta.

«Avrei dovuto avvisarti che divento molto sentimentale quando fumo.»

«E anche tattile,» mormoro piano, per non fargli capire che quello che mi sta facendo, mi fa impazzire.

Non risponde e continua a poggiare le labbra sullo stesso punto. Mordicchia, bacia, inumidisce, come se stesse facendo l'amore. È delicato, tenero e appassionato. Sono solo sensazioni leggere in questo istante, e mi dannerei pur di avere qualcosa di più di questo assaggio eccitante.

«Sei veramente una donna deliziosa, Mia,» mi dice scostandosi di me, e la cosa mi fa arrabbiare.

Perché si è fermato? Stavamo così bene, ma forse... No! Ho detto no. Non dobbiamo. Tuttavia, mentre si siede di nuovo sul divano, lo vedo che si riaggiusta discretamente. Non mi piace l'idea di farlo andare via in quello stato, ma che genere di donna sarei se mi lasciassi andare, già la prima sera? *Mia, devi preservarti,* mi sussurra all'orecchio la voce della mamma. Ma io non sono sposata, non ho ancora dei bambini e, soprattutto, non ho avuto tre mariti come lei. Probabilmente, in quanto a partner, la supererò. Aiuto! Non riesco a immaginare mia madre a letto con un uomo! Quale figlio potrebbe farlo? *Calma, stai impazzendo, Mia. Calmati.*

Prendo un grosso respiro, afferro i bicchieri pieni, e vado dal mio vicino barra appuntamento, barra "futuro" amante, per sedermi accanto a lui sul divano. Mi guarda in modo strano, come se avessi fatto una sciocchezza.

«Che c'è, Matt?»

«Mi turbi,» mi confessa.

«Scusa?»

«Non sono un dongiovanni, Mia. Anzi, proprio il contrario. La mia vita è semplice: ho il lavoro, vedo mio figlio quando posso e i miei hobby si limitano a frequentare la piscina di questo residence, oppure a correre lungo il canale Saint-Martin. Non vado in giro per negozi, acquisto tutto o quasi su Internet per mancanza di tempo o per pigrizia. Quando non vado a Bordeaux per Liam, vado dai miei genitori, a nord di Parigi. Non ho niente di eclatante da proporti. Sono giusto il ragazzo banale che ha voluto azzardare su una ragazza irraggiungibile.»

«E?» replico piccata.

«Ti meriti un uomo che ti potrà dare delle cose a cui io nemmeno penso. Sei bellissima e ti aspetterai delle attenzioni, mentre io talvolta posso anche trascorrere quindici ore al lavoro, se ho un dossier importante. Forse sono gentile e un uomo come si deve, ma mio padre mi ha sempre insegnato a mostrare ciò che sono, e a lasciare libero sfogo alle mie emozioni. Dunque, sono un uomo che piange. Certo, non succede spesso, e soprattutto accade per colpa del lavoro, specie quando vedo un bambino in difficoltà e per il quale non posso fare niente a causa delle leggi contraddittorie che ci sono in Francia, facendomi rimettere in questione tutto quello per cui ho lavorato così duramente. Non sono un tipo che esce a divertirsi tutte le sere e, a dirla tutta, non ho neppure così tanti amici.»

«Perché mi dici questo?»

«Perché non posso lasciare che tu creda che io e te potremmo avere un futuro. Ho fatto un errore questa sera, non avrei dovuto invitarti. Scusami,» mi dice, alzandosi.

Stupefatta, lo guardo prendere la giacca e lanciarmi un'ultima occhiata, prima di superare la porta e lasciarmi. Sola.

CAPITOLO 9

Inutile dirvi a cosa somiglio stamattina. Sì, avete indovinato bene: gli occhi da panda. Quando quel cretino è uscito da casa mia, mi sono sentita come un vecchio calzino, una povera cosa dimenticata, uno scarto dell'umanità. Dunque, mi sono fumata un'altra canna e ho chiamato Joshua ma c'era la segreteria. Con la mia voce da fumatrice incallita, gli ho raccontato tutta la mia folle serata, che tutto andava bene fino a quando *lui* ha detto che non era abbastanza per me, e anche di quando mi ha precisato che non avevamo nessun futuro insieme! Finito il racconto mi sono ritrovata depressa, o deperita, scegliete voi cosa è meglio, distesa sul sofà e coperta da un plaid. Fendi mi ha anche fatto le fusa. Non per molto, tipo due minuti, però mi ha dimostrato di essere lì per me, e sono riuscita ad addormentarmi.

E stamattina, il mio punto di vista è cambiato. Me ne frego. Non era che una serata tra vicini. Con un bacio. Un delizioso bacio. Dato da un uomo così perfetto, così tenero, ma talmente…

Dopo un veloce passaggio in bagno, dove mi strucco, George mi tiene compagnia mentre il caffè si raffredda, e fumo una sigaretta. Ed ecco, ho deciso, il momento è arrivato.

Smetto di fumare. Guardo un'ultima volta questa cosa così tossica che mi invade i polmoni a ogni boccata e la schiaccio nel posacenere. Conoscete quel sentimento di vittoria personale? Quello che vi dice che avete appena preso la decisione più sana per il vostro corpo? Certo, lo ammetto, non ho minimamente pensato di smettere anche con le sue sorelline, che sono ben riposte nel cassetto del tavolo nel salone. Loro sono diverse. Solo una piccola cosa che mi aiuta a sentirmi meglio.

Prendo il pacchetto e lo butto nella pattumiera, poi chiudo anche la busta e la appoggio nel corridoio comune del palazzo. Ma non sono così pazza da credere che questo vizio mi passerà facilmente, quindi, visto che ho appuntamento dall'estetista fra trenta minuti, ho anche il tempo per fare una capatina in farmacia.

Abbandono la mia tenuta di ieri con una sportiva, indossando un paio di leggings, che valorizzano le mie curve, e soprattutto sono comodissimi. Armata della mia American Express, e no, non ho dimenticato l'e-mail del mio consulente finanziario, esco dall'appartamento passando dal seminterrato per depositare la spazzatura.

C'è uno splendido sole, è sabato mattina, e io sono felice, malgrado la serata disastrosa, di approfittare di questa bella giornata, piuttosto che dover andare al lavoro. La farmacista mi rivolge un sorriso splendente, e io mi sento obbligata a togliermi gli occhiali da sole per apparire al mondo in modo naturale.

«Buongiorno,» la saluto io.

«Buongiorno, signorina Johanesson. Cosa posso fare per lei?»

«Voglio smettere di fumare, avrò bisogno di un sostituto della nicotina.»

«Ma è una notizia bellissima. Allora, vediamo cosa posso darle.»

Per quello che mi sembra essere un tempo folle, la farmacista mi spiega i benefici di un prodotto, prima di decantarne un altro, per poi alla fine, ritornare alla scelta iniziale.

«A ogni modo, lo spray mi sembra il più appropriato. Abbiamo avuto dei buoni risultati, non è costrittivo e, guardi, può facilmente tenerlo in mano.»

«A che gusto è?»

«Menta forte. Al primo utilizzo potrebbe infastidirla. Quindi ci vada piano.»

Pago, verifico di non dover correre per andare all'istituto di bellezza, e mi spruzzo una prima dose del sostituto, il mio nuovo migliore amico, quello che mi farà smettere di fumare. Avverto una certa apprensione nel momento in cui premo il bottone, ma non è niente se la paragono allo shock emozionale dello spray. Pizzica, mi lacrimano gli occhi – menomale che ho rimesso gli occhiali da sole – e ho il fondo della gola che sembra bruciare a fuoco vivo. Ve lo giuro, per farvi passare la voglia di fumare, non c'è niente di meglio. Dannato prodotto! Non è menta forte, ma pepe mentolato. Sarebbe più veritiero se lo pubblicizzassero in questo modo. Ho la sensazione di avere dei chicchi di grano in fondo alla gola, vicino alle tonsille. Cioè, le sentirei se ancora le avessi.

A vent'anni, avevo continuamente mal di gola, e il mio otorinolaringoiatra mi consigliò l'ablazione. Valutai tutti i pro e i contro, prima che Joshua mi spiegasse una delle virtù non presenti nell'opuscolo dell'operazione. Pare che ragazzi apprezzino il fatto che non ci siano più, per il semplice motivo che, senza le tonsille, c'è più spazio nella cavità orale, ed è un vantaggio quando si pratica la fellatio. Credo che sia stato questo a motivarmi. Dopo due o tre settimane di ghiaccioli e di vasetti di omogeneizzati, ho fatto una prova, e non sono rimasta delusa. Sapete, è vero, e non si ha nemmeno voglia di vomitare!

Inspiro di nuovo, e mi avvio dall'estetista. Caroline, che si occupa di me, inizia con il rifarmi la manicure, prima di applicarmi una maschera facciale, per poi dedicarsi a cose di cui non avete alcun bisogno di essere messi al corrente. Certo, all'inizio si prova sempre un po' di dolore, ma fortunatamente lei ha una crema formidabile che lo acquieta immediatamente.

Mentre tento di sopravvivere agli assalti delle sue mani diaboliche, un'idea è germogliata dentro di me. Sì, il mio neurone solitario si è svegliato, e penso proprio che questa sia la giornata dei cambiamenti. Bisogna assolutamente mettere una croce bianca su questo sabato di inizio giugno.

Quando ritorno a casa, sono sorpresa di sentire della musica, poiché mi sembrava di aver spento tutto, quando sono uscita. Alla fine, però, scopro che non è nessun altro che Joshua, stravaccato sul mio divano, con un caffè in mano.

«Buongiorno, Principessa!»

«Ciao, stai bene?»

«Dovrei essere io a farti questa domanda. Cos'era quel messaggio che mi hai lasciato? Ho compreso appena una parola su tre, e la sola cosa di cui sono certo è che hai trascorso una pessima serata, con un ragazzo che non ti vuole. Ma non ho capito chi è il ragazzo in questione.»

«Non è niente. È solo il mio vicino,» preciso, prima di muovere la testa in un cenno affermativo a seguito del movimento del suo braccio che indica l'appartamento di Matt. «Sì, mi ha fatto il "discorso" del ragazzo che non è all'altezza, eccetera eccetera. Vuoi un altro caffè? Vado a prepararmene uno.»

Gli deposito un bacio sulla fronte e mi ubriaco del profumo dei suoi capelli, dell'effluvio del suo bagnoschiuma e del suo profumo maschile. È sempre così perfetto... la canottiera che indossa è così stretta che gli mette in evidenza i muscoli, perfezionati nella *Gym Louvre Sauna*, un altro riferimento gay, sì ancora un altro. Povera me. Ma non è grave, ho deciso di non essere più innamorata di lui. So che è un'utopia da parte mia credere di essere in grado di scegliere dove dovrebbe stare il mio cuore, ma non posso continuare a essere infatuata del mio migliore amico omosessuale.

Prendo la sua tazza, schiaccio il bottone affinché George ci faccia dei caffè, e ne approfitto per fare rientrare Fendi in casa, senza azzardare un'occhiata verso il vicino. Se non avessi già un programma per questa sera, probabilmente penserei a mettere delle tende, che nasconderebbero la luce e, soprattutto, qualsiasi vista verso il suo appartamento.

«A cosa pensi, Principessa?»

«Niente di speciale, tesoro. Allora, com'è andata la tua serata di ieri?»

«Sono andato al *Raidd Bar*.»

«Sei ritornato da solo?»

«Beh, diciamo piuttosto che non sono tornato a casa. Ho trascorso la notte da una coppia simpatica.»

«Una coppia? Ah però!» esclamo, mentre gli porgo il caffè.

«Sì. Un giovane trentenne e il suo amico. Ti lascio immaginare il seguito.»

«Ti sei protetto almeno?»

«Sì, mamma.»

«Ah no! Non paragonarmi a tua madre, per favore.»

«Ti stuzzico, Principessa. Che cosa hai voglia di fare, questo pomeriggio?»

«Ho ideato un piano diabolico,» dico, facendo un sorrisetto a labbra tirate che mette in evidenza il bianco madreperlaceo dei miei denti.

Gli racconto del mio progetto e lui si entusiasma all'idea di aiutarmi. Tuttavia, la sua buona volontà diventa un calvario quando decide di entrare nella mia camera degli ospiti, che non è affatto piccola, beninteso.

«Principessa! Non si riesce quasi più ad aprire la porta!»

«Lo so,» piagnucolo io, con una vocina infantile per ammansirlo. «Non è colpa mia se creano dei vestiti sempre più belli, e non ho il coraggio di sbarazzarmi degli altri. Ci può sempre essere l'occasione per indossarli di nuovo.»

«Anche questa?» mi chiede, mentre mi allunga una gonna a portafoglio con tutti i colori dell'arcobaleno.

Beh d'accordo, forse proprio questa, no. Ma ha un significato speciale per me. Era il nostro primo Gay Pride, dieci anni fa. Dieci anni! Buon Dio, nessuno ringiovanisce ripensando alla propria adolescenza, e io ho l'impressione di avere l'età di mia madre mentre parlo di qualcosa che si è svolta secoli prima. Invecchio, è un dato di fatto, ma non l'accetto. E finché la società ci darà delle creme antirughe e la possibilità di fare delle iniezioni di Botox, non intendo rinunciare ad allontanare le mie difficoltà di vedere gli anni che scorrono. Porto benissimo i miei ventisette anni, è vero, ma quando qualcuno me lo chiede, e la risposta non ha nessun'altra implicazione, minimizzo togliendone due. Dopotutto, chi andrà mai a verificarlo?

«E questo?» continua Joshua, tirando fuori un abito di pelle, particolarmente corto.

«Ho osato mettere una cosa simile?» Ah sì, è vero, lo usai per rendere geloso un mio ex idiota. Se i miei ricordi sono buoni, all'epoca ci ero anche riuscita.

«Ammetto che ci sono delle cose che probabilmente non rimetterò mai più. Ma è bello sapere di averle. Così, se un giorno si dovesse presentare l'occasione giusta, non avrò bisogno di ricomprarli. Capisci?»

«Questa è falsa economia, Principessa. Vendendo quest'abito e queste altre due cose orribili, potresti facilmente acquistare un paio di scarpe che desideri.»

«Compro quello che voglio, anche senza venderli.»

«E il tuo consulente finanziario?»

«Umm... è un consulente. Non capisce nulla di moda, né delle altre mie spese. Non è colpa mia se è anche taccagno. Quindi, per il momento uso la mia Amex.»

«Ti ha minacciato?»

«No, ha solo parlato dello scoperto, però lo stipendio non era ancora arrivato. Ma fra quindici giorni, avrò il premio per le vacanze, quindi coprirò una buona parte dei miei ultimi acquisti.»

«Prima o poi farai il botto,» mi avverte lui.

«Ma no, mio maschione adorato. Hai torto a pensare che non sappia stare attenta. La prova è che andrò a fare acquisti durante i saldi, insieme alla mamma, fra una settimana.»

«Così paga lei. Sei furba, Principessa, mi congratulo con te.»

«Bisogna pure approfittarne un poco,» dico, alzando le spalle. «E se mettessi quello?»

È l'abito perfetto! Nero, classico, impalpabile, stretto fino a metà coscia, leggermente scollato, in una parola: sublime. Un gioiello firmato da una piccola creatrice che io e mamma avevamo scovato, nel quartiere Saint-Germain.

«Confesso che è di classe. Con cosa lo abbinerai?»

«Con dei tacchi alti. E come gioielli, la parure di perle che ho ricevuto per i miei vent' anni.»

«Giochi a fare la guerriera?»

«No, non del tutto. Semplicemente, voglio fargli vedere che sono una donna che sa ciò che vuole.»

«Sei sicura?»

«Credo che se non tento, non potrò mai sapere come finirà,» preciso io, appendendo l'abito alla porta della mia camera. Mi resta solo il parrucchiere, e poi sarò pronta.

«Non dimenticare i preservativi.»

«Chi ti dice che...»

«Tu!» mi dice, puntandomi un dito contro. «Se questo ragazzo è il fuoco d'artificio che desideri, tanto vale fare le cose come si deve, non credi?»

«Ti adoro,» replico, sbattendo le ciglia.

«Non farmi la corte, Principessa. Sai bene che i tuoi occhi da cerbiatto non hanno nessun effetto su me.»

«Lo so,» sospiro, con mio grande dispiacere.

CAPITOLO 10

Joshua è uscito da poco per andare alla sua lezione di culturismo. Questo, ufficialmente. Non dubito nemmeno per un momento che trascorrerà nella sauna tutto il suo tempo. Come dice lui stesso, i suoi bisogni e il suo appetito sono voraci. E io posso garantirlo. E i miei? Beh, okay, sono sulla buona strada. O almeno, mi sto adoperando per soddisfarli.

Ho girato tutti i viali del Picard, malgrado la folla del sabato pomeriggio, e ho trovato tutto quello che mi serve per il mio progetto. Delle piccole cose che andranno a meraviglia. Tartine mignon, mini salatini di sfoglia e deliziosi piccoli dessert, tutto per due. In realtà, l'assortimento è perfetto per un aperitivo serale improvvisato. Perché, in verità, è davvero una questione di improvvisazione.

Sono riuscita a prendere un appuntamento dal mio parrucchiere, e dopo un brushing impeccabile, comincio a provare una certa paura. E se stessi facendo una fesseria? Sto puntando tutto su questo. E se lui non fosse in casa, o se decidesse di non aprirmi? *Argh! Calmati, Mia Johanesson.* Sì, è facile dirlo. Non ho quell'armatura fredda che mia madre indossa a ogni occasione. Parlando di armature, devo proprio andare a vestirmi. E non c'è niente di meglio che scegliere gli indumenti intimi. Per prima cosa, mi spalmo una crema profumata e poi indosso la mia culotte di merletto nero con il reggiseno abbinato. L'abito, una volta infilato, mi sta d'incanto. Mi prodigo per ottenere un trucco discreto, e ringrazio mentalmente Caroline per la nuova maschera che mi ha applicato stamattina. Poi, aspetto pazientemente che il forno suoni per sistemare, il prima possibile, tutto quello che ho acquistato.

Quando il timer alla fine si fa sentire, sono un fascio di nervi e anche il mio rilassa muscoli e cervello, ovvero la maria, non ha sortito nessun effetto. Forse lo spray ignobile che ingurgito da stamattina ha delle controindicazioni. Non si smette di fumare all'improvviso con la semplice forza di volontà. Quindi, forse è meglio prendere un po' di THC, ovvero del tetraidrocannabinolo, detto in termini scientifici, o più comunemente la cannabinoide presente nella canapa indiana, che mi dona un debole gusto di tabacco, mascherato in gran parte dall'erba. Prendo le due canne già pronte dal solito cassetto, le sistemo in un piccolo sacchetto trasparente, che fisso con del nastro adesivo alla bottiglia di vino.

Metto le tartine e i salatini su un piatto, lasciando il dessert nella sua scatola originale, preparo il tutto e mi appresto ad aprire la porta dell'appartamento. Avete mai visto una donna bionda e vestita elegantemente – sì, le mie caviglie stanno bene, grazie – portare una borsa di cibo, una bottiglia di vino, un vassoio e un mazzo di fiori? Ebbene, credetemi, è qualcosa di orribile. Senza parlare dei tacchi che sono verosimilmente troppo alti. Bene o male, riesco a chiudermi la porta alle spalle e ad attraversare il corridoio per bussare... dal vicino.

Raggiungere il campanello non è proprio semplice, tuttavia alla fine ci riesco. Alcuni secondi di attesa prima che la porta si apra, lasciando apparire un Matt in pantaloncini e canottiera. Adoro l'estate. Limita gli strati di tessuto che indossiamo. È sicuro che se lui dovesse fare un paragone fra noi, in questo momento, deciderebbe ancora una volta che non abbiamo nulla da condividere. Ma io non demordo.

«Ciao, Matt. Mi fai entrare?»

«Uhm... Buonasera, Mia. Sì, certo.»

«Perfetto,» dico, addentrandomi nella sua tana.

Dopotutto, sto entrando nella tana del lupo, a capofitto e volontariamente. La disposizione dell'appartamento è quasi come la mia, con un unico dettaglio diverso: ha la cucina separata dal salone, quindi sembra che abbia una stanza di più. Attraverso il salone, e vedo un divano ad angolo che sembra essere molto comodo e un televisore acceso, appeso al muro. Sulla parete di fondo c'è una grande biblioteca e, come era prevedibile, è piena di libri. Credo che un mobile simile sarebbe perfetto per metterci dentro tutte le scarpe possibili. Per non parlare dei parei, dei pantaloni, dei contenitori per gioielli. *Smettila Mia, ti stai smarrendo.*

Appoggio tutto sul tavolo quadrato del salone e rialzandomi vedo un'enorme cornice con la foto di un ragazzino. Beh, ragazzino è relativo. È alto e, soprattutto, si avvicina dell'adolescenza. Liam. La somiglianza con Matt è impressionante. Sarà un bellissimo uomo da grande, se le devastazioni degli anni a venire non gli segneranno troppo la pelle. Mi chiedo come sia possibile che non si sia ancora trovato un rimedio, un trattamento, o qualunque altra cosa, per impedire all'acne di distruggere dei visi bellissimi. Metto un freno alle mie divagazioni, e noto Matt che, in piedi di fronte a me, ha un'aria sorpresa.

«Beh, ieri sera non mi hai dato modo di rispondere. E allora anch'io voglio farti un discorso. Sei pronto?»

Sorride, rilassandosi visibilmente, e dice sì con la testa.

«Oggi sei vestito come un ragazzo che se ne frega di tutto. E questo va tutto a tuo favore, perché così capisco un po' meglio come sei fatto, inoltre, rafforza le mie convinzioni. Allora, sono una donna con dei bisogni. Questo vestito l'ho comprato qualche anno fa, perché ogni donna ha il dovere di averne uno così. Le scarpe sono classiche e quindi le posso abbinare a tutto. Non ho bisogno che un uomo mi compri nulla. Lo faccio molto bene anche da sola. Poi, se proprio desideri regalarmi qualcosa, è molto più semplice se tu mi lasci la tua carta blu. Troverò sempre qualcosa per cui vale la pena spendere. I fiori li ho comprati per me. Se ne ho voglia, e vedo che tu non ci pensi, lo faccio da sola. Sono una ragazza indipendente. Capisci quello che voglio dire?»

«Abbastanza,» risponde, sorridendo ancora di più.

«Detesto una sola cosa nella vita: essere giudicata. Certo, capisco che per te sia facile farlo, in quanto avvocato, ma ti vieto di dirmi che io e te non abbiamo nessuna possibilità. Ti piaccio e io ti trovo carino. Mi segui? Cosa può impedirci davvero di provare a vedere se può venirne fuori qualcosa? Il tuo lavoro? Non è una cosa grave, mi abituerò alle cose sgradevoli. In fin dei conti sono una donna, perciò so gestire i momenti brutti. Tuo figlio? Lui è il tuo passato e il tuo futuro. Per quanto riguarda gli amici, ne ho uno solo. È gay e tu l'ha già visto, si chiama Joshua. Parlo spesso di lui perché è il mio confidente. Non vado sempre in giro a far baldoria e i miei hobby sono tutto ciò che una donna ama. Mi segui sempre?»

«Sì, sì.»

«Dunque, caro avvocato e vicino, le ho appena dimostrato che tutti i punti che ha usato per tentare di spiegare la sua fuga di ieri sera, non sono validi.»

«Ho capito.»

«Ecco una bottiglia di vino per te, con due cose da fumare. I fiori sono per me. I pasticcini sono per noi. Ci servi da bere?»

«Non avrò l'ultima parola?»

«L'hai avuta ieri, ora è il mio turno.»

Ride, e lo sento quasi canticchiare mentre va in cucina. Quando mi chiede cosa vorrei come aperitivo, vado da lui e scopro il posto da cui mi osserva. La vista dà direttamente sulla mia stanza. Riesco anche a vedere che i miei vetri non sono così sporchi, grazie alla signora delle pulizie, e che ho lasciato la luce accesa. Non è grave, la bolletta non potrà aumentare più di tanto il mio scoperto.

Mi avvicino a lui, appoggiato contro il piano di lavoro, e faccio una smorfia gioiosa.

«Sei arrabbiato con me?»

«Per aver fatto di tutto pur di ottenere ciò che desideri, ovvero me? No, mi sento lusingato dalla tua volontà e che tu abbia deciso di venire. Il tuo discorso è stato abbastanza convincente.»

«Sarò anche bionda, ma ho un cervello. E non amo le disfatte. Penso che sia sempre meglio fare un tentativo.»

«Supponiamo che entrambi decidiamo di fare un tentativo. Ne deduco che ho il diritto di baciarti.»

«Hai molti diritti adesso,» sussurro.

Il dorso della sua mano mi tocca il viso e, quando le nostre labbra si sfiorano, so che la mia scelta è stata ottima. Bacia sempre così bene. È come andare in bici, non ci si dimentica mai come si fa. Soprattutto se sono passate meno di ventiquattro ore.

Quando ci allontaniamo l'uno dall'altro, mi rendo conto che siamo quasi della stessa altezza. Beh, sono certamente aiutata dai tacchi, ma è piacevole. Abbasso gli occhi e vedo che i suoi pantaloncini sono leggermente tesi e questo sottintende che, non solo ha apprezzato il bacio, ma che non porta i boxer. Altrimenti, non riuscirei a distinguere così tanto chiaramente la sagoma sotto di essi. E *gnam gnam*, mi sembra particolarmente appetitoso come dessert.

Faccio finta di non aver visto, e gli rispondo semplicemente come la donna di mondo che sono.

«Tutto quello che vuoi. Non sono complicata per quanto riguarda l'alcol, quando sono a casa. Quando vado in un bar, amo molto i cocktail, ma se non li sai fare, va bene qualsiasi cosa.»

«So fare il mojito e ho della menta fresca, che te ne pare?»

«Perfetto.»

Lo guardo mentre lo prepara, sbirciando il modo osceno in cui il suo sedere si muove, mentre scuote lo shaker. *Mia, stai andando in ebollizione, calmati!* Non sto scherzando, se continua così farò come le gatte in calore e mi avvolgerò intorno alla sua gamba per strofinarmi contro di lui. È un'idea interessante, ma fondamentalmente inadatta. Inspiro e torno nel salone. Mi accomodo sul divano, e aspetto che ritorni con i nostri drink.

Per quando arriva, ho avuto il tempo di disporre sul tavolino tutte le cosine deliziose che ho portato, lasciando il posto per i bicchieri. Prima di sedersi, va a prendere un posacenere nella sala da pranzo.

«Di solito fumo solo al balcone,» mi dice.

«Possiamo anche andare lì, se preferisci?» propongo.

«No, non preoccuparti. È solo una mia abitudine. Liam non è in casa, e quindi non disturbiamo nessuno.»

Tolgo il sacchetto di plastica che ho attaccato alla bottiglia di vino, e ne tiro fuori solo una.

«Sono d'accordo con tutto ciò che hai detto. Mi sono sbagliato. Io volevo solo avvertirti che sarebbe stato complicato.»

«Ma non mi hai lasciato scelta,» protesto.

«Lo so bene, però, Mia, non abbiamo affatto lo stesso stile di vita. Io al tuo mi posso adattare, ma il mio è parecchio differente, dunque non pensavo che avresti potuto considerarlo.»

«Il tuo mestiere ti rende felice, e ho capito che a volte è complicato. Hai delle responsabilità mentre io passo per quella un po' immatura. Hai già un bambino, ed è una cosa che non posso dimenticare. Ma è così. Hai un figlio e, dunque, se per entrambi le cose possono funzionare, allora sì, so che lui sarà presente, che andrai a passare dei week-end a Bordeaux, e che hai una famiglia. Lo so. Non ti nascondo che per me sarà una bella sfida. Ti rendi conto che stiamo parlando di argomenti seri già dal secondo appuntamento?» realizzo.

«Quando hai un bambino, è una cosa che devi fare fin da subito. È importante per ogni tipo di relazione. Liam ha visto una sola delle mie amiche. No,» aggiunge scherzando, «non ce ne sono state molte! Sono una persona seria, non sono uno che dorme con chiunque. Rassicurata?»

«Sono una ragazza fedele,» dichiaro.

«Tanto meglio. A ogni modo, lo avevo capito quando siamo andati al ristorante, ieri. Non hai nemmeno notato che il cameriere ti stava facendo la corte. Ed è stato divertente perché di sicuro lui pensava che fossimo amici, beh, almeno finché io...»

«Non ti sei messo il mio dito in bocca dopo aver recuperato il cioccolato all'angolo delle tue labbra,» continuo io, arrossendo.

«Sì, una cosa del genere,» mi dice, prendendomi la mano nella sua. «Sei veramente una donna molto bella. E mi piace da morire la tua ostinazione, vuol dire che hai del carattere e non posso che esserne affascinato.»

Mi guarda con la stessa espressione negli occhi che aveva ieri sera. Sono dolci e teneri. Mi accarezzano, mi squadrano, mi sfiorano a pelle, solo osservandomi. Mi sento bene, è rilassante. Un po' come la crema di Caroline, tranne che non sono del tutto calma. Ho caldo, molto caldo, e ho voglia che questo caldo mi faccia andare in ebollizione.

E so cosa sta per succedere nel momento in cui si mette una delle mie dita in bocca. Il mio sguardo scende più basso e scopro, con entusiasmo, una formidabile protuberanza...

CAPITOLO 11

Ho proprio bisogno di comprare delle tende. Non è più possibile stare così. La luce accecante negli occhi è insopportabile. C'è qualcosa che non va, però. Il sole nella mia stanza non ci arriva al mattino, solo nel pomeriggio. Beh, se è tardi, ozierò sul divano e guarderò qualche serie televisiva già vista innumerevoli volte.

Solo che c'è un piccolo problema. Fendi non mi fa mai le carezze sulla schiena. E la sua zampa non si è mai posata sul mio ventre, e poi non è così grossa. Perché sento un respiro caldo sul collo? *Non aprire gli occhi, Mia. Non avresti il tempo di analizzare le cose.* Okay, non sono pazza, non sono nel letto di uno sconosciuto.

E poi perché un uomo dovrebbe avere delle lenzuola così morbide? Lo sono più delle mie, dopo averle ritirate dalla lavanderia. Il piumone è spesso, ma non sento caldo. Deve esserci un qualche tipo di ventilazione che regola la temperatura della stanza. Come da me. Da quando hanno installato la climatizzazione in tutto lo stabile, siamo tutti più felici. Adesso, però. Perché prima piangevamo nel guardare l'ammontare delle rate condominiali e di quanto ognuno di noi doveva sborsare.

Sono nel mio palazzo, questa è una certezza. Ma non è il mio letto. Da chi posso essere? E poi ho questo mal di testa che mi spacca il cervello e di conseguenza causerà gravi danni al mio neurone solitario. Quindi, chi mi ha fatto bere?

E fumare? Ho bisogno di una sigaretta. No! Ho smesso con le sigarette ieri. Ma ho fumato una canna. Lo sento dai miei capelli che non liberano più gli effluvi profumati dei prodotti del mio parrucchiere. La mano si sposta, e mi cinge la vita in modo protettivo. Si appiccica di più a me, e io mi ricordo...

Matt. Sono andata da lui, convinta, certa, per dirgli che aveva torto. Abbiamo bevuto un mojito dopo che mi aveva baciato, e poi ha baciato il mio dito, e... Abbiamo fatto l'amore nel salone. Velocemente. Troppo rapidamente. Non ne potevamo più. Era caldo e, Dio, quanto è stato bello. Posso dirvi che sa molto bene come usare il suo corpo. Oh, accidenti, era divino. Quando abbiamo ripreso fiato, abbiamo discusso goffamente a proposito di chi avesse iniziato i giochi.

Abbiamo mangiato il dessert e poi Matt mi ha portato in camera. La seconda volta, ho letteralmente perso la testa quando ha iniziato a occuparsi di me. Non è stato avaro nei baci. Credo che la sua lingua deliziosa abbia percorso tutto il mio corpo, le sue labbra si sono posate sul mio collo, nell'incavo delle scapole, sui fianchi, sul bacino, poi è risalito fino ai seni, mordicchiandomi i capezzoli... A quel punto temo di aver perso la connessione cerebrale, perché non ero altro che un enorme fascio di sensazioni. Tutti i miei sensi erano stati risvegliati. Il suo odore maschio e virile, la sua lingua peccaminosa, la sua attenzione interamente concentrata su di me e *per* me.

E ho pensato a una scena di *Sex and tè City* con Carrie. Lei è seduta a tavola con Charlotte, Samantha e Miranda. Sarah-Jessica Parker risponde alla domanda delle sue amiche riguardante le relazioni carnali con Mister Big. E lei dice che non è semplicemente una questione di frequenza ma che il suo uomo è come un pittore che sparge colore ovunque, anche fuori dal disegno vero e proprio. La metafora era dovuta alla presenza della figlia di Charlotte.

Matt è quel genere d'uomo. Mi ha provato che una sessione di sesso veloce è molto bella, ma che lo è altrettanto quando ci si prende tutto il tempo, e lui è davvero molto bravo con i preliminari. Senza parlare del momento in cui è entrato dentro di me e i suoi occhi hanno cercato i miei con una profondità talmente intensa che avrei potuto mettermi a piangere, tanto era bello. E il desiderio che provava per me era potente e visibile.

«Sei sveglia?» mi chiede, mentre fa scorrere la mano sul mio ventre.

«Sì, ora sì.»

«Hai dormito bene?»

«Con un orsacchiotto come te? Molto bene.»

«Non sono un orsacchiotto,» si difende.

«Un poco,» dico, spostandomi più vicino a lui. «Sei piacevolmente caldo, e la tua mano è su di me. Proteggi la tua preda.»

«Uhm. Preferisco dire che mi prendo cura di te,» mi risponde, stringendomi più forte a lui, tanto da farmi sentire la sua erezione mattutina.

«Lo fai così bene,» mormoro io.

Però ora ho voglia di mugugnare di frustrazione sessuale perché si è allontanato da me. Per alzarsi.

«Ritorno subito. Sei un tipo da tè o da caffè?»

«Caffè. George è il mio secondo miglior amico.»

«*What else?*»

«Infatti! Chi altri?»

Si avvia ridendo verso quella che ricordo essere la cucina. Ne approfitto per guardarmi intorno, da sobria. Una camera con mobili coordinati. Sono tutti della stessa collezione e devo confessare che ha molta classe. L'insieme è splendido. Un miscuglio di legno scuro e chiaro, una pittura sabbiata nei toni dell'ocra, la testata del letto uguale al mobile su cui è posato il televisore e una cornice di cuoio.

Questa stanza è veramente bella. Matt ha dei talenti nascosti: ha trent' anni e una buona situazione economica, i suoi gusti sono ottimi e fa bene l'amore. Allora perché è ancora single? Il ragazzino. E il suo lavoro. Ci penserò io. Mamma salterà dalla gioia. Il partito quasi ideale. Ma non ho il tempo di approfondire i miei pensieri perché ritorna con un vassoio. Succo d'arancia, caffè, pane imburrato e una deliziosa scelta di marmellate.

«Dov'è nascosta la telecamera?» gli domando, spostandomi perché possa appoggiare il vassoio tra noi due.

«Perché?»

«Matt, sei un ragazzo perfetto. È per questo che voglio sapere dov'è.»

«Non c'è nessuna telecamera, dolcezza. Questo sono io quando ho tempo.»

«Perciò è solo per la prima mattina che ho diritto alla colazione a letto? Dopo dovrò vedermela da sola?» ironizzo, prendendo il bicchiere di succo di frutta.

Non ho bisogno di precisarvi che si tratta di una spremuta d'arancia fatta al momento.

«No, assolutamente. Questo fa parte della mia educazione. Tutte le domeniche, mio padre porta la colazione a letto a mia madre. Quando eravamo piccoli, con mio fratello e mia sorella, lo facevamo noi. È un po' come una tradizione, un momento familiare. L'ho trasmessa anche a Liam che lo fa con sua madre e il patrigno, e anche con me quando siamo insieme. Se siamo in un hotel, prende lui il vassoio che ci porta il cameriere.»

«Davvero? È una cosa fantastica. Solo che in tal caso avrò bisogno di una camicia da notte,» replico incastrando il piumone sotto le braccia.

«Non preoccuparti.»

Faccio colazione tranquillamente e passiamo la mattinata a letto, dove non borbotta quando scelgo un canale di musica pop. Rifacciamo ancora una volta l'amore, e non posso che aggiungere altre prestazioni al suo attivo. È fantastico.

Nel primo pomeriggio ritorno a casa, mentre lui si avvia verso la casa dei genitori, dove lo stanno aspettando.

* * *

La settimana successiva scorre via a una velocità folle e, senza farlo apposta, più volte finiamo uno tra le braccia dell'altro. In modo quasi automatico, da quel giorno abbiamo sempre mangiato insieme. E non per fare sesso sfrenato. Lo abbiamo fatto appena due volte, quindi non siamo conigli in calore. E poi è piacevole parlare con lui. È un uomo davvero interessante.

Il fatto che io sia così libera dipende anche da Joshua, che è stato impegnato per tutta la settimana. Chissà, forse ha incontrato qualcuno? Sarebbe un'ottima cosa, anche se avere una relazione fissa diventerebbe un po' angosciante per lui. Eh sì, lo ammetto, gli do tanti buoni consigli ma sono la prima a non seguirli. Ho una fifa blu al pensiero di impegnarmi. O almeno credo, altrimenti sarei sposata.

Questo, comunque, è quello che mi dico. Tutte le scuse sono buone.

Il prossimo week-end, io e Matt non potremo vederci. Lui andrà a Bordeaux, ma mi ha detto che fra quindici giorni, sarà suo figlio a venire da lui, e che se voglio potrebbe presentarmelo. Beh, questo posso farlo, ma l'ho avvertito che non dormirò a casa sua.

Dominique mi ha dato una giornata libera al lavoro, quindi ho tutta la mattinata per prepararmi ad andare da mamma. Decido di indossare il vestito color rosa chiaro sfumato con bustier, e delle scarpette con riflessi madreperlacei. È l'ideale per questa giornata estiva. E dato che sono un po' in anticipo, potrei anche andare a colazione da lei. È lunedì, e Francisco non lavora.

Dopo aver cercato in lungo e in largo un parcheggio vicino casa dei miei, mi ritrovo anche obbligata a fare le scale a piedi, perché l'ascensore è fuori uso. Certo, sono tre piani, ma ogni livello è altro tre metri e mezzo. Mi sembra quasi di stare scalando la Torre Eiffel. Aiuto! Prendo un grosso respiro, sperando di avere il coraggio necessario, e percorro quella che mi sembra una vetta insormontabile. Non per niente, Joshua mi chiama Principessa. E visto il numero di incidenti domestici che si possono verificare su una scala, francamente mi fa un po' paura. Potrei scivolare all'indietro, rompermi l'osso del collo, slogarmi una caviglia o, peggio ancora, ritrovarmi a terra, come una bambola disarticolata, con il naso rotto dal marmo dei gradini e con l'omero sinistro piantato nella cassa toracica. Lo so, sono pazza.

Dopo tutti questi incubi a occhi aperti e infinite lamentele, arrivo all'appartamento, imprecando come uno scaricatore contro le sigarette fumate durante la mia breve vita. È incredibile quanto possa essere impressionante il numero di grossolanità che possono uscire dalla bocca di una bella bionda. Solo che le bionde sono come le brune o le rosse: prima di tutto sono ragazze, dunque umane. Non si dice nulla agli uomini se sono sboccati, ma una donna deve sempre avere un linguaggio perfetto. Ma certo. E, visto che ci siamo, deve anche arrivare vergine al matrimonio? Assurdo.

«Mamma! Francisco!» li chiamo appena entrata nell'ingresso. «Sono arrivata.»

Appendo la borsetta all'attaccapanni e prendo il cellulare nel caso in cui ricevessi un messaggio da Joshua o da Matt. Un sorriso innocente mi si apre sul viso al solo pensiero. Passare del tempo con Matt è una gioia di cui non mi stanco. È sempre delicato, mai troppo, né poco. *Ideale*, penso.

Faccio un veloce giro nel bagno vicino dell'entrata, giusto per essere certa che il trucco non abbia subito trasformazioni, a causa dello sforzo sovrumano appena fatto. Okay, è tutto a posto. Metto giusto un po' di gloss sulle labbra, e poi vado da mamma e dal patrigno, seduti in sala da pranzo. Ma non sono soli. Il mio affascinante fratellastro è qui. Cosa abbastanza rara tanto da essere sottolineata.

«Buongiorno, Mia,» mi salutano i miei, mentre li bacio a turno.

«Come mai sei qui?» domando a Felipe. «Non lavori, oggi?»

«Ho la mia giornata di riposo. Ne approfitto per vedere i nostri genitori.»

«Fuori dal solito pranzo di famiglia? E senza la Charlotte alle fragole?»

«Mia!» mi rimprovera mamma.

«Lavora,» mi risponde freddamente lui, sfuggendo il mio sguardo.

Non rispondo, ma c'è qualcosa che non quadra. Da quando si è sposato, non è mai venuto a casa dei nostri genitori da solo. Come se, quando ha detto 'sì', avesse perso qualsiasi tipo di libertà. Accidentaccio, a pensarci bene, alle volte il matrimonio è proprio triste. Dunque, c'è di sicuro un problema.

«Che succede? Non vuoi parlarne?» lo interrogo, appoggiandogli una mano amichevole sulla scapola.

«Buona deduzione, Sherlock. Ma non ho voglia di parlarne.»

Alzo le spalle e vado a sedermi al mio solito posto, dove la mamma sta mettendo il piatto per me.

«Non ti ho avvertito che venivo per pranzo. Mi spiace, mamma.»

«Non c'è problema, Mia. Visto che invece Felipe lo aveva fatto, ho preparato più di quanto serva.»

Noto lo sguardo di Francisco verso il figlio, e muoio dalla voglia di scoprire cosa i due uomini mi stanno nascondendo. Ho visto bene gli occhi arrossati del mio fratellastro, e la cosa mi preoccupa parecchio.

CAPITOLO 12

Il pranzo si svolge tranquillamente e qualsiasi cosa stia succedendo nella vita di Felipe, non mi impedisce di assaporare i piatti. Anche se colta di sorpresa da arrivi imprevisti, mamma è sempre in grado di preparare cose squisite.

Fin troppo velocemente, arriva un taxi, che ci scarrozza in giro per negozi. Una volta abbiamo avuto la stupida idea di andare con la mia Smart e lo abbiamo rimpianto amaramente. Il bagagliaio è così piccolo che la mamma ha dovuto comunque chiamare un taxi per tornare a casa. Quindi, oggi prenderemo un autista, così quando tornerò a casa potrò usare il posto del passeggero della mia scatolina, per metterci le tante borse che riempirò durante la giornata.

Certe persone potrebbero pensare che io non sia vestita in modo adatto alla circostanza, ma quando si va in giro per saldi, si deve essere al top. Dunque, tanto peggio se i miei piedi soffriranno, se dovrò fare un bagno speciale per rilassare gli alluci, o se finirò per massacrarmi le caviglie: i miei otto centimetri di tacco sono proprio indispensabili. E, del resto, anche mamma la pensa allo stesso modo, quando vedo che ha indossato scarpe simili. I saldi della classe esclusiva parigina sono una vera arte.

«Cara, con quale stilista desideri cominciare?»

«Come vuoi, mamma. Li facciamo in ordine? O hai già un negozio che ti interessa?»

«No, nessuno in particolare.»

Prendiamo l'ascensore per accedere al primo piano, e passiamo le tre ore successive a curiosare, guardare e provare, in una calma relativa. È il vantaggio della *selezione,* mi dice, quando le faccio notare che ci sono meno persone degli anni precedenti.

Mamma mi regala due abiti, alcune camicette e un incantevole completo intimo. Forse sono due. Non lo so più, è tutto nelle molteplici borse che portiamo. Riesco a tirare fuori la mia carta blu solo per regalarle un portafoglio coordinato con la sua nuova borsetta. Tra mamma e le borse, c'è una grande storia di amore. Credo che possieda una borsa per ogni paio di scarpe acquistate negli anni. Del resto, a pensarci bene, mi rendo conto che ha un armadio per contenere solo questi due accessori. Potrebbe essere un'idea anche per me, ma purtroppo non posso costruire altri muri nel mio ridicolo appartamento, no, non è realizzabile. Ammetto di avere una bella casa, ma non avrei nulla in contrario se ci fosse una seconda camera. Cioè, una terza. Non vi ho forse già detto che una stanza è diventata il mio camerino personale? Sì, ho un guardaroba per tutti i giorni nella mia camera da letto, e poi ho questo locale... Joshua piange di rabbia per il capitale che c'è lì dentro e mi ha quasi obbligato a installare un allarme in casa. Ma chi mai potrebbe rubare un abito già indossato? Io no di sicuro.

Dopo aver girato per i reparti specializzati in biancheria, al quarto piano, decidiamo di prendere un caffè al *Lafayette Caffè,* che si trova al sesto livello. Una volta sedute, e in attesa dell'arrivo di un cameriere, inizio a lavorarmi un po' la mamma.

«Perché Felipe era a casa oggi?»

«Così,» mi risponde lei, evasivamente.

«Mamma, sai molto bene che so che lui... oh, mi sto ingarbugliando! Diciamo semplicemente che Felipe non passa mai *così*,» dico, accentuando l'ultima parola.

«Certo. Solo, non tocca a me rivelarti fatti sulla vita di tuo fratello.»

«Allora c'è davvero un problema?»

«Ebbene, è probabile che ci sia. Felipe te ne parlerà se la cosa diventa più grossa. Per il momento, smettila di preoccuparti degli altri e parlami di te.»

Abile manovra per sviare la conversazione. Mamma è abbastanza brava in questo gioco, lo riconosco. E quindi lascio perdere. Cosa c'è di meglio, durante le spese dei saldi, di una madre che si informa della vita della sua ragazza?

«Va tutto bene. Al lavoro, come al solito.»

«E il tuo vicino? Mi hai parlato di una cena...»

«Sì, con Matt. È un uomo adorabile,» confesso, con aria trasognata.

«Cosa fa nella vita? Sei sicura che non sia sposato?»

Eccola lì, è già partita. Le ho solo detto il suo nome e già mi vede superare le porte della chiesa con un strascico di cinque metri. Senza parlare del gioiello, blu e chiesto in prestito, che ha intenzione di farmi mettere. E poi ci sarà la domanda sui bambini, sulla futura educazione da dare loro, sulle numerose scuole, ecc.

«Mamma, ha un bambino di dieci anni,» rivelo, sperando che questo la calmi un poco.

«E allora? Nessuno è perfetto. Ha trentun anni, mi hai detto, no? Ha avuto una vita prima. Sai, trovo che sia una cosa positiva. Questo dimostra che ha la maturità necessaria per poter costruire qualcosa di duraturo e interessante.»

«Mamma,» mugugno. «Non sono Felipe e la Charlotte alle fragole.»

«Ed è proprio qui che volevo arrivare,» mi risponde lei a tono. «Seriamente, Mia, se non avessi incontrato Francisco, non so cosa sarei diventata. Devi comprendere che è complicato occuparsi di un bambino, quando ci si vuole rifare una vita.»

«Non mi sembra che abbia avuto tante difficoltà a risposarti,» sottolineo.

«Dopo due vedovanze? Mia cara, sai bene quello che pensano le persone.»

«Dai troppa importanza agli altri e a quello che pensano di te.»

«Scusa, stai per dirmi che tu te ne freghi del loro sguardo?»

«Non completamente, mamma. Un pochino. O almeno, ci provo.»

«Ah, come sospettavo,» si rallegra. «E se ritornassimo?»

«Buona idea,» confermo.

Pago i due tè che abbiamo consumato, e cominciamo a scendere, poi però spingo sul bottone del quarto livello, l'ultimo che abbiamo fatto, dimenticando un negozio.

«Sei passata accanto a qualcosa?»

«No, cioè sì. Sai, ho preso la decisione di partire per Tahiti la prossima estate. Mi occorrono delle valigie.»

«Non ne hai acquistata una l'anno scorso?»

«Si, ma non sarà mai grande abbastanza.»

«Quanti giorni starai via?»

«Non è ancora definitivo, ma penso almeno tre settimane.»

«Mi sembrerà strano non vederti per così tanto tempo.»

«Mamma, saranno solamente delle vacanze.»

«E se decidessi di restare? Ti conosco, Mia, hai sempre voluto andarci. Se ti piacerà, non vorrai ritornare.»

«No, non ci ho mai pensato. E poi, con il lavoro e l'appartamento come farei? È inutile che ti angosci per una cosa ipotetica che non succederà. Con chi andrei per saldi se vivessi laggiù?»

«Almeno un punto che non posso toglierti. E dubito che abbiano dei negozi grandi e ben forniti quanto i nostri.»

«Ecco, argomento chiuso.»

Scherziamo sulla scelta delle valigie e, alla fine, opto per un modello classico con il rivestimento in ABS color grigio. Un formato molto grande, il *beauty*, e quello piccolo per il bagaglio a mano. È inutile dirvi che quando torniamo a casa, abbiamo bisogno di un'auto molto più grande di quella usata all'andata. I nostri acquisti prendono uno spazio enorme e folle, e il 4x4 nero e tedesco che viene a prenderci, ci incanta.

Come tutte le volte che andiamo per negozi, è Francisco a occuparsi del pasto, ed è fiero di servirci un piatto italiano: scaloppine di vitello e saltimbocca con le melanzane, accompagnate da una salsa ai tartufi. Cucina *mediterranea*, ci ripete.

Ride vedendoci ritornare cariche come dei muli, ma non fa nessun commento, specialmente riguardo la quantità delle borse. Mamma ha avuto veramente fortuna a incontrarlo. Un uomo che non fa commenti sulle spese della sua partner, può essere solo perfetto. Quanti uomini conoscete che non chiedono nemmeno quanto sia stato speso? O che non alzano un sopracciglio? Francisco è fatto così. È felice se lo siamo noi. Cosa si può volere di più?

Felipe non c'è più, e la cosa mi rassicura un po'. Perché, anche se non do l'impressione di tenerlo nel mio cuore, non mi piace sapere che è triste. Però, come si può essere gioiosi se si è sposati con una donna come sua moglie? Lascio le mie domande nell'armadio dell'entrata, assieme alla borsa, e mi siedo a tavola. Discutiamo simpaticamente mentre mangiamo, e poi riprendo la strada verso il mio modesto appartamento dove, non dubitatene, sta per iniziare la prossima guerra.

Dove posso sistemare i miei nuovi acquisti? Vi tralascio i dettagli di come sono riuscita a riempire la mia piccola auto. Seriamente, ho avuto l'idea ingegnosa di mettere tutto nelle valigie comprate oggi, per guadagnare un po' di posto. Quella per il bagaglio a mano l'ho messa nel bagagliaio, mentre il *beauty* e quella grande sul sedile del passeggero, cosa che mi ha conferito una visibilità pessima. Posso solo dirvi che fare cinque chilometri senza nessun riferimento sul lato destro è stata una sorta di operazione lumaca lungo le vie di Parigi. Non ho preso nemmeno il lungofiume, per andare più veloce. Per fortuna a quest'ora non ci sono molte persone per la strada e quindi mi è andata bene.

Quando spingo la porta dell'appartamento, però, scopro che Fendi è comodamente stravaccato sul bancone della cucina. Ha ragione. In fin dei conti la vita di un gatto non è meravigliosa? Nutrito, ospitato, quasi venerato e ottiene le carezze solo quando le desidera lui. Se dimentico che in certi paesi usano il loro manto come pelliccia, potrei essere abbastanza incline a desiderare di reincarnarmi in un gatto, nella prossima vita. Ma poi penso che un felino non si veste, e io non voglio rimanere avvolta solo dalla pelliccia, che sarei obbligata a leccare tutto il santo giorno. Riesco ad accarezzarlo per pochi attimi, e quando lui sguscia via, provo una furiosa voglia di fumare. Inalo un po' dello spray sempre più repellente, e mi dico che se riuscirò a sistemare tutto, avrò diritto a una piccola ricompensa. Il calumet della vittoria.

Apro le valigie e tolgo le etichette dai vestiti. Per la biancheria intima, non ci sono grandi problemi. Il mio cassettone può accoglierla senza problemi. Idem per le scarpe, vanno nell'area riservata dove c'è ancora spazio. Ma per gli abiti, la situazione si complica.

«Accidenti,» mugugno.

Rimango senza fiato solo provando a spingere le grucce nel mio guardaroba, per fare un po' di posto per i due abiti nuovi, ma l'impresa non mi riesce. Okay, non è grave. Cercherò una soluzione più radicale. Proverò a determinare cosa non indosso in estate. Solo che li metto *tutti!* Giuro, tanto più che ne avrò bisogno per le prossime vacanze. Del resto, Joshua mi ha confermato che dovremo parlarne già la settimana prossima. Occorrerà anche vederci prima del weekend, perché dovrei passare un po' di tempo con Matt e Liam.

Smettila di trovare delle scuse per non mettere in ordine, mi ricorda la mia piccola voce viziosa e traditrice. Faccio posto ai nuovi vestiti togliendone due più vecchi che decido di spostare nel camerino, la stanza in cui accumulo di tutto. Joshua ha ragione, dovrei mettere un po' di ordine anche lì. Quando si fanno le pulizie di primavera? A marzo? Bene, siamo in giugno, ho nove mesi per prepararmi a scegliere cosa tenere e cosa no, tra tutto questo enorme caos. Quanto la durata di una gravidanza, anche se penso che, alla fine, sarà peggio di un parto. Aprire le gambe e spingere con forza, per espellere dalle mie viscere la carne della mia carne non sarà niente in confronto alla risistemazione di questo locale. Lo so che state per dirmi che non ho idea di cosa sia un parto. Tuttavia, tra l'immagine di una donna tutta sudata in procinto di partorire e quella di me stessa che prova a dare un senso logico alla tonnellata di vestiti che ci sono qui dentro, credo che sia la seconda a essere la peggiore.

I due abiti eliminati dal guardaroba principale, trovano un posto all'estremità dell'armadio, e riesco anche a farci scivolare dentro le due valigie nuove, mettendole in equilibrio sotto una mensola. Richiudo la porta gridando vittoria, e vado a mettermi sul divano, fiera come Bambi. Okay, è una brutta immagine, ma devo liberarmi di tutte le energie negative. Aprirò i miei chakra fumando un po' di erba.

CAPITOLO 13

L'inizio della settimana procede relativamente bene, al lavoro. Non c'è molto da fare e Morgana è andata in vacanza con il suo ragazzo nelle isole greche, credo. Tanto meglio, almeno non la vedrò e non starò male. Non mi rivolgerà quello sguardo altero né dovrò prendere parte a quello stupido concorso a chi cammina più elegantemente lungo i corridoi o a chi ha i completi meglio assortiti. Sono solo un po' più stanca perché i compiti, anche se meno importanti, sono raddoppiati. Gestisco la mia postazione e anche la sua; per fortuna oggi il suo capo non è passato, e questo mi permette di uscire dal lavoro in perfetto orario, anche prima delle diciotto. Sono gentile, ma non voglio essere sfruttata. Ho un contratto di trentacinque ore e mi fa piacere che venga rispettato. Certo, ci sono giorni in cui non mi dispiace trattenermi un po' di più, ma lo faccio perché così ho delle giornate di recupero, e non sconfino sulle ferie dell'anno.

Joshua viene a prendermi direttamente in ufficio alle diciassette e trenta, così possiamo trascorrere insieme l'inizio di serata. Sono cinque giorni che non ci vediamo, e questo è il limite massimo che di solito sopportiamo.

Lo bacio ma non sento la sua solita foga. Di solito, mi prende fra le braccia, mi incita a uscire il prima possibile, per andare subito sul terrazzo di un caffè, a bere un cocktail forte, oppure a casa a parlare di insane oscenità.

«Che succede, mio maschione adorato?»

«Niente. Sono contento di vederti.»

«Fa piacere anche a me,» dico, raccogliendo le mie cose.

«Ma non mi sembra che tu stia bene.»

«Sono solo un po' stanco. Ancora poche settimane, e poi staremo su una spiaggia ad abbronzarci. Non c'è niente di meglio per rimettersi.»

«Hai ragione. Ma sei sicuro di stare bene? Non mi piace quando sei così.»

«Sì, mamma,» risponde esasperato, alzando gli occhi al cielo.

«Non ti ho allevato per vederti alzare gli occhi al cielo,» replico scherzando.

«Uhm.»

Non c'è dubbio, c'è qualcosa che lo turba. Forse sono un po' ansiosa, una mamma chioccia, ma è il mio migliore amico. Anche gli abiti che indossa riflettono il suo stato d'animo: interamente in nero. Non è una buona giornata. Tuttavia, so quando devo stare zitta. E oggi è proprio uno di quei giorni. Forse l'alcol lo aiuterà a parlare, funziona sempre con me. Per fortuna, non mi è mai capitato di dirgli quello che provo per lui. È inutile dirvi quanto la cosa mi avrebbe imbarazzato.

Prendiamo la mia auto per andare da me, e il silenzio nell'abitacolo mi sembra pesante. Joshua non dice una parola, non protesta nemmeno contro un cretino che per guadagnare un misero posto davanti a me, mi ha superato in modo alquanto scorretto. E io sono talmente preoccupata per il suo mutismo, che non replico suonando il clacson, come ho l'abitudine di fare.

Appena arriviamo a casa, va subito a sedersi sul divano.

«Cosa vuoi bere?»

«Qualcosa di forte. Ne ho molto bisogno.»
«Dunque, mi dirai cosa ti preoccupa?»
«Un ragazzo. Solo un ragazzo. Una testa di cazzo.»
«Perché dici così?»
«Perché è così. Ma non voglio parlarne.»

Uhm... Non è normale. Joshua non si riduce mai in questo modo per un uomo. Prendo la bottiglia di vodka e il succo di arancia, e dispongo tutto, compreso i bicchieri, sul tavolo del salone. Sta già finendo di rollare la canna, e la accende subito. Un'altra novità.

Penso a un'idea innovatrice, eh sì, ho delle risorse anche io, vedrete, e con discrezione mando un messaggio a Matt, poi servo il primo aperitivo della serata. Brindiamo, e cominciamo a parlare delle future vacanze. Joshua vuole partire già il venerdì successivo, per guadagnare una giornata sulla partenza, e quindi verifichiamo il tutto in funzione di quello che possiamo fare rispetto ai nostri rispettivi lavori. Avendo stabilito tutto, lo annoto nell'agenda del BlackBerry, così Dominique potrà approvarmi le ferie più velocemente, non temo che si possa rifiutare, perché, dato che Morgana le sta facendo ora, quando tornerà potrà gestire entrambe le postazioni, come sto facendo io adesso. Soprattutto in quel periodo, dove tutto va al rallentatore.

«Dunque, tre settimane?»

«Sì, Principessa. Ho già fatto la prenotazione, quindi siamo tranquilli. Tre settimane a dormire al sole, a bere per l'anno a venire, nessuno arrovellamento, niente. Nada! Solo vacanze.»

«Non vedo l'ora,» dico ridandogli la canna.

«Bene, ora ti lascio. Altrimenti farai tardi con il tuo dirimpettaio Romeo! Non vorrei che pensasse male di me,» scherza, ma senza un vero sorriso.

«No, prima mi devi spiegare tutto.»

«No.»

«D'accordo, vorrà dire che ti strapperò informazioni un po' alla volta.»

«Scusa?»

«Matt mi ha confermato che puoi venire a cena con noi. Farai la sua conoscenza e ti anticipo che se si farà una cattiva opinione su di te, sarà solo colpa tua. Dunque, puoi scegliere quando confessare: o adesso o dopo, davanti a Matt.»

«Mi stai dicendo che dovrò tenere la candela per tutta la serata? Principessa, non è affatto carino. E poi lo conosci appena!»

«Questa sera o fra sei mesi, poco importa. Prima o poi ti dovrà incontrare. Tanto vale farlo al più presto, così saprà chi sei. Se aspettiamo troppo, potrebbe diventare geloso.»

«Hai ragione, anche se non mi lasci troppo margine di manovra. Bene allora, mi sono preso una cotta per ragazzo, cosa che può succedere.»

«Aspetta, il mio neurone deve riconnettersi. Ti sei preso una cotta? Com'è successo?»

«Il mio proverbiale cuore assente, questa cosa che è qui,» mi dice, toccandosi il petto, «si è messa a battere. Per farla breve, ho perso la testa per un ragazzo.»

«È bellissimo!» gioisco io.

«È penoso, abominevole, sgradevole.»

«Oh! Cyrano di Bergerac,» ironizzo, «calmati. È una cosa stupenda. Perché non dovrebbe esserlo?»

«È bisessuale, e poi …»

«Andrew?» indago io. «È un bravo ragazzo. Ne ha tutta l'aria, in ogni caso.»

«Oh, no! Se fosse lui, sarebbe molto più semplice,» dice lui, prendendosi la testa fra le mani.

«Spiegami.»

«Non posso. Fra qualche mese ne riderò. Ma per il momento parliamo d'altro. Il tuo Matt è del genere Rocco o Bilbon?» mi chiede muovendo ironicamente le sopracciglia.

«Piuttosto Mister Big...»

«Quindi fa parte di quegli uomini che amano colorare anche fuori dal disegno?»

«Sapevo che avresti afferrato il riferimento,» gioisco io.

«Ma certo! Stai chiedendo a un gay del Marais se conosce *Sex and the City*. È un cult, Principessa.»

Ci mettiamo a guardare delle vecchie repliche in TV, che ci rilassano facendoci ridere, fino a quando non filo in bagno per rinfrescarmi un po', in vista della serata. Uscendo dalla doccia, torno nella mia camera e vedo Joshua occupato a mandare un messaggio con il suo iPhone.

«Se vuoi, puoi dormire qui. Io forse resterò con Matt, questa notte.»

«Non ho vestiti di ricambio. Non preoccuparti, prenderò la metropolitana.»

«Come vuoi.»

Esito tra un abito nei toni del giallo, e uno firmato Rykiel, acquistato con mamma all'inizio della settimana. Alla fine opto per il primo, mettendo da parte il secondo per il week-end. Dovrò fare buona impressione sul piccolo. Sono contenta, ho preso un po' di colore a forza di pranzare sul terrazzo del caffè. L'abito mi sta perfettamente, e la mia pelle leggermente abbronzata ne viene valorizzata. D'accordo, lo confesso, ho mangiato un tramezzino al formaggio bio, con una piccola fetta di prosciutto senza OGM, per guadagnare del tempo e correre a farmi una lampada. Sapete, vi fanno stendere in una cabina, nuda o in costume, con dei mini occhialini per una ventina di minuti e quando si esce, ci si sente pieni di vitamina D, e quindi con il morale risollevato.

Dunque, eccomi davanti allo specchio del mio guardaroba, a cercare di decidere se raccogliermi i capelli in uno chignon morbido, o lisciarli. Ovvero, li lego o li lascio sciolti?

«Solo una ciocca,» mi dice un Joshua beffardo, indovinando i miei pensieri.

«Così?» dico, tenendoli fra le mani.

«Sì,» mi dice, mettendosi dietro di me, dopo aver preso un fermacapelli nero.

Lascio ricadere i capelli, e se ne occupa pazientemente lui, senza mai tirarli.

«Perché non sei etero?» mi lamento.

«Perché così le donne non potranno mai fare paragoni con Marcel ventre di birra, o con i carrettieri.»

«Mascalzone!»

«Lo so. Ma mi adori così,» conclude, fissando il fermacapelli, che tiene insieme l'acconciatura.

«Sì, lo ammetto. Promettimi che mi avviserai se dovessi finire in una situazione simile.»

«Con Marcel?» chiede divertito.

«Sì.»

«Io, Joshua, giuro solennemente sul mio cuore di pietra trasformato in carciofo, che chiamerò in aiuto gli artigli di Bidochon per ritrovare la libertà e il sorriso.»

«Seduttore.»

«Adulatore mi sembra più giusto.»
«Ti detesto.»
«Io anche.»

Lo bacio e corro a rifinire il mio colorito con l'aiuto di uno strato di make-up. Prevedendo di dormire da Matt, uso poco trucco, così da evitare gli occhi da panda al risveglio.

«Veramente hai chiuso con le sigarette?» mi chiede il mio migliore amico, quando lo ritrovo sul divano, dopo aver inalato il mio spray.

«Sì, da sei giorni, e questo affare è talmente ignobile che ti fa passare la voglia di riprendere.»

«Mah... sono un po' scettico al riguardo.»

«Pensa all'alito buono del mattino, al fatto che non farai più corse la domenica sera per comprare due pacchetti. Al fatto di non chiederle più agli amici o di acquistare degli accendini che spariscono sempre. Non dimentichiamoci poi delle lenzuola che non puzzano più, e dei vestiti che profumano ancora del detersivo con cui sono stati lavati.»

«Sì, lo so. E poi la salute, e bla bla bla. Conosco il ritornello. E il tuo Romeo, fuma?»

«Poco. Qualche sigaretta al giorno.»

Suoniamo da Matt pochi minuti più tardi, e i due uomini vanno immediatamente d'accordo. Non che ne dubitassi, ma mi sembra sempre importante che tutti i comparti della mia vita si combinino insieme. Immaginate l'orrore se il mio ragazzo, barra amante, barra futuro marito non sopportasse Joshua, alias il mio migliore amico, e uomo della mia vita? O il contrario. Poco importa, non mi piace nemmeno prendere in considerazione una cosa simile. Per la mia famiglia è diverso. E poi, non sono insopportabili. Sono consapevole che sono piuttosto loro a sopportare me. È solo che non mi piace essere insipida. Preferisco essere gioiosa, attirare gli sguardi invidiosi oppure gelosi. Sapete, quelli delle donne gelose, che sono solo delle mogli trofeo che direbbero 'sì, amen' a tutto. Grazie, ma non è il genere di donna che voglio diventare, e non lo sarò mai. Ho una lingua che amo utilizzare e Matt non potrà che confermarlo, delle forme che adoro evidenziare e riconosco di apprezzare con gioia il mio atteggiamento da bionda. È facile per me passare per un'oca. E non ho nessuna voglia di provare qualcosa alle persone che non mi interessano.

La cena si svolge nel migliore dei modi: Matt cuoce delle bistecche sulla griglia elettrica che ha sul balcone, mentre prendiamo l'aperitivo, il terzo per me e Joshua. Poi mangiamo per fortuna, altrimenti a causa dell'alcol avrei finito per dire delle fesserie. Matt taglia una torta al lampone per dessert, e non può negare che il dolce viene da una pasticceria. Aveva già fatto bella figura preparando la maionese in casa, e in versione light per farmi piacere e, sapete, ci vogliono quasi quattro ore di preparazione, addirittura di più, se si considera il tempo necessario al consolidamento dell'insieme, quindi è proprio un amore.

Joshua ritorna a casa sua, e ci lascia soli.

«Hai trascorso una bella serata?» Gli chiedo mettendogli le gambe sulle cosce, in modo da allungarmi in parte sul divano.

«Bellissima! Il tuo amico mi è piaciuto molto.»

«È fantastico. Lo amo moltissimo.»

«E si vede,» mi risponde lui, baciandomi sulle caviglie. «Dormi con me, questa notte?»

«Certo che sì, a patto che sia tu a mettermi a letto.»

«Tutto quello che vuoi, mia bella Mia.»

CAPITOLO 14

Comincio veramente a prenderci gusto a questi risvegli in due. Forse mi ci sono abituata un po' troppo rapidamente. Non è grave però, apprezzo il momento in cui Matt mi coccola, prima di alzarsi. Tanto più che stamattina sono parecchio su di giri. Dormire nuda possiede il vantaggio di permettermi di scivolare nel letto, verificando lo stato della 'bestia', dandoci la possibilità di iniziare bene la giornata.

Il respiro di Matt accelera quando gli prendo il membro in bocca. Lo lascio aspettare un po', concentrandomi solo sul glande e lo sento mugugnare. È così bello. Sto succhiando ancora la punta, quando mi parla con tono di supplica.

«Mia, mi farai morire soprattutto se...»

Non riesce a finire la frase, sorpreso da quello che gli ho appena fatto. Con un unico movimento, avendolo lubrificato a sufficienza, l'ho preso completamente in bocca. E l'uccello non è così piccolo. Salgo, scendo e risalgo, cercando di fargli superare i limiti del piacere, portandolo sempre più vicino al precipizio. Alterno i movimenti della bocca, con quello delle mani occupandomi anche dei testicoli. Lo sento calmarsi, poi però riprendo a succhiarlo con più forza, golosa come non mai.

«Mia, se continui non riuscirò a trattenermi.»

All'inizio lo scopo era quello, ma adesso ho una voglia disperata di sentirlo dentro di me. Quindi, lascio il suo uccello e inizio a risalire verso il suo viso, dandogli dei piccoli baci sul torace, lungo il percorso. La mia lingua gli stuzzica un capezzolo e poi lo mordo piano, strappandogli un gemito irresistibile. Scoprire le zone erogene di un uomo è fantastico, ma bisogna sapersi dosare. Adoro mordicchiare, ma se lo facessi troppo forte, soprattutto su questo bottoncino di carne, potrebbe sentire dolore. Sono così fragili, questi uomini.

Ho superato la sua bocca e, senza rendermene conto, mi ritrovo sulla schiena, con il mio Romeo che è scivolato tra le mie gambe e ha appoggiato la bocca in un punto particolarmente bollente. Proprio sulla mia intimità. La sua dolcezza mi rilassa, mentre il calore che emana fa alzare anche la mia temperatura. Continuando a baciarmi, mi alza le mani trattenendole, e mi avvicina ancora di più a lui, facendo in modo che mi offra completamente al mio e al suo piacere. E io so che il suo obiettivo principale è quello di occuparsi di me. È con vera gioia che mi immergo nei tormenti della semi coscienza, là dove tutti i sensi sono in subbuglio, dove una lingua dispettosa, un sesso perverso e un bell'uomo cercano con tutti i mezzi di non lasciarmi nessuna tregua nei gemiti. Dolce, premuroso, tenero, poi più veloce, più vivo, più forte, prima di ritornare a una calma salvifica. Matt mi fa arrampicare sulle tende, anche se non ho ancora messo un piede a terra da quando mi sono svegliata. E questa è l'unica cosa che mi mette nella condizione ideale per accogliere lo sgradevole venerdì che so che mi aspetta.

Due orgasmi più tardi, lo lascio in bagno a sistemarsi, mentre gli preparo un caffè. È il minimo che possa fare, dopo avergli fatto fare tardi di una buona ventina di minuti.

«Il vantaggio dell'essere un uomo,» mi dice baciandomi sul collo, «è che posso permettermi di non radermi per un giorno.»

«Bah, allora oggi andrò a lavorare, senza truccarmi,» replico io.

«Saresti comunque bellissima,» mi assicura.

«Conserverò i tuoi complimenti per questo week-end, quando tuo figlio mi detesterà ufficialmente. Sicuramente avrò il morale sotto i piedi, dunque ogni conforto sarà il benvenuto.»

«Perché pensi che non gli piacerai? Liam è molto carino. Aggiungo anche che è molto ben educato, come suo padre.»

«Allora ti consiglio di sorvegliare dove si soffermeranno i suoi occhi quando sarà adolescente. Ti ricordo che mi spiavi,» gli rispondo, battendogli leggermente sulla spalla.

«Mi limitavo solamente a bere il mio caffè, come sto facendo ora, davanti alla finestra. Oh, guarda, il tuo gatto vuole uscire,» ribatte lui.

Guardo dall'altro lato del palazzo e vedo il mio ignobile torturatore, che in una giornata esce all'aria aperta almeno venti volte, farsi gli artigli sui miei vetri.

«Fendi è un puttaniere,» rispondo.

«Credo che ti abbia sentito.»

Come se fosse possibile, penso, ma osservo comunque il mio mostriciattolo peloso che ha gli occhi puntati su di me.

«Pensi che possa?»

«È un gatto, ha l'udito fine.»

«Oppure, mi ha semplicemente visto,» dico, quasi per rassicurarmi.

«Forse. Bene, mia dolce fanciulla, io vado. Chiudi tu la porta quando te ne vai?»

«Mi dai fiducia fino a questo punto?»

«Abiti sullo stesso pianerottolo, so dove cercarti,» scherza, prima di baciarmi.

«Conosci le donne...»

«Oh, mi sento sufficientemente a mio agio da lasciarti rivoltare gli armadi, senza che tu possa trovare niente di compromettente,» aggiunge, con una nota ilare nella voce.

Sono stupefatta dal suo aplomb e, bene o male, cerco di difendermi. Alla fine va via, e mi ritrovo da sola nel suo appartamento. Giuro, non andrò a spiare in giro. Sarebbe ridicolo. E poi non ne ho nemmeno il tempo. Sono già le sette e mezzo, e stamattina dovevo essere al lavoro addirittura un po' prima. No, non posso. *Giusto un'occhiatina?* Sospiro e torno in camera per recuperare il vestito della sera precedente. Mi tolgo l'accappatoio di Matt, che indosso ogni volta che dormo da lui, e mi rimetto l'abito. Ripongo l'accappatoio in bagno e senza neanche rendermene conto, apro l'armadio sotto il lavabo. Una scatola di preservativi, una confezione di ibuprofene, del paracetamolo, lo Spasfon e altre cose mediche. Ha solo questo ed è ancora vivo? Sono sorpresa dai pochi medicinali che vedo, ma sono anche rassicurata dal fatto che non mancano i prodotti maschili. Balsamo dopobarba, un rasoio con le ricariche e uno di quelli antichi, con la lama da affilare e il pennello posto sulla schiuma da barba. Papà ne aveva uno uguale, e mi ricordo che mi sedevo alla specchiera di mamma, per restare accanto a lui quando lo utilizzava. Anche solo a pensarci mi salgono le lacrime agli occhi. In linea di massima, faccio di tutto per non pensare a quel periodo della mia vita, ma il solo vedere un oggetto di un altro tempo, o qualcosa che apparteneva anche a lui, vanifica tutti i miei sforzi.

L'immagine di papà mi ritorna in testa. Ed è al tempo stesso piacevole e atrocemente doloroso. In effetti, non ci si riprende mai completamente dalla perdita di una persona cara. Perdere i propri genitori potrà pure avere un senso logico, ma continuiamo a sperare che il giorno fatidico non arrivi mai.

Respiro profondamente e sorrido quando vedo che tutti i prodotti sono della stessa linea. Il suo profumo rilascia un odore discreto e tutto è coordinato al Blu di Chanel. Per essere un uomo etero e scapolo sa scegliere perfettamente i suoi prodotti. A meno che non sia sua madre a occuparsene. Ma, anche in questo caso, non è un male, perché alla fine sono io che ne beneficio.

Richiudo l'armadietto ed esco dal bagno. Sono convinta che quello che sto facendo non è una cosa terribile, ma so anche qual è il difetto principale delle donne: la curiosità. Trovo la camera di Liam molto bizzarra, con robot ovunque e mi sembra di riconoscere delle figurine della saga di *Star Wars*. O almeno suppongo che lo siano, perché secondo le poche immagini che ho potuto vedere nel corso del tempo, non è assolutamente il mio genere di film. La guerra e macchine che pilotano il mondo, così come le sciabole laser, hanno poca presa su di me. Sembra che ci sia anche una principessa, ma non veste Prada! Per associazione di idee, questa camera mi ha appena fatto decidere quale sarà il programma televisivo che mi aspetta per la serata. Dato che non vedrò Matt, sarà perfetto. Un film pieno di sentimenti, uno da ragazze di quelli che piacciono a me. Un'ottima Meryl Streep insieme ad Anne Hataway e io mi sciolgo letteralmente, alla stessa velocità di una vaschetta di gelato. Del resto, non so ancora come sia il sapore della crema

Häagen Dazs che voglio prendere. Ecco la domanda esistenziale del giorno.

Richiudo lentamente la porta, come se qualcuno potesse sentirmi, e faccio un veloce giro nel salone per sistemare e raccogliere il resto delle mie cose. Deposito le tazze di caffè nella lavastoviglie, e ritorno saggiamente a casa mia, dove mi precipito sotto la doccia con gran dispiacere. Togliermi il suo odore dalla pelle mi spezza il cuore, ma non ho scelta. Non posso andare a lavorare senza lavarmi.

Fare una cosa veloce nel vestirsi vuol dire ridursi a prendere una gonna plissettata nera con la giacca assortita, e un semplice top in toni chiari. Visto che l'estate è arrivata, metto un paio di espadrillas, con la suola a zeppa, dello stesso colore del top. Insomma oggi ho una tenuta di tipo basico. Pettino i capelli in una lunga treccia, indosso gli occhiali da sole, e vado al lavoro, nei tempi giusti. Non c'è dubbio, la mattinata è iniziata proprio bene. Sono riuscita anche a far uscire e rientrare Fendi, per ben due volte. Lo scapestrato dormiva sul mio letto quando sono partita.

Arrivata in ufficio, distribuisco la posta alle varie squadre, lasciando quella di Dominique per ultimo. Gliela deposito sulla scrivania e attendo che finisca la sua telefonata.

«Ma certo, pazienteremo fino al mese di settembre per la prossima campagna pubblicitaria. A presto, e buone vacanze,» dice, chiudendo la conversazione con il suo interlocutore. «Mia, cosa posso fare per te?»

«Mi piacerebbe che mi approvassi le ferie.»

«Sempre per fine luglio con rientro ad agosto?»

«Sì,» sorrido io. «Non si cambiano le buone abitudini.»

«E queste avranno vita lunga,» mi dice, tendendomi il formulario della società.

Lo compilo direttamente davanti a lui, aggiungendo i PAR, i due giorni anteriori e i due posteriori, così come prevede la legge, e ne approfitto per informarmi sull'anno prossimo.

«Mi piacerebbe raggruppare tutti i giorni dell'anno prossimo in un'unica soluzione da prendere per la prossima estate. Pensi che sarà un problema?»

«Vuoi prendere tutte e cinque le settimane di fila?»

«Sì, sto valutando delle cose.»

«Bisognerà vedere nel momento in cui la fusione sarà resa ufficiale, ma non penso che ci saranno grandi problemi. Ma sarà necessario che ti organizzi prima con Morgana.»

«Certo,» gli rispondo, e faccio involontariamente una boccaccia, al pensiero di dover discutere con la mia affascinante e adorabile collega. «E tu quest'anno dove andrai?»

«Marie ha già previsto tutto, andrò in ferie pressappoco nel tuo stesso periodo. Se i miei ricordi sono buoni, ha organizzato una quindicina di giorni in Thailandia.»

«Non hai un'aria proprio felice.»

«Sì, lo sono. L'unica cosa che conta per me è andare fuori dal Paese e non avere il telefono. Insomma come dovrebbero essere delle vere vacanze.»

«Sì, è vero. Bene, ti lascio lavorare prima che circolino voci su noi due, se resto ancora un po' qui con te,» scherzo io. «Grazie per le ferie.»

«Di niente, Mia.»

Torno alla mia postazione, e riprendo l'elenco delle cose da fare. Sono così concentrata a far quadrare il conto di un cliente, che quando il mio telefono squilla, rispondo senza neanche guardare chi mi sta chiamando.

«Pronto?»

«Signorina Johanesson?»

«Sì, sono io,» dico alla voce sconosciuta.

«Sono il signor Grimberg.»

«Uhm?» mi lascio scappare, perché non ho capito chi sia quest'uomo, tanto più che rimango concentrata sul mio foglio di calcolo.

«Il suo consulente finanziario,» aggiunge.

«Oh merda!» replico io, sorpresa. «Ehm... scusi. Buongiorno, mi scusi ancora, sono in piena concentrazione e il mio neurone solitario non ha capito chi fosse, visto che mi lei mi manda sempre delle e-mail. A cosa devo la sua chiamata?» gli chiedo, un po' a disagio.

Si mette a ridere e credo che sia un buon segno, no?

«Signorina, qualche giorno fa le ho inviato un messaggio che riguardava il suo conto e mi piacerebbe che mi dedicasse un po' del suo tempo per esaminare la situazione.»

«Le ho risposto che avevo bisogno di qualche settimana per rimettere tutto a posto. Lo stipendio ha colmato lo scoperto e il premio per le vacanze estive dovrebbe arrivare fra pochi giorni. Tanto più che in questo momento non sto più usando la mia carta blu.»

«Sa che non sono stupido, quindi suppongo che il suo prelievo sull'*American Express* non creerà nessun problema questo mese?»

Merda, cavolo e accidentaccio! Sono finita. Già mi vedo in un lugubre ufficio della Banca di Francia, attorniata da tanti impiegati che vogliono prendermi l'appartamento, farmi vendere i miei vestiti e obbligarmi a traslocare da mamma. Non a ventisette anni. No.

«Certo, e poi lo sa che sono cauta nell'utilizzarla, e ciò vi permetterà di pazientare ancora un altro po'. Si rende conto che il mio saldo sarà positivo per più di dieci giorni di fila?» cerco di ironizzare.»

«Signorina Johanesson, occorre. davvero che concordiamo un appuntamento.»

«Si può riparlarne al ritorno delle mie ferie?»

«Quando ritorna?»

«Intorno all'otto di agosto. Possiamo vederci per la settimana successiva o dopo il quindici, se vuole. Al momento, però, mi spiace ma devo lasciarla, il capo mi sta chiamando. Buon pomeriggio, signor Grimberg.»

«Arrivederci, signorina Johanesson. Conto su di lei.»

Riappendo e sospiro. Mi devo calmare. Non sono ancora in fondo al buco.

CAPITOLO 15

Dopo il mio misero colpo da maestro al telefono, ho continuato tranquillamente la mia giornata, rientrando a casa all'una precisa. Prima però sono passata dal droghiere di quartiere per prendere due confezioni di gelato. Appena messo piede nell'appartamento, mi sono infilata un leggins e mi sono sdraiata con Fendi davanti alla televisione, per guardare il mio film. Visto che mi si è risvegliato un certo appetito per le splendide mise provate da Andrea Sachs nei locali di *Runway*, ho deciso che mi regalerò un altro film. La mia bulimia da vestiti mi ha spinto a guardare per l'ennesima volta *Pretty Woman*. Mi immagino tranquillamente nella pelle di Vivian Ward, l'ex prostituta incarnata da Julia Roberts, a percorrere le strade di Rodeo Drive con la carta Infinity del mio amante. Ma siamo realistici: non sono sicura che a Matt piacerebbe. E nemmeno io sono certa che potrebbe piacermi. Sebbene...

Dopo i titoli di coda vado nella mia camera e porto con me il cellulare. Prima di addormentarmi vedo il led rosso che indica un messaggio del mio gentile vicino.

Domani vado a Disney con Liam. Se sei libera, vuoi unirti a noi?

Un parco giochi per un primo incontro? Perché no. Dopotutto, la cosa permetterà di evitare che io e Liam ci guardiamo in cagnesco per tutto un giorno: le attività lo terranno parecchio occupato. E poi, è da molto tempo che non ci vado più. Disneyland è un po' come la Tour Eiffel. I parigini ce l'hanno a portata di mano, basta prendere solo qualche metropolitana o la RER, ma non ci vanno mai. In più, per domani, ho anche la tenuta adatta.

Sì, lo so, immagino che penserete che l'incontro di domani mi stia tenendo sulle spine, ma vi sbagliate. Mi addormento come un bambino, con un enorme sorriso sulle labbra, pensando a quello che faremo domani, dopo aver programmato la sveglia e, soprattutto dopo aver risposto a quel bellissimo stallone che potrebbe riuscire a detronizzare Joshua dal mio cuore. Ormai è innegabile, il ragazzo ha segnato moltissimi punti.

* * *

Quando otto ore più tardi la sveglia suona, ho voglia di uccidere qualcuno. Perché suona questa stupida, tirandomi via dalle braccia di Morfeo in cui ero beatamente accoccolata, di sabato mattina? Forse sono ancora fuori fase, ma mi ricordo benissimo che è il sesto giorno consecutivo che mi sveglio presto.

Disney! Argh! Perché ho detto di sì? Sicuramente per colpa della confezione di gelato alla vaniglia e noci pecan trangugiato davanti al film. L'apporto di zuccheri sarà stato eccessivo per il neurone solitario che voleva sfuggire alla solitudine. Mi detesto e mi alzo mugugnando. Comunque non ho scelta. Ho promesso che ci andrò e lo farò. Su con il morale, mi dico, avventandomi su George che mi dà, con un amore incommensurabile, una minuscola quantità di caffè perché non ho schiacciato il bottone giusto.

Aspetto che si riempia di nuovo la tazza e prendo l'inalatore come se fossi diventata asmatica, ispirando per ben due volte in un colpo solo, tossendo e sputando.

Okay, l'avrete capito, la giornata comincia proprio male.

Lascio uscire Fendi e dall'altro lato vedo il mio bel maschio alla finestra, mentre sta bevendo un caffè. Lo saluto goffamente e gli faccio segno che sto andando in bagno. È meglio che non sappia che sono in ritardo. Faccio una doccia veloce, lego i capelli con un semplice elastico, e applico un *make-up* leggero. Sempre di corsa vado nel mio camerino barra bazar, eccetera, eccetera, e inizio la perquisizione archeologica. So che c'è. L'ho messo solo una volta, quando con Joshua siamo andati a fare un picnic lungo la Senna. Avevo adorato quel completo semplice che non rispecchia il mio modo di vestire, ma che ha il merito di starmi bene addosso e soprattutto di essere comodo in maniera fantastica.

Saggiamente ordinati in una scatola Ikea, trovo il mio paio di Converse bianche e i miei pantaloncini neri. Mi prenderete per una pazza, ma questo paio di bermuda è stato riposto con queste scarpe semplicemente perché li indosso insieme. Non ho nessun altro vestito che potrebbe essere abbinato a queste scarpe, perciò è stata semplice logica riporli seguendo la mia organizzazione perfetta. La prova è che li ho ritrovati subito, o quasi. Per il sopra, torno nella mia camera e afferro una camicia bianca a maniche lunghe che posso arrotolare sulle braccia.

Mi guardo allo specchio e mi trovo ringiovanita. Indossare una tenuta casual ha dei vantaggi, osservo tra me e me. Le mie cosce sono valorizzate e anche se senza i tacchi sono bassina non sono comunque diventata una nanerottola. I miei rispetti per Minnie, che adoro. Solo che preferisco il mio metro e settantasei, grazie ai tacchi, e i miei sessanta chili.

Mi preparo un altro caffè, questa volta senza sbagliare pulsante, e lo bevo prima di raggiungere il mio vicino e suo figlio. Se non lo avessi saputo, avrei capito che era suo figlio solo a vederlo. Si somigliano come due gocce d'acqua.

«Buongiorno, sono Mia. Tu devi essere Liam.»

«Buongiorno, sì sono io,» mi dice fieramente. «E tu sei l'amica di papà. Mi piaci, sei bella.»

«Ti ringrazio giovane uomo,» rispondo sorridendo.

«Papà sta finendo di prepararsi, mi ha detto che arriva subito.»

«Non preoccuparti. Tu sei pronto?»

«Sì. E poi si vede, ho messo la mia maglietta preferita.»

Effettivamente, ha una maglietta con la stampa della testa di robot bianco con delle linee blu, un grosso logo dello stesso tipo di quelli che ha nella sua camera e una specie di peluche verde posizionato dietro. È un fan inveterato e io non ne so niente. Presto, mi farà delle domande su…

«Hai visto Star Wars?»

Bingo! Lo sapevo. E ora come faccio a dire a un bambino, per il quale deve essere la cosa più meravigliosa del mondo, che non ho mai guardato il suo film preferito? Come posso confessargli che ignoro anche di cosa parli? E, peggio ancora, che francamente me ne frego anche un po'? Ha l'aria di essere stato allevato bene, e tutto il resto, ma non vedo troppo interesse nel guardare una cosa che non mi appassiona.

«No, mi spiace. Sei un fan?»

«Io l'adoro! Vieni con me, ti faccio vedere la mia camera. È troppo bella!»

Lo seguo docilmente e ascolto in religioso silenzio tutte le sue spiegazioni: R2D2, Luke e Ian, Yoda, Seboulba, l'imperatore. Per farla breve, credo di aver perso il filo nel momento in cui mi ha parlato di una stella della morte e mi convinco sempre più che questo film non mi piacerà per niente. Spero di non deluderlo, confessandoglielo. Dopotutto, non lo costringerò a guardare le mie commedie romantiche. Sempre che non sia gay, in quel caso sarei felicissima di inculcargli le basi.

«Scusatemi, mi stavo vestendo,» ci interrompe Matt, o piuttosto troncando il monologo appassionato del figlio.

Gli do un piccolo bacio e andiamo nel salone per fare il punto, prima di partire.

«Andremo in auto e mangeremo lì. Se ci avviamo adesso saremo lì al momento dell'apertura alle dieci,» ci dice.

«Fantastico! Così potremo rifare Space Mountain?»

«Sì, cucciolo. Ma decideremo anche in funzione dell'attesa.»

«E Indiana Jones!»

«E il mondo delle bambole,» suggerisco io.

«Bleah. È una cosa da ragazze. Ti accompagnerà papà visto che sei amica sua, mentre io farò una cosa da ragazzi che è lì accanto.»

«Si vedrà, Liam. Forza, ora fila a metterti le scarpe che partiamo.»

Il ragazzino corre fuori dalla stanza e suo padre ne approfitta per gettarsi con voracità sulle mie labbra. Lo lascio fare, sapendo che non avremo nessuna intimità durante il giorno, in presenza di suo figlio.

«Mi piace moltissimo come sei vestita. Sei una sorprendente giovane donna, Mia.»

«Ti ringrazio, ma non abituarti a vedermi vestita così, queste sono le uniche cose comode che possiedo, mentre i miei abiti, e tutto il resto...»

«I tuoi armadi traboccano di charme, sì, ne sono consapevole,» mi blocca lui, ridendo.

«Andiamo? Vi sto aspettando.»

«Sì, piccolo principe, ma non c'è fretta, siamo in orario.»

«Papà dici sempre così, ma poi non arrivi mai al momento stabilito. È per questo che mamma ti dà appuntamento sempre prima dell'ora giusta, per evitare che tu non... come dice lei? Ah, sì, che arrivi puntuale.»

«Uhm,» mugugna Matt, con espressione dubbiosa.

«Andiamo?» ripete Liam

«Siamo pronti, andiamo,» dice infine Matt.

Saliamo nella sua auto e rimango sorpresa sia dalla qualità del mezzo, sia dalla pulizia che vi regna. Ma c'è da dire che è un maschio, per di più etero, quindi, se da una parte non deve portare in giro nessuno, tranne la sua ragazza, che al momento sono io, dall'altra deve anche fare buona impressione. *È un padre di famiglia che ha buono gusto*, mi ricorda la mia bastarda vocina interiore. E io sono felice che la mia coscienza si ricordi di far ragionare il mio cervello da bionda.

Matt guida con molta prudenza per essere un uomo sulla trentina. *Stop!* Mi urla ancora la mia voce interiore. Devo smetterla di pensare agli stereotipi e focalizzarmi su uomini di quel tipo. Perché lui è diverso. Lui ha quel qualcosa che mi attrae e poi sono convinta che non mi farebbe mai del male. È da molto tempo che non provavo una sensazione simile e questo fa impazzire il mio neurone solitario. Mi sento al sicuro con lui, ma non posso dimenticare l'ultima volta che ho pensato una cosa simile, e invece è finita male. Perciò non posso accordargli quella fiducia assoluta che mi farebbe sentire pienamente appagata. È quasi improponibile per me lasciare la porta aperta a una serenità totale. Me lo impedisce la paura delle troppe sofferenze per una relazione che forse è solo effimera.

Liam è calmo in auto, si limita a giocare con la sua consolle. Quando provo a chiedergli su cosa sia così concentrato, nemmeno mi risponde, ed è Matt che viene in mio soccorso.

«È un gioco di Zelda. Liam è un fan dei giochi elettronici.»

«Non ne ho visti nella sua camera.»

«No, infatti. Con Pauline abbiamo deciso che non dovesse avere un televisore in camera, perciò tutti i giochi sono nel mobile del salone. Così abbiamo un controllo migliore su quanto si trattiene a giocare ed evitiamo la dipendenza da questo tipo di cose.»

«Capisco.»

Anzi, no. Non sono mai stata una fan di questi affari. Ammetto di aver usato la *Wii* con la *Balance Board,* ma l'ho fatto solo per pesarmi. Del resto è la mia bilancia e il suo uso è limitato solo a quello. Una volta ho cercato di seguire un programma di sport, ma ho rinunciato quasi subito. Ho rischiato di rompermi una caviglia per eseguire delle posizioni bizzarre, senza parlare del fatto che ho dato un colpo a Fendi che era nei paraggi. Quindi tutto d'un tratto, la *Wii* è diventata una raccogli polvere. Un vero investimento, o piuttosto una bilancia di lusso.

Quando arriviamo al parcheggio, sono felice di quello che ho indossato. Fa già caldo e la distanza da percorrere fino all'entrata del parco sarebbe stata una sofferenza se avessi messo i tacchi a spillo o addirittura sulle zeppe. Il ragazzino è vicino a noi e ha lasciato il suo moderno *Game Boy* in auto.

Matt fa scivolare la sua mano nella mia, e io mi sento bene. Somigliamo a una coppia normale che va a trascorrere una giornata a Disneyland, per il piacere di un ragazzino che, pur non essendo mio, sembra così felice da comunicare la sua felicità anche a me.

Con i biglietti in tasca percorriamo Town Square e, prima di arrivare sulla piazza grande, Liam supplica suo padre di andare dal barbiere che ha il negozio che è una perfetta riproduzione di un locale di altri tempi. Vuole vedere cosa potrà fare per lui quando sarà più grande.

Quindi cominciamo da lì e Matt si presta al capriccio del figlio, abbandonando la barba di tre giorni che mi piaceva tanto, per ritrovare una splendida pelle liscia che mi fa venire voglia di baciarlo. Ma potrò dedicarmi a questo piccolo piacere quando usciremo, e intanto Liam sta già correndo per avanzare nelle profondità del parco.

CAPITOLO 16

Dopo aver passato ore e ore in fila, sì sapete, quando si cammina ma non si avanza, non riesco a trattenere un gemito, mentre ci avviamo all'auto. Il mio sospiro non passa inosservato, e Matt e Liam mi prendono in giro.

«Francamente, papà, è proprio una ragazza. Noi sì che siamo in forma, invece,» esclama estasiato Liam, facendomi venire improvvisamente voglia di strangolarlo.

«Fra due minuti esatti ti sarai addormentato, figliolo. Secondo me non dovresti cantare vittoria troppo rapidamente.»

Liam borbotta e accende il videogioco, mentre Matt avvia l'auto. Non ricordo se ho fatto in tempo a vedere le barriere d'uscita dal parco, ma quando apro gli occhi stiamo per arrivare nel seminterrato del palazzo. Mi giro e osservo il piccolo che dorme con la testa ciondoloni. Inutile dirvi che mi sento in uno stato comatoso e che preferirei rimanere un po' di più su questo sedile di pelle così comodo.

Quando Matt spegne il motore Liam rialza istintivamente la testa e anche lui realizza che siamo già arrivati.

«Avevo solo chiuso un attimo gli occhi per farli riposare,» si difende immediatamente.

«Ma certo,» sbuffo io.

«Avete dormito entrambi. Non ero nemmeno in autostrada che già sentivo russare da tutti i lati. Non ho avuto neanche bisogno di accendere la radio, tanto il vostro concerto era gratificante,» ride lui. «Adesso scendete, altrimenti finirete col dormire in auto. Preferite andare subito a letto o prima a cena da *Chez Papa?*»

«Voglio andare lì!» urla di gioia Liam.

«Parli del ristorante chi si trova di fronte all'uscita secondaria del residence?»

«Sì.»

«Papà mangia per tre, quando ci andiamo. Prende l'insalata gigante e la finisce,» scoppia a ridere il ragazzino.

«E scommetti che Mia prenderà la carne alla piastra, come ha fatto Lindsay a Natale?» dice Matt rivolto al figlio.

«È sicuro, sono così simili. Proprio come con la zia, oggi a pranzo ho dovuto mangiare anche le sue patatine fritte!»

Un padre e un figlio che si coalizzano contro una cosina fragile come me, è inconcepibile. Ma mi diverte così tanto. Perché dimostra la complicità che hanno e il legame invisibile che li unisce. Si amano veramente ed è bello da vedere. Per il resto sì, i miei quattro *nuggets,* molto grassi, presi a pranzo, mi hanno riempito lo stomaco e la porzione di patatine fritte era un po' troppo salata. Quindi Liam ci si è buttato sopra prima che si raffreddassero, almeno questo è stato il suo pretesto. Hanno riso anche quando inalavo il mio spray, che con una semplice spruzzata mi faceva venire le lacrime agli occhi. Ma io tengo duro, è una settimana che non fumo, beh eccetto la maria, che è rimasta la mia sola e unica amica. Ma sto pensando che sarebbe una buona cosa interrompere anche con lei, dopo le vacanze estive. Anche perché mi fa venire fame e l'inverno è già un periodo abbastanza sgradevole, in cui le persone adorano mangiare dei piatti ricchi e pesanti, pieni di formaggio, mentre io mi accontenterei di insalate di pomodori per tutto l'anno. Sono nata veramente per vivere al sole. Tahiti vieni a me! O piuttosto, vado io da lei. Sarebbe strano il contrario. Quella piccola isola paradisiaca non avrebbe posto nel bel mezzo dell'inquinamento parigino.

Risaliamo, e andiamo direttamente al ristorante che fa dei piatti regionali tipici del Sudovest. Ci sono stata una volta con Joshua, quando avevo appena traslocato; l'ambiente è simpatico, ma i piatti sono veramente enormi. Il mio migliore amico aveva scherzato con il cameriere, e mi sembra anche che avessero finito con il passare una notte insieme, qualche tempo dopo, e avevamo appreso che, appena aperto, il ristorante regalava la cena a chi riusciva a finirla tutta. Lui si era pavoneggiato ma era riuscito a mangiarne solo la metà. Io avevo preso, come Liam ha appena detto, della carne cotta alla piastra e un'insalata verde, senza nemmeno l'ombra delle mie solite patate al forno.

«Avete fame?» ci chiede Matt, una volta seduti in un angolo abbastanza isolato della sala.

È un posto quasi blindato. Il cameriere ci ha fatto aspettare circa dieci minuti, il tempo di sistemare un tavolo. E alla fine, nel posto in cui ci ha messo, ci sentiamo abbastanza a nostro agio.

«Io prenderò l'insalata Papa quella piccola,» dice Liam.

«E io quella grande,» continua Matt, prima di girarsi verso di me. «E tu?»

«Credo che tuo figlio avesse ragione. Prenderò il petto d'oca alla piastra.»

Liam solleva il pugno e lo batte in quello di suo padre, in un gesto di vittoria. Quando osservo gli occhi di Matt, rimango sorpresa. Urtata, quasi. Lo sguardo che ha rivolto al figlio è stato come una pugnalata al cuore. Conosco quell'espressione, so cosa vuole dire e mi turba rivederla dopo tutti questi anni, tanto più negli occhi dell'uomo con cui esco.

Faccio finta di ridere per mostrare che anche io mi burlo del mio piccolo appetito e non dico più niente, facendo credere loro che sono un po' stordita dalla giornata appena trascorsa. Tranne che non è così. Sono altrove, fra le braccia del primo uomo che mi ha amato, che mi ha coccolato, che mi ha insegnato a camminare. Colui che mi ha raccontato le favole della sera, fino a quando non mi addormentavo nel paradiso delle principesse, che mi ha regalato le più belle bambole del mondo, e che mi ha guardato così, come Matt ha guardato Liam. Quello sguardo che mi ha perseguitato per anni e che, ancora oggi, obbliga mia madre a non parlarne. Mio padre.

Torno velocemente alla realtà, provando a dimenticarmi di tutti questi ricordi che stanno risorgendo.

«E dunque, Liam, in che classe sei?» gli domando per tornare a far parte della discussione.

«Ho finito la primaria. Al rientro comincerò quella secondaria.»

«Se riuscirai a mantenere i voti che hai.»

«Papà, ho voti più alti della media,» ricorda al padre. «Passerò senza nessun problema.»

«Lo so, ma non devi perdere di vista i tuoi obiettivi e migliorarti sempre di più. Anche perché questo ti permetterà di...»

«Fare il lavoro che desidero,» taglia corto Liam. «So tutto, papà. Mamma me lo ripete abbastanza spesso. E potrebbe diventare fastidioso sentire sempre le stesse cose.»

«Figliolo!»

«Un po' di rispetto, vuoi,» dice Liam, imitando la voce del padre e subito dopo cominciando a ridere. «Scusami, papà. L''anno prossimo entrerò regolarmente nel collegio privato di Saint Joseph.»

«È fantastico,» gioisco io. «Continuerai gli studi in un istituto privato?»

«Sì, papà e mamma lo preferiscono.»

«Sono d'accordo con loro. I miei genitori pensavano la stessa cosa.»

Mi metto a discutere direttamente con Liam, perché mi ricordo bene che quando si è ragazzini si tende a sentirsi ignorati, soprattutto quando i genitori rispondono al loro posto. E Matt sembra, ancora una volta, essere un buon padre. Non lo interrompe ma lo completa nel momento in cui Liam magari non sa come finire il discorso. È piacevole vedere che ha ricevuto un'educazione così sana. Credo che anche mamma e Francisco lo abbiano fatto un po' con me. A parte mamma, che adora rispondere per tutti, ma solo a scopo mondano.

Cerco di non guardare troppo Matt. Appena lo osservo i ricordi affluiscono e questo non è il momento di mettermi a piangere. Né adesso né mai.

Ci vengono portati i nostri piatti e, almeno mentre mangiamo, la conversazione si esaurisce. L'insalata di Matt mi impressiona, ma lui non sembra esserne spaventato. Se fossi al posto suo, solo ad averla sotto gli occhi mi passerebbe la fame. C'è di tutto: patate, insalata, del formaggio, fegatini di pollo, e anche un toast di foie gras. È semplicemente una catastrofe per le mie arterie. Credo che, solo sentendone l'odore, il mio colesterolo possa salire.

Quella di Liam è più ragionevole e, per quanto mi riguarda, la mia ordinazione presentata su una tavoletta di legno è abbastanza per soddisfare il mio piccolo stomaco. Arrivata a metà, poso la forchetta e propongo ai ragazzi di finire il mio piatto. Loro accettano volentieri, mentre io razzolo fra le patate al forno. Sono deliziose, e l'uso del sugo di cottura dell'anatra le rende ancora più succulente. Finisco anche le ultime, nel momento in cui un'esclamazione di Liam mi fa rialzare la testa:

«Ha finito!»

Guardo l'enorme insalatiera ed è vuota, eccetto un piccolissimo pezzo di insalata sul fondo, che Matt si affretta a prendere.

«E non ingrassi?» gli domando, sbalordita dal suo appetito.

«Secondo te perché corro?» mi risponde, dopo aver inghiottito il contenuto dell'ultima forchettata.

«Papà finisce quasi ogni volta. Adesso, durante il film si addormenterà,» mi avverte. «Resti con noi per vederlo?»

«No, ragazzone. Rientro a casa. Preferisco lasciarti passare la serata con tuo padre.»

«Non ci disturbi,» si affretta a ribattere Liam. «Vero, papà, che Mia può restare ancora un po' con noi?»

«Certamente,» mi sorride lui. «Ma non sono sicuro che accetterà. Comincio a conoscerla, ormai.»

E ha ragione. Ha forse capito che ho bisogno di rintanarmi sotto il mio piumone, per non uscirne più? O pensa che sia semplicemente stanca, e che se non fosse stato così, sarei stata felice di accettare?

Io non rispondo niente e resisto anche davanti alla supplica muta di un ragazzino di dieci anni, che prova a farmi gli occhi dolci, per farmi cambiare idea. Gli rispondo con un grande sorriso promettendogli che se ci sarà una prossima volta, resterò con piacere. Solo che non sono certa che accadrà. Riuscirò a sopportare di vedere, ancora e ancora, quello sguardo negli occhi di Matt, quando guarda suo figlio? Non ho il coraggio per affrontare una situazione smile.

Pago il conto del ristorante, dopotutto oggi ha offerto tutto Matt, e ci dividiamo nel corridoio dei nostri appartamenti. Un bacio per Liam, uno veloce al padre, e ritorno all'ovile.

È con sollievo che mi rifugio sotto la doccia per eliminare ogni traccia di sudore, inquinamento e un sacco di altre cose che non voglio nemmeno immaginare. Purtroppo però, non posso fare altrettanto per gli occhi. Non riesco a togliermi quell'immagine dalla mente. Si è impressa in me e non vuole lasciarmi. E potrei ricadere in depressione per qualcosa che accaduta più di vent'anni fa. A cinque anni, gli psicologi mi hanno diagnosticato una depressione caratterizzata da mutismo, dovuta alla perdita di una persona cara. Mio padre venne travolto da un imbecille. E la colpa fu solo mia.

Una mattina stava ritornando a casa all'alba. Quando lui non c'era io non riuscivo a dormire e per abitudine mi sedevo sul davanzale interno della finestra della mia stanza, con la mia bambola preferita e una coperta, che mamma mi lasciava sempre per non prendere freddo. Lei aveva capito che lo aspettavo e sapeva che non poteva impedirmelo. Quella domenica lo avevo visto in fondo alla strada e, rapidamente, lui aveva sollevato la testa verso la finestra della mia camera. Non c'era nessuna luce che filtrava verso l'esterno, salvo quella della mia lampada da notte. Dunque, mi aveva visto e mi aveva salutato, facendomi dei grandi cenni con la mano, rivolgendomi un sorriso. Quel suo bel sorriso. Mentre attraversava la strada barcollava un po' ma continuava a fissarmi con quello sguardo, quello che ancora oggi non riesco a dimenticare. E un'auto lo ha investito sotto i miei occhi. Avevo cinque anni, la mia famiglia mi amava, e avevo appena visto mio padre falciato da un veicolo. Non aveva fatto attenzione attraversando e, anche se era su un passaggio pedonale, la grossa berlina a quanto pare non lo aveva visto. Morì alcune ore dopo in ospedale, dove lo avevano portato per le tante ferite riportate.

Ora sapete perché non intendo restare con Matt. Non posso vivere una relazione con qualcuno capace di offrire quel regalo così prezioso: quello sguardo pieno d'amore infinito. Quello di un padre per il suo bambino. Non ne ho la forza. Quel ricordo così penoso sarebbe troppo pesante da sopportare, un giorno dopo l'altro.

Mi infilo l'orrendo pigiama in pile e cerco di allontanare la depressione leggendo le ultime riviste che sono sul mio comodino, sperando di cambiare idea, e poi finalmente finisco per addormentarmi con la testa su un articolo che decanta i benefici del limone diluito in un bicchiere di acqua calda al risveglio.

CAPITOLO 17

Devo davvero confessarvi che il giorno dopo sono rimasta fuori casa da mattino a sera, per evitare di incrociare Matt? Non ne vado fiera, ma è la sola cosa a cui sono riuscita a pensare quando mi sono resa conto di essermi svegliata alle sette e quindici. Di una domenica.

Mi sono alzata, lavata e vestita, e alle otto ero nella mia auto, anche se non sapevo dove andare. Ho cominciato a cercare un tabaccaio, ma sono subito tornata in me. Non sarebbe servito a niente fumare una sigaretta quando usare il mio spray avrebbe sortito lo stesso effetto e in più mi avrebbe aiutato a smettere. Poi ho avuto la disgrazia di ricordarmi di un luogo dove non dovrei assolutamente andare. Davvero no! Picchiatemi, me lo merito.

Ho preso la A4 in direzione di Marne-la-Vallée, e dopo qualche tappa obbligatoria, anche se è domenica mattina, ho preso l'uscita 12.1. Tutti quelli che conoscono la zona, sanno dove mi sono fermata e io sento già i vostri allarmi entrare in funzione. E avete ragione. Sono andata al centro commerciale Vallée Village.

Ho avuto il tempo di andare in tutti i negozi, di far esplodere la mia AmEx, di pranzare con un'insalata leggera e di riempire la mia auto con un pantalone della nuova collezione di Berenice, una camicetta Burberry in saldo, una nuova borsetta Kenzo, un foulard Dior in promozione, e altre piccole cose che non erano molto costose, ma che, tuttavia, non hanno mancato di farmi agonizzare lungo tutto il tragitto di ritorno verso casa. Ci sono dei rallentamenti e questo mi permette di restare sufficientemente vigile.

Se si analizzano i fatti, perché sono capace di analizzarmi da sola, se lo fate vedrete come è pratico, avrete capito che l'ho fatto per quello che è accaduto al ristorante. Anche il mio voltafaccia nei riguardi di Matt è per quello. Ma poco importa, io so che non è possibile per me vedere Matt che guarda Liam in quel modo. È proprio insopportabile. Forse dovrei davvero consultare uno psicologo, dopotutto. Ma se si entra in questo campo: psicologo, psichiatra o psicanalista? Ne succedono di cose nella patetica vita di Mia. Lo so, le persone forse hanno ragione: *sono* superficiale.

Mi rassicuro come posso, e mando un messaggio a Joshua per dirgli che sono impaziente di andare in vacanza, per poter approfittare pienamente di quei giorni fuori dal tempo. Alla fine, non è proprio questo lo scopo? Sarò libera come l'aria e potrò divertirmi, e forse questo mi aiuterà a vedere le cose sotto un'altra luce. In questo momento ho bisogno di allontanarmi da quest'uomo perfetto, a causa di un passato che mi perseguita e che non sono in grado di accettare. Appoggio il BlackBerry accanto a me, e mi addormento con Fendi disteso ai miei piedi.

* * *

Il risveglio è meraviglioso per essere un lunedì mattina: non ho sentito la sveglia. L'errore risale alla settimana scorsa, visto che ho dimenticato di attivarla per tutti i giorni. Mi do mentalmente dell'idiota e mi alzo immediatamente. É inutile dirvi che sono proprio arrabbiata con me stessa, e in più non so come vestirmi. Faccio una doccia che potrebbe essere paragonata al bagno di un gatto. Butto nella borsetta il fard e poi inizio a imprecare davanti all'armadio, decidendo infine di indossare il nuovo abito Rykiel che non ho potuto mettere questo week-end, visto che siamo andati a Disney.

Ci ripenso, e alla fine opto per il pantalone nero acquistato ieri, che completo con una semplice camicetta dello stesso colore. Morboso, lo so. Tanto più che oggi ho anche il viso pallido. Sembro quasi Morticia. E questo pensiero ha il merito di farmi sorridere mentre sono nell'ascensore che mi porta al parcheggio.

Mi avvio cercando di sveltirmi anche se non serve a niente. A costo di essere in ritardo, meglio andare piano ed evitare di avere un incidente. Mi trucco in auto, e sono in uno stato talmente pietoso stamattina, che in molti mi suonano il clacson a forza di aspettare davanti al verde. Ed è ironico, quando si sa che lo faccio sempre. Nel momento in cui supero la porta dell'ufficio, somiglio pressappoco a qualcosa.

La centralinista non mi guarda male, nessuno mi strapazza per la mia noncuranza, o piuttosto dell'indifferenza che mostro per il mio ritardo. Mando un messaggio veloce a Dominique per avvertirlo che finalmente sono arrivata e lui mi risponde che non ci sono problemi. Sembra che oggi il karma sia dalla mia parte. Tanto meglio. Ho bisogno di tutte le energie positive possibili, di elementi sbalorditivi, nel senso buono del termine, e che il mio cervello nasconda quello che ha avuto l'opportunità di vedere.

«Oh eccoti, Dominique mi ha detto che eri appena arrivata,» mi dice Morgana con un sorriso insipido.

Che strano, non si comporta come di consueto. Di solito mi fa una smorfia disgustata, oppure mi sfida apertamente.

Ed è ancora più strano quando mi porta un caffè. Non me lo spiego, salvo quando il suo sguardo incrocia il mio. È annientata. Non l'ho mai vista così e ne sono turbata. Ci scambiamo solo un piccolo cenno con la testa e ci capiamo. In questo istante, grazie alla mia intuizione femminile, so che non sono più l'unica single dell'ufficio. E sebbene non siamo neanche lontanamente amiche, provo pena per lei.

«Sei già rientrata dalle vacanze?» chiedo, poiché non doveva essere qui prima della settimana prossima.

«Sì, abbiamo anticipato il ritorno,» mi risponde.

Esce dal mio ufficio prima che possa interrogarla su altro. A meno che non l'abbia fatto apposta, per non darmi la possibilità di interrogarla. Furba, la signorina. Però mi comporterò allo stesso modo, se dovesse chiedermi perché sono in ritardo.

Bene o male mi occupo del mio lavoro, provando a dimenticare tutto quello che può rendermi triste, e guardo il cellulare solo in pausa pranzo. Non sono sorpresa di trovare un messaggio di Joshua che mi invita a passare la serata da lui, ma non ne ho la forza. Soprattutto se è ancora depresso per la storia del bisessuale. Due persone depresse nella stessa stanza sono tristi. In una coppia, uno dei due deve essere allegro altrimenti si finisce per comprare delle corde o dei rasoi per suicidarsi insieme. E non ho molta voglia di finire sui giornali con un titolo come: *"Il remake delle Vergini Suicide."* Credetemi quando vi dico che oggi i miei pensieri sono lontani dall'essere al top.

Nelle vesti di Morticia Addams in piena allegria, assaporo il delizioso momento in cui sono le diciassette, e ho anche recuperato il ritardo di stamattina. Fino a quando non mi ricordo che sto tornando a casa e che di fronte alla mia cucina c'è il mio vicino. Quello con cui sono andata a letto. Dio Santo onnipotente! Mi occorrono delle tende. Altrimenti, visto che l'unica finestra da cui può vedermi è quella, posso sempre rinchiudermi nella mia camera o in bagno. Perché anche se accendo la televisione, vedrà la luce e dunque saprà che sono in casa. Ah! Triste sorte quella di dover cercare un mezzo per aggirare un problema che io stessa ho creato. Sono veramente una povera ragazza. E per di più anche pazza.

L'unica soluzione che mi resta è di acquistare del tessuto. O delle tende. E prima o poi dovrò affrontarlo, non posso nascondermi per sempre. Senza dimenticare che Matt non ci capirà proprio niente. Non vi auguro di andare a letto con il vostro vicino. È un nido di vespe, e sento già il bruciore della puntura sul mio magnifico sedere, messo in risalto dal peggior tanga che ho trovato stamattina.

Credo che piuttosto che acquistare un paio di tende in tessuto o di lamelle in legno, farei meglio a rivendere l'appartamento. Potrei scovarne uno più grande per lo stesso prezzo. Ma qualunque cosa deciderò di fare, sarò obbligata a restare in questo fino a quando non lo avrò venduto. Sono fottuta. Potrei sostenere il ruolo di quella che non ha troppo tempo fino alle vacanze. Matt partirà fra due settimane, e ritornerà solamente quando io partirò con Joshua. Dovrò tenere duro solo per quindici giorni. Riuscirò a trovare qualche pretesto. Potrei anche lavorare qualche ora in più, ma sarebbe inutile perché tanto lui rientra tardi, in linea di massima. Ma intanto, per questa sera andrò a rintanarmi nella mia camera con il mio vecchio computer e mi vedrò un film a letto e così un giorno sarà già andato. Mi resterà da scovare solo altri undici pretesti per i prossimi undici giorni, prima che lui decolli con suo figlio per l'Italia.

Ma ce la farò. Sono pur sempre una ragazza che sa come cavarsela, anche quando la situazione è parecchio complicata. *Lo so,* non posso prendermela che con me stessa.

Sulla strada del ritorno chiamo mamma con il mio kit *Bluetooth.*

«Buongiorno, Mia. Stai bene?»

«In grande forma, mamma. E tu?»

«Va tutto bene. Sono stata veramente contenta di passare una giornata con te, la settimana scorsa. Dovremmo farlo più spesso.»

«Sono d'accordo. Cosa fate di bello questo week-end?»

«Andiamo a Honfleur. Ho voglia di mangiare delle ostriche, e tu sai che Francisco ama l'odore del mare.»

«È un'ottima idea! Lasciate la capitale venerdì?»

«Sì, come al solito. E ritorneremo domenica, prima di cena. Vuoi venire a cena da noi?»

«Oh no, non disturbarti, ci rivedremo al vostro ritorno. Felipe sta meglio?»

«Mi sembra di sì. Ma non mi riguarda.»

«Mamma, so che non mi stai dicendo tutto,» tento io.

«Finché non te ne parlerà lui, non mi permetterò di rompere il suo silenzio. È tutto ciò che c'è da sapere. Ma stai tranquilla, non è niente di drammatico. Delicato, ma non insormontabile.»

«Non dirmi che stanno per divorziare!» esclamo, leggendo tra le parole di mia madre. Stanno per avere un bambino.

«Non so, e non parlerò più di tuo fratello con te, mia cara.»

«Molto bene, mamma. Ho capito. Aspetterò che il mio *fratellastro* si fidi di me,» concludo, accentuando bene il grado di parentela.

«Quando avrò il piacere di averti a tavola con noi, allora?»

«Non so. Lunedì prossimo, ti va bene? O anche domenica sera, se preferisci, ma con la strada che dovrete fare non sono sicura che ti convenga.»

«Mia cara, te ne avevo parlato per prima. Domenica sera è perfetto, ti aspetteremo. Se vuoi, puoi venire anche un po' prima.»

«Non c'è problema, mamma. Passate un buon week-end, e divertitevi.»

«In bocca al lupo per il lavoro, cara. Ti bacio.»

Chiudo la telefonata con un enorme sorriso sulle labbra. Posso sloggiare dal mio appartamento per tutto il week-end e attendere pazientemente che lui parta per le vacanze. Occupante abusiva da mamma non è un rifugiarsi. Dopotutto, la mia camera è sempre la stessa. Non ha spostato mai nulla, tranne quando hanno ritinteggiato i muri. E solo perché sono stati obbligati, a causa di un danno alle tubature dell'inquilino del piano di sopra.

Parcheggio dopo aver fatto il giro del sotterraneo per verificare che Matt non sia già ritornato. Dato che il suo 4x4 non c'è, sospiro di sollievo mentre entro nel mio appartamento, e faccio subito uscire Fendi per evitare che voglia farlo più tardi, quando lui sarà in casa.

Preparo la mia formidabile serata da reclusa accendendo il computer che appoggio sul letto, e apro una scatola di zuppa che verso in una scodella. Non mi resta che scaldarla nel forno a microonde e non avrò nemmeno bisogno di accendere la luce per farlo. Passo dal bagno, indosso il mio pigiama da conforto e filo nel letto a guardare una commedia drammatica per piangere un po', illudendomi che esista un principe affascinante che però non avrà *lo* sguardo.

CAPITOLO 18

Riesco a evitare Matt per tutta la settimana. Non senza dolore, però, e penso che abbia iniziato a capire che c'è qualcosa che non va da parte mia, perché mi manda non più di un messaggio al giorno. Gli ho detto che avevo moltissimo lavoro in ufficio, beninteso era una bugia, e che speravo che avremmo trovato il tempo di vederci prima della sua partenza. Solo che questo week-end, ero con i miei genitori a Honfleur. Bugia numero due.

Non sono fiera di ciò che sto facendo, ma quest'isolamento volontario mi ha fatto bene. Dopotutto, è vero che non sono con loro, ma sono da loro. Dunque, la mia è una mezza verità. In fondo, una libera interpretazione dei fatti mi è necessaria per poter controllare questo marasma sentimentale. Non mi stupisce di essere incapace di vedere oltre Josh, visto che sono innamorata da sempre del mio migliore amico. Non è grave, in fondo, mi prendo la colpa di quello che ho fatto, almeno in parte. Non crederete mica che vi dica tutto!

Joshua passa a casa dei miei il sabato sera e beviamo un po' di più del dovuto. Finiamo per andare a dormire alle tre del mattino, nel mio letto. Siamo ancora vestiti sotto il piumone, e ci addormentiamo facendoci le coccole.

Non so nemmeno più di cosa abbiamo parlato, ma quando apro un occhio stanco, sento che c'è del rumore in casa, e vedo che sono le tre del pomeriggio. Mi alzo cercando di non svegliare Joshua, e vado in cucina dove trovo mamma che sta preparando del caffè.

«Sapevo che avresti sentito il profumo allettante dell'espresso, e che ti saresti alzata.»

«Mi spiace, mamma.»

«Ero certa che ti avrei trovata qui, Mia,» mi dice baciandomi.

«Come?»

«Fin da quando hai chiamato tua madre, pulce. Avevi appena riattaccato quando ho capito che avresti trascorso il week-end qui.»

«Buongiorno, figlia adorata,» mi saluta Francisco, sistemando il caos di ieri sera, ovvero una bottiglia di vodka in lutto e il fondo di un Grand Marnier.

È normale avere la bocca impastata, penso.

«Avresti potuto fare un po' di ordine prima di coricarti,» mi sgrida mia madre, prima di dare una mano al marito.

«Non lamentiamoci, non ha bruciato il tappeto. C'è una netta evoluzione rispetto al passato,» si congratula il mio patrigno.

«Mi sembrava che avessi smesso,» dice la mamma.

«Non sto parlando delle sigarette, cara.»

«Francisco, mamma, sì continuo a fumare le canne. Ne fumate anche voi da anni, quando andate a letto, perciò, perché io no? Con Felipe abbiamo riso parecchio quando avete installato un impianto di ventilazione controllata per la vostra camera. E a noi è stata utile per sopportare tutte le persone che ricevevate. Quindi, niente lezioni di morale, cari mamma e patrigno.»

«Non ti stavamo dicendo nulla,» si giustifica mamma.

«Mi chiedevo però a cosa dobbiamo la tua presenza in casa.

Non ti giudico, Mia, vorremmo solo capire cosa sta succedendo.»

«Niente, mamma. Avevo voglia di ritornare alle radici.»

«Scappa dal vicino perverso,» ride Joshua, che non ho sentito arrivare.

«Joshua!» grido, sull'orlo di una crisi di nervi. «Ci sono veramente delle volte in cui meriteresti delle sberle.»

«Tieni,» mi risponde la Bree Van de Kamp della famiglia, tendendomi una tazza di caffè. «Suppongo che ne desideri una anche tu, giovanotto. È da molto tempo che non ti vediamo qui. Stai bene?»

«Sì, Chantal. Il lavoro va bene, e anche a casa.»

«Sono contenta per te. Resti a cena con noi?»

«Se vuoi.»

Ed ecco! Non mancano che Felipe e la Charlotte alle fragole affinché la famiglia sia al completo e in un caos mostruoso. A questo proposito, ho bisogno di una doccia. Le devastazioni di ieri sera di sicuro mi si sono dipinte sulla pelle. Sporcizia da vodka e da Grand Marnier. Occorre che qualcuno ne sia responsabile. Se l'alcol non esistesse, non avremmo tutti questi problemi di coscienza. Come per tutto, in effetti.

«Mamma, vado a lavarmi,» l'avverto, depositando la mia tazza del caffè sul piano di lavoro in granito nero.

«D'accordo, cara. Vado ad avvertire tuo fratello che siamo ritornati. Voleva che lo informassi,» aggiunge.

«Non hai bisogno di trovare una scusa per farlo venire. Non è che lo fai solo per assicurarti che stia bene?» ironizzo, comprendendo che vuole solo sapere se lui e la Charlotte non si siano uccisi a vicenda.

«Fila a lavarti, ragazza,» mi risponde.

«C'è qualcosa che non va con Felipe?» domanda Joshua.

«No, niente di grave,» gli dice mamma, e la cosa non mi stupisce.

Mentre parlano, vado a farmi bella per essere degna di una domenica pomeriggio. Mi farò il bagno. È il mio grande rimpianto non avere la vasca nel mio appartamento, e forse anche una trentina di metri quadrati supplementari.

Mi rilasso per un'eternità nell'acqua piena di bolle e schiuma. Joshua mi raggiunge sedendosi sul bordo, e continuiamo a discutere delle nostre future vacanze e di cosa visiteremo, nonché dei bar e dei locali notturni che frequenteremo.

Quando esco, prendo un quintuplo caffè e, dopo aver parlato per un bel po', ci sediamo finalmente a tavola. Con mia grande felicità, mamma ci serve un pasto leggero.

Riaccompagno Joshua a casa sua, e ritorno al mio appartamento con l'andatura di un sorcio, che spera di non incrociare nessuno. Nel momento in cui finisce il primo film della serata decido di continuare il trattamento di bellezza che ho iniziato stamani e vado nella sauna del mio residence. Con il costume addosso, corro fin lì con solo un asciugamano legato in vita, ed è con vero piacere che il mio week-end si conclude. Completamente sola, raddoppio il tempo di permanenza, faccio una doccia veloce e risalgo in casa per andare direttamente a letto. Senza dimenticarmi di mettere la sveglia. Con la speranza di non mancarla come lunedì scorso.

* * *

Sono in allerta quando esco di casa per il primo giorno della settimana. Pettinata, truccata, in tiro e tutto va meravigliosamente bene. E mi restano solamente cinque giorni prima di avere le mie tre settimane di tranquillità. Anche qualche giorno in più, se si contano anche le mie vacanze. Riesco a trattenermi dal sollevare la testa quando faccio uscire Fendi dalla finestra, ma questo dannato gatto oggi è in vena di dispetti. Di solito lo accarezzo quando esce e nel momento in cui ritorna, ma oggi pretende di più. Questo significa che dovrei restare più del necessario davanti a questo ammirevole vetro, che offre una vista così meravigliosa. Come avrete afferrato sto ironizzando. Provare a guardare le cose dal lato positivo non è sempre il mio credo, ma tento di migliorarmi. Ogni minimo progresso è il benvenuto e il primo è quello di arrivare in orario al lavoro.

Ho anche il tempo di passare in bagno per verificare il mio aspetto: un mini abito bianco, con un voile di seta rosa in sovrapposizione, firmato Galliano. Sono abbastanza contenta di questa mise. L'ho acquistata un'estate, durante i saldi, e non l'ho vista su molta gente. Ammetto che il vantaggio di vestirsi con abiti d'alta classe è che raramente si rischia di incontrare qualcuno che potrebbe essere il vostro sosia. Anche se mi è successo ed è stata quella volta in cui, andando a un matrimonio con un abito appena appena uscito, mi sono ritrovata altre due ragazze con lo stesso modello. Per distinguermi, Joshua mi aveva aiutato a tagliare le maniche, e poi lo avevo adornato mettendomi la sua cravatta annodata in vita. Avevo fatto ciò che potevo con mezzi di fortuna.

Occupata a verificare che il mio mascara non si sia sciolto, sono sorpresa di sentire una specie di ansimo nella cabina dietro di me. È quasi un piagnucolio. Eh, la settimana non inizia bene per tutti. Faccio volontariamente rumore per attirare l'attenzione della ragazza lì dentro, per avvisarla di non uscire, qualora non avesse voglia di farsi vedere da una collega mentre piange.

Finisco velocemente, ed esco dalla stanza. Comincio a prepararmi un caffè, e ne aggiungo un altro destinato a Dominique, quando arriverà.

«Ciao, potresti occuparti tu della posta oggi?» mi chiede con voce rauca la mia nemesi.

«Buongiorno Morgana, non c'è problema. Finisco il caffè, e lo faccio,» dico, alzando gli occhi verso di lei.

Wow, sembra che il suo week-end sia stato disastroso. Comprendo subito che era lei a piangere in bagno quando vedo che ha gli occhi arrossati. Non riesco a rallegrarmene, perché è una cosa che può capitare a tutti, anche a me, però non ho voglia di prendere a cuore la sua sorte. Non sono Madre Teresa. Per quanto riguarda la bontà, se faccio degli sforzi, potrei anche avere qualche chance, ma non potrei mai fare il bagno freddo tutte le sere e le mattine. Credo di aver letto questa informazione sulla Santa in una rivista, una volta, e francamente ho avuto quasi una crisi d'ansia solo a immaginarlo. Mi rivedo nella vasca ad angolo di mamma, con una candela agli olii essenziali per profumare il locale. Quello, è un vero bagno.

«Ti ringrazio,» mi risponde, allontanandosi.

Mi riprendo velocemente, e lascio il caffè sulla scrivania del mio capo, proprio nel momento in cui lui arriva. Facendo quello che Morgana mi ha chiesto con gentilezza, e lo sottolineo per una volta, inizio la distribuzione delle buste portate dal fattorino. Faccio il giro degli uffici e tengo per ultimo l'ufficio di Dominique, la cui porta è socchiusa.

«So che la prendo alla sprovvista, Dominique, ma non posso continuare, proprio no.»

«Sì, ho capito molto bene. E a ogni modo, anche se sono d'accordo ad accettare le tue dimissioni, non pensi che sarebbe preferibile aspettare il ritorno del tuo superiore diretto?»

«Sì. Per rispetto e per coscienza professionale sarebbe meglio, ma devo lasciare veramente Parigi nei prossimi giorni. Sono già tre notti che dormo in hotel e anche se ho un buon stipendio non posso permettermelo a lungo.»

«Comprendo, Morgana. Provo a contattare Pierre Yves in giornata, per farmi dire quanti giorni di ferie ti rimangono.»

Resto bloccata sulla porta, completamente sbalordita. È peggio di quanto pensavo. Non sono una sgualdrina senza cuore, né una cattiva ragazza che non si preoccupa dei suoi simili. Se sta dando le dimissioni perché non vive più con il suo uomo, vuol dire che ritornerà in Inghilterra.

Prendo la posta del mio capo e torno a sedermi alla mia scrivania, preoccupata. Ma per una volta nella mia vita, non potrei fare una buona azione? Aiutare questa ragazza che ho detestato per tutti questi anni? Mi è sembrata così triste. Forse in questo momento sono emotivamente instabile...

Chiamo velocemente Joshua, che risponde subito. Gli spiego la situazione, e lui mi dice che sono Madre Teresa anche solo a considerare una cosa simile. Quando chiudo la comunicazione realizzo che aver pensato a quella santa donna due volte in un lasso di tempo così corto è necessariamente un segno.

Schiaccio l'interfono e chiedo a Morgana di passare da me. Quando arriva, sono ancora più convinta della mia scelta.

«Senza volerlo, ti ho sentito parlare con Dominique,» comincio.

«Mi hai chiamato per avere l'opportunità di sfottermi? Se è così, sappi che non è proprio il momento...»

«No, assolutamente, stavo per proporti di venire a stare da me, fino a quando non troverai un'altra sistemazione.»

«Perché faresti tutto questo?»

«Ascolta, se lasci l'ufficio dovrai ritornare in Inghilterra,» continuo. «Ora sappiamo entrambe che così ti deprimerai. Ti vedi in un abito di cotone a buon mercato e degli stivali verdi, a mungere mucche?»

«Hai il senso dell'umorismo.»

«È solo un'immagine, ma hai capito cosa voglio dire.»

«Sì.»

«Dunque, ecco, non ho un appartamento molto grande, ha solo due camere, di cui una è stata trasformata nel mio camerino, perciò non posso offrirti che il divano, ma credo che sia meglio di niente. Però, fai come desideri.»

«Proprio non riesco a capire perché me lo proponi.»

«Perché non ti detesto tanto quanto pensavo.»

«Accetto,» mi dice lasciandosi scappare una lacrima, che spero essere di sollievo.

«Allora, ritira le dimissioni.»

CAPITOLO 19

È inutile dirvi che mi sto ancora chiedendo come ho fatto a proporre una cosa simile. *Tu sei veramente pazza, mia povera ragazza,* penso. Tuttavia, mi assumo la responsabilità della mia decisione, e quando è ora di lasciare l'ufficio andiamo insieme nell'hotel in cui ha soggiornato Morgana.

Si tratta di un albergo senza pretese di una grande catena, quasi in periferia, a due passi dalla periferica. Parcheggio, e chiedo alla mia nuova coinquilina il numero di bagagli che possiede.

«Giusto una piccola borsa per pochi giorni. Tutto il resto è ancora nell'appartamento che avevamo.»

«E suppongo che sia a suo nome. Non lo avevate acquistato insieme?»

«A tutti gli effetti, è il suo appartamento,» mi dice con gli occhi bassi.

«Oh ragazza! Alza la testa, cammina fieramente e ne uscirai vincitrice. Fra un po' di tempo ci riderai sopra.»

«Sai, se non avessi...»

«No, non adesso. Ora saliamo, recuperiamo quello che c'è nella tua camera, andiamo a casa e ci beviamo qualche bicchiere. Parleremo dopo, okay?

«Hai ragione, grazie,» non può trattenersi dall'aggiungere.

«Morgana, dobbiamo essere chiare entrambe,» comincio togliendo la chiave dal cruscotto. «Forse non sei la mia migliore amica, ma esiste sempre questa cosa tra donne che si chiama solidarietà femminile. Forse non ho il più grande degli appartamenti, sono certamente un po' disordinata, forse anche più di un po', ma voglio aiutarti. E poi fra tre settimane andrò in vacanza e tu avrai il tempo per pensare a cosa fare. Ora proveremo a sistemare la casa affinché tu possa avere i tuoi spazi.»

«Sei troppo carina,» mormora lei.

«Sì, lo penso anche io,» dico, scoppiando a ridere e facendo sorridere anche lei.

Scendiamo dall'auto e la receptionist non crede ai suoi occhi. Due splendide creature che entrano nel suo hotel le fanno pensare che di sicuro potrebbe esserci sotto qualcosa di sporco. Oh sì! Ebbene, no. Morgana l'avverte che andrà a prendere i suoi effetti personali e che le renderà immediatamente la chiave. Alla fine, non è così brutto essere in sua compagnia. A guardarci dal di fuori, siamo entrambe delle belle donne che hanno tutto quello che vogliono. Almeno in apparenza. Il resto, per il momento, bisogna dimenticarlo.

«Non hai un gatto, vero?» chiedo, entrando nella camera.

«No, purtroppo. E forse al momento è un bene. Charlie era allergico al pelo dei felini perciò non ho mai potuto averne uno. Quello che avevo con Marc lo ha tenuto lui quando la nostra storia è finita.»

«Fermati,» le dico sorridendo. «Sono le diciotto, dobbiamo prendere tutta la tua roba e filare a casa. Alle diciannove staremo davanti a un bicchiere e parleremo di tutto quello che vuoi. Forza, dobbiamo muoverci.»

«Okay,» approva e prende una piccola valigia a mano, simile a quella che mi sono comprata insieme a mamma.

Morgana si occupa del bagno mentre preparo la valigia con i suoi vestiti che piego con cura. Non si butta alla rinfusa un abito Dolce&Gabbana con una camicetta Zadig&Voltaire. In effetti, siamo simili io e lei. Abbiamo lo stesso girovita, lo stesso guardaroba e viviamo approssimativamente lo stesso marasma sentimentale. Avremo tanto da ridere sulle nostre splendide e genialissime vite!

«Qui ho finito,» mi dice pochi minuti dopo, ritornando dal bagno con il suo *beauty*.

«Bisognerà fare parecchio posto, sul mobile del bagno,» dico, scoppiando a ridere nel vedere quanti prodotti possiede.

«Non preoccuparti, lascerò tutto nel *beauty*,» mi assicura imbarazzata.

«Conti di partire in settimana?»

«No. Beh, solo se vuoi che me ne vada.»

«Assolutamente no. Preferisco che le tue cose siano sistemate in modo che tutto ti sia accessibile, che ti senta a tuo agio per poter ripartire con il piede giusto.»

«È da molto tempo che non ho il piacere di incontrarlo,» ironizza ottenendo l'effetto immediato di alleggerire l'atmosfera un po' strana che si è creata.

«Per il momento può andare. Aspetteremo le vacanze per togliere le ragnatele.»

«Non hai nessuno?»

«Aperitivo!» le ricordo io. «Se hai preso tutto, possiamo andare?»

«Sì, è tutto.»

«Allora, anche questa è andata.»

Ci dirigiamo verso il decimo arrondissement, e nel momento in cui scendo nel parcheggio, realizzo una cosa che non avevo nemmeno considerato.

«Scusa, e con il conto in banca come sei messa?»

«Era di Charlie, lo condividevano, ed è rimasto a lui.»

«Farabutto!»

«Puoi dirlo forte.»

«Mi stai dicendo che il signore possedeva tutto e tu niente?»

«Beh, sì... i miei vestiti.»

«Sì, per quello che ci servono! Non sono loro che ci assicureranno la pensione,» constato freddamente, e mi si gela il sangue al solo pensarci. «Ma non parlavate di sposarvi?»

«Aperitivo,» mi ricorda lei.

Non dico più niente, ha ragione. Ma la riflessione che ho appena fatto sale fino al mio neurone solitario, e mi fa l'effetto di un'onda che infrangendosi fa esplodere le mie convinzioni, riducendole in briciole. Sento già mamma che mi ripete la solita solfa: l'ospedale che se ne fotte della carità. Okay, sono molto brava a dare consigli alle persone ma quando si tratta di applicarli alla mia vita è un altro paio di maniche. Forse sono un po' compulsiva nei miei acquisti, però potrete notare che l'appartamento mi appartiene. Certo, attualmente, la banca ne detiene una buona parte, ora come ora sono solo una persona che accede alla proprietà.

Trasciniamo tutto fino all'ascensore e poi fino all'appartamento, ed è solo nel momento in cui prendo i bicchieri e la bottiglia di Vodka che realizzo di non aver avuto paura di incrociare Matt. Non mi sono neanche depressa, oggi.

Quattro aperitivi ben dosati più tardi, sono riuscita a capirci qualcosa in più. La ruota gira sempre, come ha riassunto la stessa Morgana. Lei aveva ingannato Marc con

Charlie e lui ha fatto la stessa cosa, ma non con Marc, eh! Tranne che, se si può parlare di onestà, in questo caso lei non aveva cornificato Marc nel loro appartamento. Mentre Charlie non ha avuto la stessa delicatezza. L'ha tradita fra le lenzuola in cui dormivano e questo è ben peggio di qualsiasi cosa abbia fatto lei. Ora capisco perché si sente sporca. Chissà da quanto tempo durava, quante sere è andata a dormire nello stesso letto dove lui era appena stato con l'altra. È inquietante, e mi darebbe quasi la nausea. La vodka è di grande aiuto nel risollevarci il morale. Le racconto anche un po' delle mie delusioni sentimentali, dei ragazzi che ho avuto, senza però menzionare Matt. Lui è il mio giardino segreto. Solo a Joshua posso dire tutto. E a mamma, per colpa sua.

Ordiniamo un solo piatto indiano da condividere, e realizzo quanto poco spenderemo mangiando insieme. Quando mangio con Joshua, mangia la sua parte e finisce anche la mia. Con Morgana ne basta una porzione per due. Il mio consulente finanziario sarà proprio contento, si congratulerà con me e io potrò recuperare lo scoperto. Ci sediamo al tavolo del salone, con Fendi che si aggira nei paraggi nel caso in cui avessimo la decenza di dargli qualcosa. E poi arriva il momento in cui vedremo davvero se possiamo dividere la casa: la scelta del programma televisivo.

«Vuoi guardare un film in particolare?» le dico, vedendo che è ferma vicino alla mia collezione di DVD.

«Abbiamo gli stessi gusti. Non che sia sorpresa, ma è un'altra cosa in più che ci accomuna. Quando è stata l'ultima volta che hai visto *Weeds?*» mi chiede.

«Quando è uscita l'ottava stagione, quindi circa un mese fa. Ti piace Nancy Botwin?»

«L'adoro! Credo che se dovessi occuparmi di una famiglia ipoteticamente immaginaria,» esordisce Morgana, «farei come lei.»

«Allora prendi il primo DVD, io penso al resto,» dico, aprendo il cassetto del tavolo.

Ride quando estraggo la bustina e prendo una cartina.

«Sono anni che non fumo,» mi confessa.

«E hai sbagliato tutto, ragazza mia,» dichiaro con solennità. «Qual è il momento migliore della giornata secondo te?»

«Quando ti rilassi sotto una doccia molto calda?»

«Quello ti mette nella condizione giusta. Io però sono un'adepta della maria, la uso tutte le sere per dormire bene. È meno nociva del Prozac e ha un gusto più piacevole del Toplexil.»

«Tentiamo, allora.»

Ed è ciò che facciamo. Dio che bello! La stessa Morgana mi chiede se può rollarne un'altra, richiesta alla quale non posso che acconsentire. Alla fine del quarto episodio, un po' strafatta vado in cucina, e interrogo Morgana sulle sue capacità riguardo il fai da te.

«Perché? Vuoi un nuovo buco all'orecchio? Se è così, mi serve solo un ago.»

Non posso trattenermi dallo sbuffare, prima di risponderle: «No! Volevo chiederti se sapevi fare dei buchi.»

«Una bucatrice con un vibratore all'estremità?» ride lei.

«No!» protesto ridendo. «Ma devo mettere delle tende alla finestra della cucina.»

«Perché?»

«Il vicino guarda. E siccome siamo due ragazze avrebbe parecchio da fare, per i suoi piccoli occhi perversi, quindi domani andrò ad acquistarle al negozio accanto all'ufficio, durante la pausa pranzo, e domani sera le metteremo.»

«Uhm,» mi risponde scettica, raggiungendomi.

«Basterà fare solo un buco qui sotto, per sistemarle.»

«Guarda che non siamo le sorelle Halliwell, e quindi il buco non potremo farlo con un poco di magia.»

«Ah, il sogno è finito,» sospiro in modo teatrale.

«E invece no, niente ti impedisce di avvitarle semplicemente sui battenti. Sono in PVC, e quindi si può fare. Dai miei genitori, le bacchette per le tende le hanno messe così.»

«Sai che non sei per niente stupida,» realizzo.

«Sì, e tu non sei la scema che pensavo. Né egoista, né tutto quello che abbiamo immaginato l'una dell'altra.»

Mi giro e vedo che è sul punto di crollare. *Zen, mia cara ragazza, e tutto si sistemerà.* La prendo fra le braccia e la porto fino al divano, dove ci sediamo con l'ultima canna. È meno carica della prima, ma ci aiuta a rilassarci del tutto, mentre in TV Nancy gestisce, più o meno con una mano sola, i bambini, suo cognato, la balia e i suoi traffici.

Ci fa bene non pensare più ai nostri piccoli problemi e perderci nell'illusione cinematografica. Non rimuginare più, non pensare all'indomani ma preoccuparsi solamente di piccole storie e di questi protagonisti favolosi.

Alla fine del terzo DVD, guardo l'ora e un grazioso gemito mi scappa dalla bocca quando mi accorgo che è mezzanotte passata e che sono ancora sveglia. Domani sarà una catastrofe se continuo con questo ritmo.

«Morgana, vado a letto, altrimenti non sarò in grado di alzarmi domattina.»

«Sì, hai ragione. Ma devo struccarmi,» si lamenta.

«Idem. Lo facciamo insieme per darci coraggio?»

Ed è così che ci ritroviamo davanti al lavabo per applicare sulla pelle un prodotto che restituisce al nostro viso il suo colorito originario. Se solo potessimo fare la stessa cosa con le nostre vite... Sarebbe così semplice poter cancellare tutto, come si toglie un tratto di eye-liner. Bisogna arrendersi all'evidenza: le serie televisive, come il trucco, non sono che un'illusione degna dei cartoni animati per bambini.

«Metti l'antirughe per la notte?» mi interroga la mia coinquilina.

«Sì, da quanto avevo venticinque anni.»

«Allora, abbiamo iniziato alla stessa età!»

«È stata un'estetista a spiegarmi che più presto cominciavo ad usarle, meno sarebbero stati visibili i segni della vecchiaia. Dunque mi sono detta che iniziando a questa età, forse avrei avuto una pelle passabile a quaranta e che non avrei avuto bisogno del botox prima dei miei quarantacinque o cinquanta anni.»

«Consideri seriamente le iniezioni di acido sul viso?» si stupisce.

«Credo piuttosto che avrò una carta fedeltà con un chirurgo che mi darà una bella sistemata.»

«Ah ecco, ora ti riconosco,» sorride. «Ed è una buona alternativa al lifting. Allora ci faremo concorrenza.»

Ebbene, si può dire che anche le nostre previsioni cosmetiche sono identiche. Le propongo di dormire con me, per evitare che si spezzi la schiena sul divano. Tuttavia, in seguito dovrò sistemare il mio camerino barra bazar barra camera degli ospiti barra tutto quello che vi pare. Senza farci pregare, ci addormentiamo in tre minuti, dimenticando tuttavia un dettaglio essenziale: non abbiamo messo la sveglia!

CAPITOLO 20

Come di sicuro starete sospettando, abbiamo dormito fino alle...dieci! Questo ha fatto sì che corressimo una dopo l'altra sotto la doccia, e di perdere ogni pudore che potevamo provare, visto che ci siamo ritrovate entrambe nude in camera per vestirci. In trenta minuti eravamo in auto, ma il restauro del viso ci ha portato via un tempo mostruoso.

Morgana è un eccellente copilota! Come l'assistente di un chirurgo estetico, mi passa i prodotti via via che servono, prestandomi anche il suo contorno occhi perché è più efficace del mio, almeno così dice. Non l'ho sgridata e ho preso in considerazione il suo consiglio. Ho fatto bene perché è magico. Non lo conoscevo e credo che sarà il mio prossimo acquisto. Fra sei mesi, o dieci anni, quando avrò rimesso in pari il mio conto corrente.

Il Signor Grimm-qualche-cosa, non mi ha più ricontattata dal nostro ultimo colloquio telefonico improvvisato, e penso che dimenticherò sia la sua esistenza che quella della mia banca, almeno fino a dopo le vacanze. Non mi sono più connessa sul loro portale internet da giorni, mettendo in pratica a meraviglia la favolosa politica dello struzzo. Sì, lo so, non è così che aggiusterò le cose. Alla vista degli acquisti effettuati la famosa, o fumosa, domenica scorsa, al centro commerciale, non oso guardare l'ammontare delle spese della mia American Express. Non sono una pazza. Se dovessi farlo, piangerei e mi rotolerei per terra. Beh, forse no, e poi sono l'unica responsabile. *Analizza, comprendi, e reagisci* sarebbe un buon mantra. Tranne che, in questo periodo, non ho il karma particolarmente gioioso. Anche se la mia buona azione della sera prima si ripercuote sull'umore che oggi è chiaramente piacevole. Malgrado le due ore abbondanti di ritardo!

Dominique non ci dice niente quando arriviamo, ma non passiamo inosservate poiché sta parlando con la centralinista. Un sorriso gli si allarga sul viso quando ci saluta, e noi ci avviamo verso i nostri rispettivi uffici, facendo sbattere il più possibile i tacchi sul parquet. Le abitudini sono dure a morire, e non è perché ora io e Morgana viviamo insieme, in amicizia o solidarietà, poco importa, che le cose cambieranno.

Accendo il computer e sto per alzarmi per farmi un caffè, quando arriva il mio capo con una tazza fumante.

«Sospetto che tu non abbia avuto il tempo di prenderne uno. Così, non ti lamenterai più del tuo abominevole superiore!»

«Non mi sono mai lamentata di te. Al contrario. Grazie per il caffè, Dominique.»

«Di niente, Mia. Ti lascio, vado a portarlo anche alla tua collega. Rassicurami solo su una cosa: va tutto bene?»

«Sì, te lo giuro. Siamo solo andate a letto tardi, ieri sera. Avevamo un bel po' di cose di cui parlare e stamattina ci siamo svegliate tardi.»

«Non sei poi tanto in ritardo,» dice ridendo e alzando gli occhi al cielo, dopo avere guardato l'orologio. «E poi, finché il tuo lavoro è fatto bene e nei tempi giusti, non ti dirò mai niente. Anche perché fai tardi quasi ogni giorno. Perciò non preoccuparti per me. Anche se non è una ragione per farlo troppo spesso, Mia.»

«Certamente, Dominique.»

«Forza, vado a portare una dose di caffeina anche a Morgana. Buona giornata.»

«Grazie. Anche a te.»

Degusto tranquillamente la mia bevanda, consultando le e-mail ricevute. Ne ho anche una di Joshua, perché non ho risposto al suo messaggio. Mi affretto a chiamarlo e gli spiego che va tutto bene, e che sì, Morgana è una brava ragazza, che siamo simili, e che non avevamo capito che avremmo fatto meglio ad andare subito d'accordo. Scherza un po', e mi fa quella risatina che conosco così bene, e lo rassicuro sul fatto che resterà per sempre il mio unico migliore amico.

Forse sono innamorata di lui, ma lui mi ama in modo fraterno e con così tanta dedizione, che non oso immaginare la scenata che sarebbe capace di farmi, se diventassi più amica di un'altra persona. Ma questa è una cosa che non succederà mai.

A mezzogiorno, Morgana mi fa la piacevole sorpresa di venire con me al negozio, e così scegliamo insieme le tende, aggiungendo anche un tappeto per il salone e delle altre piccolezze che in tre anni non ho mai trovato il tempo di acquistare, quando arriviamo alla cassa. Andiamo insieme anche al mio solito caffè e pranziamo.

«Sei in forma, oggi?» le domando, mentre mastico il mio tramezzino bio con formaggio di capra light.

«Essendomi alzata alle dieci? Sì, o almeno così dovrebbe essere. Cos'hai in mente?»

«Sarebbe una buona cosa se provassimo a sistemare almeno un poco il mio camerino.»

«Umm...» si affretta a rispondermi. «Sei certa di voler fare una cosa simile?»

«Sì, ma aspetta, non fare quella faccia. Ho una cantina, cioè non una vera cantina ma... diciamo che è al pianterreno del palazzo. Sì,» spiego vedendo la sua aria confusa, «probabilmente non te ne sei ancora accorta, ma al pianterreno c'è solo l'alloggio del custode e tutta la residenza è fatta dello stesso modo. Quindi là ho un locale il cui contenuto è buono solo da gettare. Ci sono dei vecchi cartoni e qualcosa avanzato dal mio trasloco. Ci sono anche il mio vecchio divano e un letto che potremo utilizzare per la tua futura camera. Mia madre e il mio patrigno me l'avevano regalato quando sono venuta ad abitare qui per usarlo nella camera degli ospiti, ma io l'ho tolto con l'aiuto di Joshua, perché mi occupava troppo spazio.»

«D'accordo, quindi cosa vuoi metterci dentro?»

«Non è umido perché non è sotterraneo, quindi potrei metterci i vestiti che non uso. E poi, il locale è riscaldato dai condotti della ventilazione.»

«Sei sicura che non si rovineranno?»

«Tutti i vicini ci mettono i loro vestiti delle stagioni precedenti, perciò non c'è problema. E a livello di sicurezza non temo niente, abbiamo pur sempre un portinaio.»

«D'accordo, ti ringrazio. So che fai tutto questo per me, e la cosa mi tocca veramente molto.»

«Non c'è di che, ma sarebbe bene che la smettessi di ringraziarmi ogni cinque minuti. La tua presenza mi costringe solo a fare un poco di spazio, e non è proprio un male.»

«E anche arrivare in ritardo al lavoro!» scoppia a ridere.

Un caffè trangugiato velocemente, e ritorniamo nei nostri uffici. Le ore si susseguono e alle diciotto e trenta siamo davanti alla porta del mio mostruoso armadio per iniziare a scegliere. Abbiamo messo nello spazio apposito del residence tutto ciò che era da gettare, e riportato il letto nel salone, in attesa che il mio camerino venga svuotato.

«Un piccolo tonico?» propongo sentendo il mio coraggio sciogliersi come neve al sole.

«Pensi a un po' di maria?»

«Sì,» dico tutta un sorriso.

«Se non c'è nessuno che deve venire, allora perché no?»

Andata. Questa ragazza è sul serio meglio di quel che pensavo. Ci intenderemo proprio a meraviglia. Se la pensa come me sul fatto di essere single, non vedo perché ci si dovrebbe privare di fare quello che più ci piace.

Rollo velocemente e, dopo averla accesa, gliela passo e comincio a darmi da fare per quella che doveva essere la prima cosa che avremmo dovuto fare al ritorno a casa: le tende. Prendo il cacciavite nel cassetto dove si trovano le posate – non è forse questo il suo posto? – e mi arrampico sul lavandino con in mano le viti di fissaggio.

«Hai bisogno d'aiuto?» mi chiede Morgana.

«Quando avrò messo tutte e quattro le viti, sì. Per il momento, spero solo di evitare di prendere i fili elettrici.»

«Con il manico?» ironizza.

«Oh! Basta, Morgana. Sono d'accordo che a livello di pratica, siamo entrambe un disastro!» scherzo io. «E poi, non farmi ridere, altrimenti cadrò e dovrai portarmi in ospedale. Immagina mentre scivolo e mi ritrovo con il sedere nel lavandino: è fuori discussione che tu chiami qualcuno per aiutarmi. Dovrai essere tu a farmi uscire da lì.»

«Okay, mi hai convinto! Resto sobria, calma e attenta,» conclude, tirando una boccata dalla canna.

Provo a concentrarmi, ma in questo momento non so se me ne sto con le braccia in aria per avere uno schermo così debole come una tenda, così Matt non possa più sbirciarmi o se lo sto facendo con una piccola punta di gelosia, per evitare che guardi anche la mia coinquilina. Mentre faccio questa riflessione, riesco, bene o male, a fissare le prime viti.

«Dammi la prima, per favore.»

È diritta! È dritta! Pronto qui Terra! Ho davvero messo una tenda. Faccio un po' di fatica a riprendermi, perché devo confessarvi che ero convinta di metterla un po' storta. Come tutto ciò che mi circonda.

Finisco di appendere anche l'altra e poi prendiamo un grande respiro prima di aprire la futura camera di Morgana. Un grido sfugge dalla bocca della mia coinquilina alla vista della mia collinetta.

«Hai tutto questo?»

«Ebbene sì, ammucchiati negli anni,» tento di spiegare. «Non ne hai altrettanti?»

«Se ci aggiungo anche quello che ho ancora in Inghilterra, allora potrei eguagliarti, ma non ne sono sicura.»

«Poco importa, tanto bisogna fare una cernita. Comincia a dividere tra estate e inverno. Se sei convinta che sia fuori stagione mettilo in salone per una verifica ulteriore.»

«Okay, cominciamo!»

Posso dirvi che alla fine ci siamo divertite. E dovevate anche sospettarlo. Due ragazze che vanno pazze per i vestiti firmati non possono rimanere calme in una situazione simile.

Ne abbiamo provato una parte, soprattutto quelli non indossabili, e abbiamo sistemato tutto in... quattro ore.

«Devo avere una pizza nel congelatore. Se vuoi, possiamo mangiarla questa sera.»

«Portiamo prima tutto giù?»

«Credo che non abbiamo scelta.»

Ci dividiamo un'altra canna bevendo un bicchierino, e poi saliamo e scendiamo in ascensore per quattro volte, per sistemare tutto. La mia cantina che serviva da ripostiglio diventa velocemente un camerino molto ben fornito. Mentre Morgana si occupa della pizza, faccio l'ultimo viaggio per riporre i miei stivali invernali, sì, ne ho cinque paia, e navigo a vista nel corridoio.

La canna non mi aiuta ad avere una grande coordinazione, ma riesco comunque a spingere sul pulsante del pianterreno. O almeno credo, fino a quando non esco con le mie scatole, che mi impediscono di vedere qualunque cosa ci sia di fronte a me, e non sbatto contro qualche vicino cretino che fa traballare le scatole, facendo cadere le scarpe dal loro contenitore. In extremis, vengo sorretta per non cadere e finisco su un torace molto piacevole. Un momento delizioso che si interrompe molto rapidamente, appena riconosco il profumo.

«Buonasera, Mia.»

«Oh! Buonasera a te.»

«Stai bene?»

«Uhm... sto sistemando delle cose, come puoi vedere. E tu?»

«Sto bene, le vacanze si avvicinano, presto partirò.»

«Tanto meglio, approfittatene entrambi,» dico, chinandomi per recuperare le mie cose.

«Posso sapere cos'è successo, visto che mi ignori fino a questo punto?»

«Non ti sto ignorando,» rispondo con tutto l'aplomb che riesco a trovare in me. «Ho un sacco di cose da fare, sono veramente molto presa.»

«Non sei l'unica. Sto tornando solo ora dal lavoro, e sono più di ventidue ore. Dunque, la tua scusa è debole, Mia.»

«Cosa vuoi che ti dica? Sei organizzato meglio di me.»

«Mia, mi spieghi per favore? Non riesco a capire. Pensavo che la giornata con Liam fosse stata bella. Ha provato anche a portarti la colazione a letto la domenica mattina, ma non eri a casa, almeno da quello che mi ha raccontato. Mi piacerebbe sapere cos'è successo dal momento in cui abbiamo lasciato Disney, dove eri stanca ma sorridente, al momento in cui non ti ho più sentita con noi?»

«Niente di speciale, Matt. È complicato...»

«Perché ho un bambino?» mi chiede accovacciandosi per essere alla mia altezza e aiutarmi a raccogliere le mie cose. «Mi piaci, Mia. Veramente.»

«Non è Liam. Non potresti capire,» dico rialzandomi. «Ti auguro una buona serata.»

Bene o male, riesco a camminare dignitosamente nei corridoi dei garage. Ebbene sì, ho afferrato, ho incontrato Matt per colpa di queste dannate scarpe!

CAPITOLO 21

Alcune settimane dopo.

«Principessa, è meglio che lo tenga tu, altrimenti lo metterò dovunque,» mi dice Joshua, dandomi il flacone della crema solare.

«Uhm,» mormoro io. Se solamente avessi acquistato quello spray, sarebbe stato più semplice.

«Smettila di borbottare, dolcezza. Lascia che il sole ti riscaldi la pancia, domani andrà meglio.»

Eh sì, vi ricordate che il mio ciclo è regolarissimo? Ecco! Gli inglesi sono sbarcati, e li ha raggiunti anche Godzilla per completare la situazione. Allungata sulla sedia a sdraio dell'hotel provo a rilassarmi, mentre Joshua mi mette la crema sulla schiena.

«Quindi Morgana in questo momento è da te?»

«Sì, è davvero fantastica. Se avessi saputo che sarebbe andata così bene...»

«E poi, fai anche un po' di economia.»

«Poco ma sicuro che il suo contributo è il benvenuto, confermo. È davvero adorabile.»

«Non le hai ancora parlato di Matt?»

«Per quale motivo? Non c'è niente da dire. Semplicemente, non doveva succedere.»

«Principessa, stai mettendo la testa sotto la sabbia. So che quel ragazzo ti piace.»

«Non ho voglia di parlarne.»

«Come vuoi.»

«Grazie, mio maschione adorato.»

«Mia cara, i tuoi complimenti non ti porteranno lontano,» ironizza, sdraiandosi sul suo telo da mare.

So che ha ragione. So che sa che... beh, avete capito. Sono uno struzzo, ma per il momento sono in vacanza e non ho nessuna voglia di pensare alle preoccupazioni. Nessuna. Perché se c'è una cosa alla quale mi rifiuto di pensare, è proprio tutto quello che può accadere a Parigi durante la mia assenza. Nemmeno un incendio o un'allerta terroristica mi farebbero reagire. Riposo, riposo e riposo. Senza dimenticare l'alcol, il sole, il caldo e tutto quello che le parole *spiaggia ed estate* presuppongono.

Il cielo è blu, fa caldo e tutto è perfetto nel migliore dei modi. Siamo arrivati ieri e non una nuvola è venuta a infastidirci. Anzi, qualcosa c'è stato. Ho sentito che c'era qualcosa che mi avrebbe disturbata, e il primo giorno ufficiale di queste vacanze iniziano con il ciclo.

Non posso lamentarmi troppo però. Joshua è rimasto con me e da stamattina si è dedicato a me con piccole cure dettate dalla sua cortesia innata. "Vuoi un succo di frutta?", "Girati che ti metto della crema", e altro. Domani sera abbiamo previsto di andare in un bar, o in parecchi, e di cominciare infine ad approfittare del posto!

«A che punto sei con il tuo bisessuale?»

«A un punto morto.»

«Ma?» insisto, per sapere altro.

«Ma, niente. È nel suo mondo fatto di illusioni, e io non voglio più saperne nulla.»

«Tranne che il tuo cuore non la pensa così,» ne deduco.

«Forse,» confessa. «È bizzarro, ero convinto che il giorno in cui mi sarei innamorato sarebbe stato tutto perfetto e idilliaco. E quando è finalmente capitato, si è verificato l'esatto contrario. Ma non è così grave, conosci il detto, no? Perso uno, dieci se ne trovano.»

«Dato che hai scoperto l'esistenza del tuo cuore, non sarà così difficile,» oso.

«Ti prendi gioco di me? Ma per favore. Vorrei ricordarti che io non mi sono fatto il mio vicino, per poi lasciarlo e tornare a casa dei genitori ed essere infelice!»

«Non sono infelice,» gli rispondo con veemenza.

«Raccontalo a chi non ti conosce. Tu langui per lui, altrimenti non avresti messo quelle terribili tende.»

«Sono molto belle, e sia io che Morgana le troviamo veramente affascinanti. E per di più, mi evitano di vedere Matt. Se non lo vedo, è come se non esistesse. Beh, che dici, cambiamo argomento?»

«Con piacere, Principessa. Non vorrei contrariare una bella donna dall'umore così gioioso.»

«Non sei una ragazza, non sai cosa si prova!» replico io.

«Ho già avuto le emorroidi, conosco il dolore.»

«Che poesia,» rido io. «Ma non ha niente a che vedere con quello che ho io.»

Continuiamo a discutere di tutto e di niente, fino all'arrivo del cameriere che ci porta una Piña Colada che mi sale sufficientemente alla testa da farmi addormentare. Non pensare più, non riflettere e soprattutto abbandonare ogni arrovellamento è una delle benedizioni che apprezzo particolarmente.

Joshua mi sveglia alcune ore più tardi, e io mi sento già un po' meglio. Il fatto di non essere stressata, di non dover correre ovunque, e non dover fare tutto ciò che vivere a Parigi implica, ha un'influenza positiva sulla mia pancia. Sento meno dolore, quindi potremo approfittare pienamente della nostra serata.

Ed è ciò che facciamo l'indomani, e le altre notti a venire. Molti balli, timpani fuori uso, sempre più alcol, sempre più... ma io dormo sempre sola.

Joshua ogni tanto si diverte, ma per quanto mi riguarda io non me la sento. Non è che desideri restare da sola, ma non trovo nessuno di adatto. Certo, lo so, siamo a Sitgès, e la popolazione eterosessuale non va per la maggiore, specie alle serate a cui partecipiamo. Tuttavia, allora come fa Joshua quando siamo a Parigi? Se ci riesce lui, dovrei poterlo fare anch'io. E invece no, c'è sempre qualcosa che non va. Ho avuto una o due proposte ma sono fallite entrambe. *Sei grande, ragazza mia,* mi dico. Tranne che la cosa inizia a darmi fastidio. Sitgès è un po' come Las Vegas. Tutto ciò che accade qui, resta qui. Nessuno può rivelare le cose che abbiamo fatto. Dopotutto, sono le vacanze, e servono unicamente a farci divertire. Ed è questa la cosa essenziale.

La penultima sera del nostro soggiorno siamo abbronzati al massimo delle nostre possibilità e il colorito ci sta a meraviglia. Ne approfitto per indossare il mio abito bianco relativamente corto, con delle zeppe in tela. Joshua ha preferito un bermuda in lino bianco parecchio stretto, che gli valorizza perfettamente i glutei. Il disgraziato ha osato indossare un boxer nero per evidenziare il tutto.

«L'hai fatto apposta?»

«E guarda questo,» dice lui, abbassandosi l'elastico del boxer per farmi vedere che sotto ha un sospensorio... bianco.

«Perché li hai messi entrambi?»

«Perché mi evidenziano ancora di più il sedere, e con le luci della discoteca si vedrà...»

«Zoccola!» l'insulto scherzando.

«Civetta!» replica lui con lo stesso tono.

Scoppiamo a ridere entrambi, segnando un punto ciascuno. Ha ragione comunque. Mi guardo allo specchio, e mi accorgo che ho un po' esagerato con il trucco. Certo non c'è l'ho scritto sulla fronte che voglio finire a letto con qualcuno, ma è ciò che desidero. Fino a dimenticarmi anche come mi chiamo.

Il club dove abbiamo deciso di andare, *Il Privilegio,* è a pochi minuti dall'hotel in cui alloggiamo. Pare che sia uno dei migliori locali della città spagnola. Ci siamo andati sia l'anno scorso, che l'anno prima ancora, mi sembra. Comunque, la grande pista da ballo è fantastica e, soprattutto, grazie ai tre bar nessuno rischia di rimanere a secco.

«Sei pronta, Principessa?» mi chiede Joshua, aggiustandosi una ciocca di capelli.

«Sì, e promettimi che non ritorneremo soli. Ho voglia di divertirmi questa sera.»

«Faremo il possibile e, chissà, forse troveremo anche i nostri principi azzurri.»

«Con una gara anche a chi geme di più?» ironizzo.

«Non sto parlando di disgrazie,» ribatte gioioso.

È con questo spirito che camminiamo lungo le vie animate della città, entrando nel locale. Lascio la mia giacca in guardaroba, e ritrovo Joshua immerso in una conversazione, al bar. Non so come fa a farsi sentire. Le casse scaricano musica potente a un ritmo piacevole, ma che rende complicato scambiarsi una parola.

Sono sorpresa di riconoscere Andrew quando arrivo vicino a loro. Ci baciamo e tentiamo di parlare un poco. Abbandono velocemente, ripetermi quattro volte non fa per me, e gli faccio segno che si può parlare più tardi perché ora ho bisogno di qualcosa da bere e di ballare. Il tutto mimando. Sì, potete ridere, ma funziona. Il vantaggio di essere una ragazza è che alcuni minuti dopo, Andrew mi tende un bicchiere. Noto lo sguardo di Joshua mentre Andrew mi porge il drink. Sembra aver voglia di lui. Anzi, no. Ha piuttosto voglia di saltare addosso a tutto ciò che si muove. E io seguirei il suo esempio.

Con il bicchiere in mano, munito di coperchio di plastica che serve da protezione contro l'eventuale aggiunta di sostanze illecite da parte di un ignoto, mi lancio sulla pista. Dopotutto, sono qui per questo. E poi sono veramente una ragazza da omosessuali. Aspettate, non è qualcosa di brutto o altro. Ma come mi ripete sempre il mio migliore amico, li attiro. Loro vedono in me una bella ragazza che si veste bene e abbastanza simpatica, specie quando evito di essere troppo noiosa, e non possono fare a meno di adorarmi. E non sono io che lo dico! Vedrete.

Comincio a muovermi e li noto tutti. Devo essere la sola ragazza del locale, e automaticamente tutti gli sguardi si girano verso di me. Sono belli, fatti bene, un poco sudati, ma gay. Sì, gay. G.a.y. Dunque, non avrò nessuna chance. Non sono per nulla vicina a trovare il mio principe affascinante in queste condizioni. Mi compiango un po' ma credo di essere arrivata al limite.

I bicchieri si susseguono, e la mia lucidità diminuisce poco alla volta, allo stesso ritmo in cui l'alcol arriva nello stomaco. Divento sempre più disinibita man mano che le ore passano e comincio a sentire caldo. Bisogna dire che la pista si è riempita a vista di occhio, e che i corpi ormai non si sfiorano più. Si appiccicano letteralmente. Mi accorgo di avere una mano sconosciuta appoggiata sul mio fianco e un uomo che balla contro la mia schiena. Non è una cosa volgare. Mi sento bene, e accetto un altro bicchiere da Joshua, o da Andrew, che non resta molto lontano da noi.

L'ultimo pezzo di David Guetta inizia a rimbombare nelle casse e dalla folla parte un'acclamazione che fa tremare le pareti. Erano ore che l'aspettavamo. Non è il successo dell'estate, ma questa canzone è molto amata. Tutti si avvicinano ancora di più, man mano altri ragazzi raggiungono la pista, costringendoci a stringerci sempre di più. So che Joshua è dietro me, mentre Andrew mi sta di fronte.

Ha un sorriso piacevole, e i suoi occhi mi divorano. Sono anche un po' arrossati. Penso che l'alcol deve avergli dato alla testa, e io non sono certa di non essere nello stesso stato. La musica continua, e alla fine della prima canzone, sto ballando in un modo talmente promiscuo con questi due uomini che comincio a provare delle cose. Troppe cose. E ho decisamente caldo tra le gambe.

Alla fine della canzone vado nei bagni a rinfrescarmi un po', e quando ritorno Joshua mi tende una piccola pillola. Il solo punto debole delle nostre vacanze. Ne abbiamo consumate parecchie, in passato, specie durante le nostre uscite. Ma quest'anno avevamo deciso di smettere, di diventare più ragionevoli. Quando siamo arrivati qui, all'inizio delle vacanze, ci eravamo ripromessi di prenderne solamente una, convenendo che lo avremmo fatto l'ultima sera. La notte sarà memorabile.

Andrew mi tende un bicchiere, e io faccio scivolare la piccola compressa in bocca prima di inghiottirla con un sorso. Ne aveva una anche lui, perché lo vedo fare lo stesso gesto. Continuiamo a ballare e bere cocktail, approfittando pienamente di questa notte.

L'ultima cosa di cui mi ricordo è che quando abbiamo superato la porta dell'hotel, ci tenevamo per mano tutti e tre.

CAPITOLO 22

Non so cosa mi abbia svegliato, ma ho un mal di testa terribile. Ah sì, ora capisco. È il piumone appoggiato sulla mia gamba. Tranne che è caldo e... peloso. Muscoloso anche. Beh, più di quello che conosco. Dunque, non è Joshua. Ma sento che lui è alla mia sinistra. Quindi, cosa c'è alla mia destra? O, piuttosto, chi?

Apro piano un occhio, e mi sveglio del tutto quando mi rendo conto che si tratta di Andrew. I ronzii che mi giungono alle orecchie mi fanno capire che nessuno dei due ha ancora lasciato le braccia di Morfeo. Alleluia.

Ed è in quel momento che mi ricordo. Di tutto. Delle loro labbra, di ciò che abbiamo fatto, di ciò che abbiamo provato... Un groviglio di corpi. Volevo un principe affascinante, non due. E sono andata a letto con il mio migliore amico. No! Non l'ho fatto! Non posso averlo fatto! Sto sognando. O piuttosto, sto avendo un incubo. Un po' di tutti e due, in realtà. Come abbiamo fatto per arrivare a questo punto?

Mi pizzico il braccio per essere certa di essere veramente in questo letto, ed il dolore mi fa capire che non mi sbaglio. Dio santissimo! I bicchieri, la pillola, il ritorno all'hotel, i preservativi, e tutto ciò che ne è seguito. Provo vergogna e mi sento troppo male. Devo uscire al più presto. Devo ritornare a casa. *Parti domani*, mi ricorda la mia solita voce. Ma poco importa!

Mi alzo con calma, e benedico il Dio dell'Alcool che ci ha fatto finire nella camera del mio migliore amico. Provo a fare il meno rumore possibile e raggiungo la mia stanza, dove chiudo discretamente la porta e spalanco la finestra. L'aria di mare già calda di questa mattina, o piuttosto di questa fine mattinata, come constato guardando l'orologio, mi fa sentire meglio. Prendo la valigia e ci butto dentro alla rinfusa i miei vestiti. Indosso un pantalone classico e il primo top che trovo e lascio l'hotel immediatamente.

Senza pettinarmi e senza truccarmi – ho dei capelli da paura – ma devo partire lo stesso. Devo andarmene. Mi trascino dietro la valigia, il *beauty*, e anche la borsetta lungo le vie di Sitgès, alla ricerca di un caffè. Nella mia fuga precipitosa, ho dimenticato di fare pipì.

Trovo un caffè classico, e chiedo al cameriere se posso lasciare i miei bagagli mentre vado un attimo in bagno. Me li fa sistemare dietro il bancone, e prendendo solo il mio astuccio con qualche trucco dentro, e il cellulare, vado in bagno. Mentre svuoto la vescica, cerco un volo disponibile per Parigi nelle prossime ore. Purtroppo sono tutti al completo. La prima disponibilità è per domani sera, mentre il mio è nel primo pomeriggio. *Resta zen, rifletti.*

Clicco su un inserto pubblicitario per il noleggio auto, e prenoto una Opel Insigna, l'unica disponibile, con ritiro a Barcellona e rilascio a Parigi fra due giorni. Bene, farò mille e cento chilometri in solitaria, per allontanarmi dalla monumentale stupidaggine che ho fatto questa notte. Ma che mi è preso? Impreco come uno scaricatore di porto, provando a mettere riparo ai danni sul mio viso, dopo questo momento tanto agitato.

Al mio ritorno, il cameriere mi porge un caffè doppio, in attesa che arrivi il mio taxi. I ventitré chilometri che mi riportano nella metropoli spagnola passano velocemente, e dopo essere stata alleggerita di una somma faraonica – costosa la fuga – sono infine al volante dell'auto a noleggio.

Sono appena le tredici, quando parto alla volta del mio appartamento.

Non mi occorre molto tempo per raggiungere la frontiera e, giusto prima, mi fermo alla stazione di servizio per fare il pieno di regali. Ovvero delle bottiglie di alcol. E del tabacco sfuso. E un pacchetto di sigarette. Lo so, non dovrei, ma ne ho bisogno. E ho finito lo spray da una settimana.

Il mio cervello si concentra mentre i chilometri filano abbastanza lentamente nei dintorni delle città e delle grandi intersezioni, e mantengo il limite di velocità per il resto della strada. Man mano che i miei neuroni si connettono correttamente, e la cosa è abbastanza veloce dato che è solo uno, rivedo le immagini della notte appena passata. Non avremmo dovuto...

Scusate il mio eccesso di volgarità, ma, merda, sono andata a letto con il mio migliore amico. Andrew non mi interessa, era solo una pedina del nostro gioco perverso di qualche ora. Non Joshua, però. Non lui. Facendo quello che abbiamo fatto, abbiamo rovinato un'amicizia di quasi quindici anni.

Due amici non devono vedere quello che ho visto io. Non devono provare ciò che ho provato io. Non devono fare quello che ho fatto io. Non devono... semplicemente non devono.

Dal momento in cui la sua lingua ha toccato la mia è finito tutto. Avevamo appena superato un limite vietato: le relazioni amichevoli e sessuali. Quando la sua mano si è posata sul mio collo, glielo avrei dovuto impedire. Ma era dolce. Sensuale. Quando ha sfiorato i miei seni, non avrei dovuto lasciarlo fare. Allontanarlo sarebbe stata la cosa più logica. Tuttavia, non l'ho fatto. Non gli ho chiesto di fermarsi. Ha slacciato il mio abito con una tale pazienza, una tale devozione, come se avesse aspettato quel momento da molto tempo. E se fosse stato davvero così?

Ho sentito il suo respiro all'altezza della schiena, poi tra le mie scapole. La sua bocca è scesa lungo la mia colonna e ho provato talmente tanto amore in quel momento da stare male. Se non fosse che realizzo solo ora che ci stavamo ingannando a causa della pasticca che avevamo ingurgitato.

E poi Andrew mi ha baciata, in un modo virile e così diverso da Joshua. La sua lingua mi conquistava, mentre quella del mio migliore amico preferiva giocare un dolce valzer. Le loro differenze rinforzavano ciò che vivevamo in quell'istante. Uno dopo l'altro, ci siamo svestiti, e non ci siamo scambiati nemmeno una parola. È stato come un momento sacro. Quello che firmava la rottura con l'uomo che amo e che ho amato segretamente per tutti questi anni.

Ma l'ho detto! Gliel'ho detto! Oh, mio Dio! Come ho potuto farlo? Quelle sette lettere maledette le ho pronunciate quando ho raggiunto l'ennesimo orgasmo. E lui ha capito perché ricordo che ha storto il naso.

All'altezza di Clermont Ferrand mi accendo un'altra sigaretta. Secondo il GPS mi restano tre ore e cinquantotto minuti. Mi fermo alla stazione successiva per fare il pieno di benzina e ne approfitto per fare una pausa e sgranchirmi le gambe. Prendo un caffè e quando mi brucio le labbra a causa del liquido bollente, mi ricordo dei piccoli morsi di Joshua quando mi... mentre Andrew si occupava di lui... e sento i loro gemiti nella mia testa, come se fossi ancora lì tra le loro braccia. Mi rivedo sotto Andrew, mentre la sua lingua agile mi fa tremare, e Joshua che lo cavalca... abbiamo fatto tutto questo, e non avremmo dovuto.

Almeno una cosa positivo in tutta questa storia c'è: ci siamo protetti. Ci mancherebbe solo che fossi rimasta incinta! Questo pensiero mi solleva e mi fa quasi da piangere di gioia. Recupero la macchina e riprendo la strada, un po' più serena, fino a quando le ragioni della mia beatitudine non ritornano a perseguitarmi. Anche perché ho spento il cellulare per non ricevere nessuna chiamata. Soprattutto da Joshua. Ma che stupidaggine!

Divoro gli ultimi chilometri in un stato vicino alla depressione. Posso confessarvi che mi è sfuggita, inopportunamente, anche qualche lacrima. Cerco in me il coraggio e continuo a percorrere la breve distanza che mi separa dal mio appartamento. E, naturalmente, è solo in questo momento che mi rendo conto di non avere il mio badge del parcheggio, perché l'ho lasciato nell'auto. La mia. Non quella su cui sto e che ho affittato.

«Merda!» grido nell'abitacolo.

L'imprecazione esplode rabbiosa, caricata dagli avvenimenti di queste ultime ventiquattro ore. Esco del veicolo che ho parcheggiato in doppia fila e corro fino alla postazione del custode.

«Mi scusi, sono Mia Johanesson, la proprietaria dell'appartamento cinque B. Non è che ci sarebbe un posto disponibile nel parcheggio?»

Mi fa confermare il nome del mio edificio, e mi risponde: «Potrebbe prendere in prestito per la notte quello dei suoi vicini del cinque A.»

«I Polerti?»

«Sì.»

«Ah beh sì, non hanno auto. Grazie. Ha anche un badge? Il mio l'ho lasciato nella mia auto, quella è in affitto,» spiego, puntando il dito verso l'Opel.

«Tenga,» mi risponde dandomene uno, «ma deve riportarmelo domani, o lasciarlo nella buca delle lettere che è all'uscita.»

«Non c'è problema. Buona serata.»

«Anche a lei, signorina.»

Torno all'auto, parcheggio e salgo direttamente nell'appartamento. Vi tralascio i dettagli sulla sagoma leggermente più grande rispetto alla mia Smart, e anche il numero di manovre che ho dovuto fare per riuscire a parcheggiare il mostro.

Una volta a casa, sono felice di ritrovarmi da sola. Morgana mi aveva avvertito che sarebbe andata in Inghilterra per tre giorni, per festeggiare l'anniversario di matrimonio dei suoi genitori. Fendi ringhia vedendomi, ma ci ho fatto l'abitudine. Ogni anno, al ritorno dalle vacanze, si comporta allo stesso modo. Ma poi, perché si lamenta il tiranno? Avrei potuto metterlo in una pensione per gatti, piuttosto che aumentare le ore alla donna delle pulizie, solo perché si prenda cura di lui tutti i giorni, affinché il signorino possa uscire e mangiare e, qualora abbia voglia, ricevere anche delle coccole. Ingrato.

Ora, a causa di tutto quello che ho vissuto nelle ultime ore, non ho voglia di sopportarlo. Lascio tutto alla rinfusa nell'ingresso, e mi butto sul divano per rollarmi una canna. Una volta accesa, lascio che faccia effetto mentre mi servo qualcosa da bere. Curare il male con altro male. Prendo la bottiglia comprata per Francisco, le rare volte in cui lui e la mamma vengono a farmi visita. Il bourbon mi brucia la gola e mi rilassa allo stesso ritmo della canna.

La testa comincia ad andare meglio, grazie ai due bicchieri che ho bevuto. Mi spoglio, e noto che stamattina ho infilato il costume da bagno al posto della biancheria, ma era il primo indumento intimo che ho trovato nella mia camera.

Mi avvolgo in un grande telo, prendo le chiavi e scendo nella sauna del residence. A mezzanotte non ci sarà nessuno. Attraverso veloce i corridoi e mi ritrovo nelle docce. Mi bagno alla svelta, annodo insieme i capelli ed entro nella cabina di legno.

Il caldo è soffocante ma piacevole. In questa intimità, provo a rilasciare la tensione che ho addosso e inspiro profondamente. *Andrà tutto bene*, penso e in quel momento la porta si apre. Nella penombra non riesco a capire chi sia entrato, ma un odore familiare mi solletica velocemente le narici.

«Buonasera, Mia,» mi saluta. «Sei ritornata dalle vacanze?»

«Buonasera, Matt. Sì, questa sera.»

«Sei stata bene?»

«Fantasticamente,» dico, e scoppio a piangere.

Non dovrei piangere, soprattutto non in pubblico, ma in questo istante sono debole. Lo sento avvicinarsi a me e non riesco a respingerlo. Non ne ho voglia, e nemmeno la sua mano che mi accarezza il viso, mi disturba.

«Che succede, tesoro?»

«Niente,» piagnucolo.

«Mia, non si piange senza una ragione.»

«Non sto piangendo,» protesto, e mentre lo dico mi scappa un sorriso.

Appoggio la testa contro la sua spalla e la sua mano mi coccola lentamente. Quanto è bello essere confortata. Quando sollevo il viso verso di lui, sono le sue labbra che incontro. Quelle labbra che ho conosciuto per troppo poco tempo.

«Vuoi fare l'amore con me questa notte?» gli chiedo.

«Lo farei anche per più di poche ore.»

«Solo questa sera. Tu ed io. E niente altro.»

Per alcuni secondi temo che stia per rifiutare, ma no, è solo andato a chiudere a chiave la porta.

Quando ritorna da me lo vedo abbassare il termometro della sauna e avvicinarsi...

CAPITOLO 23

Matt mi ha amata teneramente e con passione, come io gli ho chiesto. Mi ha amata per lunghi minuti che mi hanno fatto dimenticare tutti gli strazi della mia anima in pena. Ho lasciato che prendesse possesso del mio corpo, l'ho autorizzato a guidarmi verso una pioggia di stelle, là dove i sensi si perdono. Non abbiamo parlato, abbiamo solamente agito. Come due persone disperate, abbiamo messo da parte tutto ciò che ci stava intorno per apprezzare unicamente quel momento fuori da tutto. Forse non ha sentito tanto trasporto quanto me, ma il suo modo di darmi piacere è stato particolare. Non lo conosco abbastanza per definire con certezza ciò che accadeva in quel momento nella sua testa, ma era... non so... come se stesse facendo l'amore con me per un'ultima volta. Ho avuto la sensazione che mi abbia donato tutto quello che aveva, dandomi un addio che io gli ho imposto.

Ecco, questo è quello a cui penso, prendendo un caffè al bancone della mia cucina. Non so cosa farò oggi, perché se tutto fosse andato nel modo giusto sarei dovuta rientrare solo nel primo pomeriggio. Dato che ho ancora una giornata davanti a me, prima di restituire l'auto, posso sempre andare un po' a spasso. Non ho voglia di stare da sola, anche se ne sento il bisogno, ma non sono sicura che sia una buona idea, in più la mia casa diventa minuto dopo minuto un posto soffocante. Morgana non c'è, non posso chiedere a Matt di tenermi compagnia e Joshua è... lontano. Per il momento. Lo colpevolizzo per quello che abbiamo fatto e di aver rotto quel legame eterno, che era l'amicizia che ci univa. Nel momento in cui in una amicizia entra in gioco il sesso, è finita. Ormai, come potrei guardarlo negli occhi? Questo è strano... così diverso.

Mi sento male per quello che abbiamo perso, ma anche il mio comportamento mi crea dei problemi. Appena tornata a casa, mi sono buttata sul primo uomo che mi ha dimostrato un po' di attenzione. Questo cosa fa di me? Una ragazza facile? Una zoccola? Una donna che si dà a qualcuno per dimenticare qualcun altro? Per ben due volte, se non vi fosse chiaro? Non avete capito a cosa mi riferisco, vero? È normale, ma non lo è neppure per me. Se guardate le cose come le vedo io, la verità è che sono andata a letto con due uomini mentre non avrei dovuto, e subito dopo sono andata a cercare conforto tra le braccia del mio vicino. Quello stesso vicino che, solo poche settimane fa, si aspettava molto di più da parte mia. Sono veramente una brutta persona. Non ho niente di una donna che sia degna di questo nome.

Senza concentrarmi granché, faccio uscire Fendi e prendo il telefono fisso, visto che il cellulare è ancora spento, e chiamo mamma.

«Mia, come stai? Sei già ritornata?» mi interroga, qualche secondo dopo aver risposto.

«Bene, mamma,» cerco di aggirare io. «Cosa fai oggi?»

«Niente di particolare. Francisco è appena andato con tuo fratello all'ippodromo di Longchamp per giocare a golf. Ci rimarranno tutta la giornata.»

«Avresti voglia di passare del tempo con la tua ragazza adorata?» ironizzo.

«Certamente, cara. Cosa vorresti fare?»

«Voglio vedere il mare,» dico, senza riflettere. «Mi preparo e sarò da te in meno di un'ora.»

«Perfetto, a fra poco.»

«Ti voglio bene, mamma.»

«Anche io, Mia.»

Riappendo prima che le lacrime mi salgano di nuovo agli occhi. Dico queste parole alla mamma solo in casi eccezionali. Le opportunità sono rare ma, come adesso, quando si rende conto che ho bisogno di lei, mia madre è sempre presente.

Vado a lavarmi per eliminare le ultime tracce di quello che ho diviso con Matt, la notte scorsa, e mi vesto velocemente senza pensare troppo a cosa indossare. È solo nell'ascensore che mi accorgo di cosa ho fatto: ho messo il completo del nostro primo appuntamento: i pantaloni neri e la camicetta bianca con un nodo al collo, con i bottoni a forma di fiori.

In maniera meccanica mi dirigo verso la mia auto prima di ricordarmi che ho ancora la berlina in affitto. Devo confessarvi che è molto più comoda e ben più grande della mia, ma, a livello di sagoma, è tutto un altro discorso. Lotto ancora una volta per uscire dal parcheggio, e non dimentico di depositare il badge nella buca delle lettere all'uscita e mi avvio verso casa dei miei.

Guidare a Parigi nel mese di agosto è una goduria. Gli isterici che ci sono durante l'anno sono in vacanza, con mia grande gioia, e riesco anche a trovare parcheggio sotto il palazzo dei miei genitori. Avverto mamma con un messaggio per farmi raggiungere, e le occorrono solo cinque minuti per scendere. Sono obbligata a suonare il clacson per farmi notare, perché la vedo cercare disperatamente la mia Smart.

«Hai affittato un'auto più grande per andare al mare?» mi chiede stupita.

«No, mi è servita per ritornare dalla Spagna.»

«Non hai preso l'aereo? É pericoloso fare così tanti chilometri, Mia,» dice, baciandomi. «Spero che Joshua ti abbia dato il cambio alla guida.»

«Ritorna oggi,» rivelo, trattenendo le lacrime.

Stringo forte il volante e metto le chiusure automatiche per uscire dal parcheggio e prendere la strada della costa normanna. Mamma non dice niente ma so che sta riflettendo e che si sta trattenendo dall'esprimersi a voce alta. Dopo alcuni minuti, cede e sceglie un argomento neutro.

«Questa non è la camicetta che ti ho regalato qualche mese fa?»

«Sì, non ho avuto molte occasioni per indossarla.»

«Capisco, soprattutto con tutto quello che possiedi.»

«Ho tanti vestiti quanti ne hai tu,» replico, sorridendo.

«Ma non abbiamo la stessa età,» sottolinea.

«Ah sì, perdonami. Dimentico che stai per diventare una nonnina.»

«Non cominciare. E poi sono davvero felice per l'arrivo di questo bambino. Avrei preferito che fossi tu la prima a darmi un nipote o una nipote, ma, beh, così è la vita. Non ti piacerebbe, Mia?»

«Un giorno, forse. Ora non è proprio il momento.»

«Non metterci troppo, cara. Vorrei approfittare finché sono ancora giovane.»

«Mamma, hai appena cinquant'anni.»

«Sì, ma conoscendoti preferisco assicurarmi che non accada fra dieci o quindici anni.»

«Ho tempo.»

«Uhm,» borbotta, diventando altera come è sua abitudine appena si tocca l'argomento.

Parliamo un po' mentre viaggiamo verso Deauville, e poco prima di mezzogiorno arriviamo in vista del mare. Lascio l'auto al parcheggio pubblico che c'è di fronte al Casinò, e cominciamo a camminare sul bordo della spiaggia.

«Mia, so che sta succedendo qualcosa, vuoi parlarmene?»

«Ho fatto una stupidaggine, mamma. Non posso dirti di più. Non comprenderesti. O piuttosto lo faresti, ma mi giudicheresti. Del resto, avresti anche ragione. Solo che, ora come ora, non ho bisogno di questo...»

«Che è successo alla mia bellissima ragazza, per pensare a una cosa del genere?»

I suoi occhi compassionevoli mi guardano con una così grande forza di convinzione che io crollo. Mamma è sempre riuscita a farmi confessare le peggiori cose. Deve essere uno dei poteri soprannaturali che lega una madre al suo bambino.

«Non è una cosa molto chiara, è piuttosto lunga e per di più è anche poco piacevole,» la avviso.

«Ti ascolto,» mi dice, lei sedendosi su una panchina di fronte al mare.

Mi siedo accanto a lei, e attacco il racconto dall'inizio.

«Conosco Joshua dal collegio e credo, anzi sono sicura, di essere innamorata di lui. Da sempre.»

«Lo so.»

«Come?»

«Mia, non ti voglio psicanalizzare. Ma è una cosa di cui mi sono resa conto con il tempo. Non riesci mai a tenerti un uomo perché non lo vuoi. Ogni volta che incontri qualcuno lo paragoni a Joshua. Lo so che è un bravo ragazzo ma non è accessibile. Però tu ti aggrappi a lui.»

«Perché?»

«Tuo padre, Mia.»

«Mamma,» piagnucolo.

«Non pensi che a ventisette anni sia venuto il momento di guardare in faccia la realtà?»

«Io non sono come te!» protesto con veemenza. «Lo hai dimenticato come se non fosse mai esistito. Ti sei risposata due volte, mamma.»

«E questo fa di me una cattiva persona? Perché non mi sono lasciata abbattere? La morte di tuo padre è stata terribile, ma avrei dovuto restare in lutto per il resto della mia vita? Non penso proprio, e credo anche di aver fatto delle ottime scelte. Francisco è stato un buono padre adottivo per te e questo ti ha permesso di avere il fratello che non ti ho mai dato.»

«Forse...»

«Dimmi cosa è successo.»

«Ho... perso le staffe l'altro ieri. Cioè, no. Per farla breve... ho fatto delle cose con Joshua.»

«Hai avuto una relazione con lui?»

«Sì,» dico evitando di parlare anche di Andrew.

«Come è accaduto?»

«Avevamo bevuto troppo, e poi, ecco, mi sono svegliata nel suo letto. Quando me ne sono accorta, ho preso le mie cose e sono ritornata a casa.»

«Capisco. E ora ti senti a disagio.»

«Gli ho detto che lo amo.»

«Beh, certo questo non ti aiuta,» riconosce. «Ma la vostra amicizia è più forte di questo momento difficile, Mia. Dovreste riuscire ad andare oltre.»

«Non lo so. Non ho nemmeno acceso il cellulare. È per questo che prima ti ho chiamato dal fisso. Lui non ha nessuna idea di dove io sia finita.»

«Non gli hai scritto nemmeno quattro righe, quando sei andata via?»

«No. Non ci ho pensato.»

«Non è ragionevole.»

«Se te ne parlo, non è per ricevere una predica. E non è tutto…»

Mi sciolgo in lacrime sulla spalla di mia madre, e le racconto anche quello che è successo ieri sera. Il suo braccio mi stringe e io mi sento meglio, riuscendo a dire tutto quello che ho nel cuore. Le sue parole sono rilassanti e non c'è nessuna traccia di giudizio da parte sua.

Andiamo a pranzare su una terrazza, e mi sento decisamente meglio. Discutiamo di tutto e di niente, ci lamentiamo del sole che ci obbliga a mettere gli occhiali, mentre in realtà entrambe adoriamo metterli appena ci si presenta l'opportunità. Camminiamo un po' per le strade di Deauville, e io chiedo a mia madre di fermarsi in una bottega di cappelli. Gliene regalo uno senza prenderne uno anche per me. Riuscire a farle un regalo è un evento raro e so che l'apprezza molto. Tanto più quando passiamo una giornata insieme, lontano da tutto il tumulto della mia vita catastrofica. Mi restano solo due giorni per approfittare della serenità delle vacanze, prima di iniziare un nuovo anno lavorativo.

Mamma mi obbliga ad accendere il cellulare, quando ripartiamo verso la capitale e, come mi aspettavo, ci sono una valanga di messaggi di Joshua. È inquieto e prima di avviarmi per fare le due ore di strada per arrivare a Parigi, gli mando un semplice "*Sono rientrata*".

Lascio la mamma a casa sua e riporto l'auto all'ufficio prenotazioni del Louvre. Giro un po' nel quartiere e passo nel Caroussel. La folla è impressionante nell'Apple Store e mi concedo una follia. Tanto, una in più una in meno. Però sarà l'ultima, prima di rimettermi finanziariamente in riga: mi regalo il cellulare che da tempo desidero. L'addetto riesce a trasferire tutti i miei dati sul nuovo telefono e poi mi spiega come funziona. Mi preparo a usare il mio nuovo giocattolo, ma ho bisogno di altre indicazioni. Mi sembra di essere la classica bionda stupida a forza di sentirlo ripetermi come fare questo o quello.

Alla fine, riesco a comprendere come funziona questo smartphone, e prendo un taxi per tornare a casa. Appena arrivata, Fendi miagola per uscire e, dopo averlo accontentato, mi siedo al tavolo del salone. Questa sera sarà l'ultima in cui farò sciocchezze, da domani diventerò una giovane donna seria, che non farà più stupidaggini, che prenderà la sua vita in mano, sapendo ciò che vuole. Tutto sommato, sarà il primo giorno del resto della mia nuova esistenza.

Non dimentico però che devo andare a Tahiti l'anno prossimo e, soprattutto, che devo avere un uomo nel mio letto per la fine dell'anno. E visto come me la cavo nel campo, non dovrei avere grossi problemi

Vedendo quanta maria mi resta, ne deduco che posso farne solo due. Le rollo e vado nella mia camera per organizzare le cose prima del grande week-end della ripresa. Per creare un po' di spazio nella mia vita comincerò dal mio appartamento, pulendolo da cima a fondo. Sarà un inizio come un altro... Si deve pur partire da qualcosa.

CAPITOLO 24

Quando mi sveglio, il mattino dopo, mando un messaggio a Morgana per sapere quando rientrerà. Cominciare dalle cose principali mi sembra essenziale per iniziare bene il mio progetto. Sono stupita di scoprire che il mio neurone solitario sembra aver trovato degli amici di gioco, perché riesco a navigare su Internet con il mio nuovo telefono senza incontrare grandi difficoltà. Non ho avuto voglia di buttarlo nel water, e non mi sono ancora arrampicata su una sedia per captare meglio il segnale Wi-Fi.

Quando ricevo la sua risposta, mi sento meglio. Ritornerà solo nel primo pomeriggio di domani. Tanto meglio. Avrò tutto il tempo di cambiare le cose e di pulire. In una grande borsa, metto tutto quello che deve essere portato in lavanderia, tolgo le lenzuola dal mio letto, e ne approfitto per fare la stessa cosa con quello di Morgana, poi scendo a portare tutto nella tintoria del quartiere.

Prima di risalire, passo nel mio nuovo locale: il camerino del pianterreno. Recupero il Vaporetto, e intraprendo il drastico compito di lavare, pulire, lucidare e scopare ovunque. Realizzo che lo fanno tutti in primavera, ma occorre davvero una data scritta sul calendario per mettere tutto in ordine? Jeanine non deve ritornare prima di una settimana, e io rischio di annoiarmi.

Passo prima l'apparecchio nella camera di Morgana che ne ha meno bisogno perché l'avevamo pulita quando ha traslocato, poi faccio un bel respiro profondo prima di attaccare la mia. Non è la stessa sfida. Ho previsto di cambiare il senso del mio letto, svuotare l'armadio per spolverare tutte le mensole e di sistemare anche sopra l'armadio. Mi seguite sempre?

Mi sento da lavare anche io quando finisco la mia camera, ma non perdo di vista l'obiettivo. Butto giù un pacchetto di biscotti al sesamo con un gran bicchiere d'acqua. Ho deciso di smetterla con l'alcol e anche con le canne. Benvenuta, vita sana. Non sono stata per niente una persona equilibrata, finora. Occorre sul serio che faccia... qualcosa per riprendermi del tutto. Ah, vero, non ve lo avevo ho detto, ma non ho più toccato una sigaretta e quelle che mi erano rimaste le ho messe nel mobile del bagno. Luogo divertente, ne convengo, ma stanno bene lì.

La cucina mi porta via più tempo della mia camera, perché ho deciso di essere più logica nella sistemazione delle cose. I bicchieri nell'armadio in basso, i piatti in alto e le pentole dall'altro lato del piano cottura. Tanto per farvi capire che prima non ero proprio ben organizzata. Adesso, tutto si trova nel posto giusto, dove serve, e rifletto anche sul fatto che somiglio sempre di più a mia madre. Il modo di fare, di rialzarsi quando le cose non vanno, o semplicemente di combattere. Sono una donna forte, e posso fare tutto quello che mi prefiggo. La speranza di essere felice prendendo le cose in mano è un buon obiettivo, no?

È già tardi quando finisco la cucina, ma decido ugualmente di attaccare anche il salone e di cambiare la disposizione dei mobili. Sposto il televisore sul lato delle finestre con il divano di fronte. Sposto i soprammobili, tolgo la polvere, mi rompo un'unghia, rantolo, e quando finisco mi butto sul divano, lietissima della nuova disposizione. È più ordinato e ho l'impressione che ci sia anche più spazio. Sarà un'illusione ottica ma ha il merito di farmi pensare che se le cose sono sistemate, la mia testa o, piuttosto, il mio penoso cervello, ritroverà una parvenza di ordine.

Dopo la doccia e un piatto surgelato mangiato velocemente, vado a letto. Domani, mi concentrerò sul bagno, prima che ritorni la mia coinquilina.

* * *

Il suono del campanello mi distoglie dalle mie fantasticherie. Chi può essere alle sette di domenica mattina? Non è decente. E per di più insiste, anche. Impreco alzandomi e vado a guardare chi è attraverso lo spioncino. Joshua. Avrei dovuto aspettarmelo. Non apro e mi dirigo in cucina mentre lui continua a picchiare contro la mia porta, adesso sta utilizzando il pugno per battere contro il pannello di legno. Sono contenta di aver pensato di mettere la chiave nella serratura per bloccare l'accesso dall'esterno, ieri sera.

«Principessa, so che sei là dentro,» dice attraverso la porta.

Beh, non parla, grida.

«Aprimi, cazzo!»

Bene, è anche ubriaco. A quest'ora non mi stupisce. Accendo George per prepararmi la mia bevanda preferita e aspetto che il mio migliore amico si degni di lasciare il mio pianerottolo. Cosa che finirà per fare, se non vuole che i vicini chiamino gli sbirri. Sono cattiva, ma non ho nessuna voglia di vederlo. E ancora meno di discutere con lui. Non è il momento. Devo prima rimettermi del tutto.

«Ho bisogno di parlarti,» continua. «Di te e di me. E poi anche di... Bisogna che... che... Merda! Principessa, i vecchi noiosi qui accanto vogliono avvertire la polizia. Aprimi! So che ci sei, ho visto la tua auto nel parcheggio.»

Lo sento calmarsi man mano che aumenta il vociare degli altri inquilini a pochi metri da me. No, non aprirò la porta. No, non voglio vedere nessuno. E sì, va bene così. Alla fine, tutto è relativo. Mi si spezza il cuore a lasciarlo fuori così, ma non posso. Non adesso.

«Te ne devi andare, Joshua.»

Cazzo! Probabilmente c'è anche Matt di là! *Argh, sono fregata*, penso. Aspetto un po' e il corridoio sembra essersi di nuovo svuotato. Il mio telefono emette il bip caratteristico di un messaggio e ho paura a guardare. Mi faccio coraggio e prendo un grosso respiro. È Matt.

Animato stamattina. Ma ora puoi riaddormentarti. Baci.

Ecco, anche lui sa che sono in casa. Mi giro come un automa verso la finestra e quasi cado dallo sgabello su cui sono seduta, quando lo vedo sollevare la sua tazza di caffè per salutarmi. Perché non ho abbassato le tende ieri sera?

Gli faccio un piccolo segno con la mano e abbasso le tende. Buongiorno amabilità, ma non è il momento giusto. Mugugno, rilancio George e vado a rannicchiarmi sul divano con il mio nuovo giocattolo, davanti a un canale di video musicali.

Sono riuscita a scaricare un'applicazione che vende biglietti aerei e comincio a guardare i forum su Tahiti. Dicono tutti che il periodo migliore per visitarla sia tra maggio e ottobre. E che dicembre e gennaio sono i mesi più sfavorevoli a causa della stagione delle piogge e del forte tasso di umidità. Bah, poco importa, ho previsto di partire in estate. Ma è sempre buono avere qualche informazione in più.

Morgana arriva poco prima delle quattro del pomeriggio e le racconto un po' le mie vacanze. Almeno, di come sono state all'inizio.

«E tu? Come è andata?» le chiedo

«Tutto fantasticamente bene!» mi dice lei. «Sto elaborando con tranquillità la perdita di Charlie e nel miglior modo possibile!»

«E sarebbe a dire?»

«Spassarmela, Mia! Sai bene quanto me che, ogni tanto, fa bene farlo. Niente mal di testa, nessun nome da ricordare e ancora meno numeri di telefono.»

«Sì, è chiaro,» concordo, prima di informarmi: «Quante conquiste hai avuto all'attivo durante la mia assenza?»

«Solo tre, bella mia. Il fattorino del sushi che non smetteva di guardarmi da mesi, un vecchio amico che ho ritrovato su Facebook e un ragazzo del residence che ho incrociato alla drogheria.»

«Seriamente?» mi stupisco io. «Un vicino?»

«Sì,» ride lei. «Il peggio è che abita sul nostro stesso pianerottolo, ma lì per lì non ho detto niente.»

«Matt?»

«Lo conosci? È simpatico, ma non penso che lo rivedrei.»

«Ah bene, e perché?» domando, giusto per la forma, mentre sto letteralmente ribollendo.

«Non era terribile. Però è stato un po' egoista. Un po' grezzo, se capisci cosa voglio dire.»

«Uhm,» replico senza convinzione.

Cazzo, non è possibile. La sorte infierisce su di me, ma non posso volerne a Morgana perché non sa nulla. Non gliel'ho detto, dunque non posso prendermela che con me stessa... e con Matt. Anzi, nemmeno con lui, in effetti. Non ha fatto nulla di male, sono stata io che l'ho lasciato. Sono io che... In parole povere, sono l'unica responsabile di tutto ciò che mi accade. Ma Santo Dio! La ruota dovrà pur girare. Perché il mio karma è così orribile?

«E gli altri,» la interrogo per deviare la conversazione.

«Con il fattorino, nulla. E con il vecchio amico, non si ripeterà. Andrò dove mi porta il vento e poi si vedrà,» dice ridendo. «Vuoi un tè alla menta? Ho portato qualche rametto dal giardino dei miei genitori.»

«Con piacere.»

«Comunque, mi piace molto la nuova disposizione del salone. È proprio un bel cambiamento,»

mi dice, andando verso la cucina prima di esclamare: «ma hai spostato tutto!»

«Sì, ho ordinato in modo più logico. Guarda, le tazze sono sotto al forno a microonde.»

«Fantastico. Bene, farò fatica ad abituarmi, ma non sarà un grande problema.»

La lascio parlare, come fa anche lei con me ogni tanto, e mi isolo un po', in un angolo del mio cervello spazioso. Ho cominciato una relazione con Matt, incontrato suo figlio, e messo fine a questo ipotetico amore a causa di uno sguardo. Quello di papà. L'uomo che, secondo mia madre, ancora mi turba.

Ripensando a tutti i discorsi che recentemente mi sono girati in testa, e quelli fatti con mamma, mi viene in mente che la data dell'anniversario di quel giorno maledetto, è...

domani. Ventidue anni che ci penso ogni anno. Questo è il periodo in cui sarò quasi incapace di avere una conversazione con qualcuno, tanto sarò immersa nel passato. Per alcuni giorni, avrò lo spirito altrove a causa sua, e i miei incubi ritorneranno con prepotenza. Soprattutto quello in cui mi vedo mentre scendo in strada e papà che si butta sull'auto per evitare che mi investa. È questo l'effetto del mio senso di colpa, per la sua scomparsa, anche se nella realtà non è andata così.

Di solito, in questi momenti Joshua non mi lascia sola. Dorme con me e mi conforta. Ma non ci sarà quest'anno. E forse era proprio questo quello che voleva dirmi stamattina. Se ne è ricordato. No, non nello stato in cui era. Anche se mi ha detto che bisognava parlare di lui. Il tono che ha usato, dava a quel *lui* un significato diverso. Una cosa a parte. Chissà, forse si riferiva al suo bisessuale. Poi, ha parlato di *te e me* dunque di ciò che abbiamo fatto. E no, in questo momento sono in piena fase dello struzzo e la cosa mi va benissimo. Poi ha continuato aggiungendo: e poi anche di.... sì, parlava di papà. A meno che non si trattasse di Andrew. Ma a questo punto, è solo un dettaglio sapere a chi o a cosa si riferisse.

Tutto questo mi è servito per realizzare che domani non andrò al lavoro. Quando ne parlo a Morgana si mette a ridere, senza comprendere l'importanza che questa giornata ha per me.

«Lo so, ogni anno lo prendi. Lo segni tra le ferie anche prima che venga fuori il calendario ufficiale,» mi dice.

«Ah, sì,» rispondo.

Ed è vero. L'ho fatto annotare nel mio contratto di lavoro: ogni anno, in quella data d'agosto io sono in congedo.

«E cosa farai?»

«È una cosa familiare. Passo una parte della giornata con i miei genitori.»

«Ah, okay.»

Ciò che non le dico, è che sarà dedicata a mio padre. Penso di avere veramente un problema quando realizzo quale sarà il mio programma per domani. Dovrei parlargliene? No, è meglio di no. Non sarebbe ragionevole.

«Uscirò presto. Proverò a fare meno rumore possibile per non svegliarti.»

«A che ora?»

«Alle quattro del mattino.»

«Bah! Puoi anche fare un trasloco, non sento niente a quell'ora. Morfeo mi culla teneramente, e contrariamente a un ragazzo, non mi si appiccica addosso!» scherza lei.

CAPITOLO 25

La sveglia suona e senza mugugnare la spengo e mi alzo. Vado direttamente in bagno e intraprendo il compito di rimettermi in condizioni accettabili. Mi depilo le gambe, faccio una maschera, mi trucco sobriamente, e tento di farmi un brushing perfetto. Indosso il mio abituale pantalone nero, e prendo una bella camicetta in seta rosa a cui abbino un foulard più scuro. Ai piedi metto le mie Louboutin, quelle delle grandi giornate.

Bevo i miei due caffè mattutini e recupero due pacchetti di sigarette dal bagno. Non è la giornata adatta per non fumare. La mia risoluzione a essere una persona sana e positiva è volata via dalla finestra. Oggi ho solo bisogno di conforto.

Alle quattro e tredici, chiudo discretamente la porta. La strada fino a laggiù la percorro solamente in questo giorno preciso, una volta all'anno, e tuttavia la riconosco con il cuore. So quale via prendere per accorciare il tragitto ed evitare alcuni semafori rossi. Utilizzare la circonvallazione è superfluo a quest'ora. Ho appoggiato il mio giubbino nero, modello "Perfecto", sul sedile del passeggero e, quando mi guardo nello specchietto retrovisore, sono soddisfatta di ciò che vedo. Sono la bella ragazza di papà. Mi avvicino parecchio a ciò che un genitore si aspetta dal proprio figlio. Una tenuta classica, affinché sia fiero della donna che sono diventata. Non lo sto ingannando, ma non è con me per constatare tutto, quindi tanto vale provargli che da oggi in poi mi assumerò tutte le mie responsabilità. Prendo anche la decisione che andrò a fargli visita più spesso al cimitero, ma che non ci andrò più in questo preciso giorno dell'anno. Questo anniversario sarà l'ultimo. Il rituale è finito. Non proseguirò oltre con questa Via Crucis. *Ti amo, papà*, ma ho bisogno di andare avanti.

Questo sarà il mio sacrificio per mio padre.

Stamattina gli dirò addio, ufficialmente e definitivamente. Smetterò di trattenerlo egoisticamente qui. Io soffro e se, come penso, c'è qualcosa dopo la morte, anche lui prova la stessa cosa. Lo costringo a restare sulla Terra, contro il suo volere. Devo essere capace di dirgli addio e di continuare la mia vita senza di lui.

Farò la stessa cosa anche con Joshua. Ho bisogno di custodirlo come amico, ma non posso più essere innamorata di lui. Il mio cuore aspira a sentirsi di nuovo libero, alleggerito dal peso della colpa, per ritrovare la capacità di amare qualcuno, di considerare un futuro e poter così costruire la mia vita. Fare qualcosa degli anni che restano.

E infine, darò inizio al mio progetto. Andrò a Tahiti e smetterò di avere più vestiti di quanti potrei mai metterne. Uhm, però dovrò stare attenta a non prendere qualche chilo di troppo, altrimenti poi dovrò cambiare tutto. Ho letto che una ragazza di New York ha organizzato una sua vendita privata. Nel salone di casa, con l'aiuto di un'amica, ha creato un negozio temporaneo con tutti i suoi abiti. Beh, almeno quelli che non voleva più. Io farò la stessa cosa. Il mio consulente finanziario sarà contento e i contanti ottenuti mi permetteranno di salvarmi dalle grinfie della Banca di

Francia. Certo, ieri mattina non avrei mai dovuto guardare i conti miei.

Attivo *Siri* e inizio a parlare con il mio cellulare. È ufficiale: sono pazza.

«Siri, manda un'e-mail.»
«A chi devo mandarla?»
«Morgana, ufficio.»
«Qual è l'oggetto dell'e-mail, Mia?»
«Organizzazione di una vendita privata.»
«Cosa vuole aggiungere come messaggio?»
«Morgana, organizza per me una vendita privata nell'appartamento per sabato pomeriggio. Invita le tue amiche e utilizza la rubrica femminile dell'ufficio. Venderò un sacco di vestiti. Li sceglierò in settimana. Grazie, cara. A questa sera.»
«Vuole mandare questa e-mail?»
Guardo velocemente, e rispondo: «Sì.»
«L'e-mail è stata spedita.»

Chiudo il telefono e arrivo nella vecchia strada, dove abitavo da bambina. Come sempre, parcheggio davanti alla casa, sullo spazio riservato alle consegne.

Accendo la prima di una lunga serie di sigarette e mi lascio invadere dai ricordi del tempo passato. Dalle passeggiate con papà e mamma, di quel giorno, ma anche di tutti gli altri in cui ritornava sano e salvo a casa, e veniva a rimboccarmi le coperte prima di dormire. Contrariamente agli anni precedenti, in cui restavo quasi tre ore, questa volta, me ne vado velocemente. Posteggio un po' più lontano, su un posto autorizzato, e vado a ordinare una bevanda calda, al caffè in cui andava mio padre. Ci vado solo in questo giorno particolare tutti gli anni, e il proprietario mi riconosce sempre.

«Signorina Johanesson, come sta?»

«Bene, grazie, e lei, signor Peron?»

«Come al solito. Un caffè ristretto come sempre?»

«No, non oggi. Oggi vorrei un grande cappuccino. O piuttosto... fa il caramello macchiato?»

«Solo il cioccolato macchiato, bella signorina,» mi adula lui.

«Allora, vada per il cioccolato.»

Mi siedo al bancone e prendo un croissant dal cesto. Sono deliziosamente appetitosi e morbidi.

«Le piacciono?» mi chiede, quando ne prendo un secondo.

«Sono dannatamente buoni!»

«Mia moglie me li prepara la sera, così la mattina, voilà! Pochi minuti in forno e il gioco è fatto,» mi dice con orgoglio.

«Può congratularsi con lei, hanno lo stesso gusto di quelli della mia infanzia.»

Appoggia la bevanda sul bancone davanti a me e mi ringrazia muovendo la testa. L'annuso prima di prenderne un sorso, è bollente, ma deliziosamente ed abominevolmente zuccherato. Il mio stomaco in effetti, credetemi, mi fa un discreto gorgoglio di soddisfazione. Non acquisto il giornale, come faccio ogni anno, e ritorno alla mia auto per andare al cimitero.

Compravo il giornale per metterlo in una scatola da scarpe, che poi riponevo in fondo al mio guardaroba insieme a quelli degli altri anni e, soprattutto, in compagnia di quello di mio padre. Quello del giorno della sua morte. La sola cosa che aveva con lui quel mattino e che io avevo preso dalla strada, quando lo avevano portato in ospedale, anche se era già troppo tardi.

Come per le altre cose che seguiranno, non resto molto a lungo lì. Pulisco il marmo, annaffio i fiori portati da mamma e dal mio fioraio che viene una volta ogni due mesi. Parlo un po' con lui, gli prometto di ritornare presto, ma lo informo anche che d'ora in poi ci saranno dei cambiamenti. Piango sommessamente e ispiro profondamente al decimo rintocco del campanile della chiesa. Sospirando, lo lascio definitivamente andare. Non posso fare altrimenti. Devo venirne fuori. Il destino, l'errore di qualcuno, ormai ha poca importanza. È tempo che io trovi la mia strada e che lui si acquieti.

Ritorno a casa e vado a svuotare la scatola con i giornali nel contenitore del riciclo, prima di rimettermi in strada per andare da mamma. Francisco sarà a casa e pranzeremo insieme, tutti e tre.

Quando entro nel loro appartamento sento subito l'odore del pollo al curry, il piatto preferito di Felipe. E mi rendo conto che anche lui è là. Ancora.

«Buongiorno mamma, Francisco,» saluto, e poi borbotto il suo nome. «Felipe.»

«Lietissimo di vederti, cara sorellastra. In questo periodo, ci incontriamo spessissimo,» mi saluta lui, baciandomi.

«E la Charlotte alle fragole non è venuta?»

«No, ha bisogno di riposo. Ha iniziato il settimo mese,» mi dice con uno sguardo sfuggente.

Uhm bene, mi nasconde qualcosa.

«Mia cara,» mi sorride mamma, guardandomi. «Come sei bella oggi.»

«L'ho salutato, mamma. L'ho lasciato andare via.»

«Era tempo ragazza mia,» sussurra lei, aumentando la stretta. «Sono fiera e contenta per te. Come ti senti?»

«Va bene.»

«Tanto meglio.»

Saluto il mio patrigno e mi accomodo in salone. Gli racconto un po' delle mie vacanze, e loro della loro futura crociera transatlantica, prevista fra poche settimane. Mangiamo il piatto preferito del mio fratellastro e, anche quando lo stuzzico sul suo status di privilegiato, non risponde.

«Potresti almeno mandarmi a quel paese, che ti succede?» gli chiedo dopo l'ennesima battuta.

«Non sono dell'umore giusto,» replica.

«Non lo sei mai, ultimamente» osservo io.

«Quanto puoi essere noiosa, Mia. Ci tieni veramente a saperlo? Desideri davvero farti una bella risata?» si innervosisce. «Sei solamente una ficcanaso lamentosa. È normale che tu non abbia un ragazzo! Però, vuoi scoprire l'ironia di tutta questa merda?» esclama. «Sto per divorziare. Ecco perché vengo regolarmente a far visita ai nostri genitori.»

«Figliolo,» tenta di calmarlo Francisco.

«No, papà. Vuole sapere, ebbene che sappia! Dunque, adesso, hai davanti a te quel coglione del tuo fratellastro che sta per diventare padre mentre si prepara a lasciare sua moglie.»

«Per... perché?» riesco appena ad articolare, talmente sono sbalordita.

«Perché non funziona. Non l'amo più, malgrado il fatto che stiamo per avere un bambino. Non ridi? Non mi prendi in giro? Cosa aspetti a fare una delle tue battutine allo stupido? Oh mio Dio, ho detto una parolaccia. Che poi fa tanto bene! Cazzo, certe volte mi fai davvero incazzare, Mia, ma ti adoro lo stesso. Anche se in questo momento non è proprio evidente,» mormora, passando dalla collera alle lacrime.

Indubbiamente, è la giornata delle lacrime in famiglia. Per sdrammatizzare, provo a trovare qualcosa di peggio di quello che ha appena confessato, nella mia vita di noiosa, come dice sempre lui. E a quel punto, come certo starete sospettano, do inizio alla catastrofe.

«Sai, puoi ridere anche tu di me. Sono andata a letto con il mio migliore amico e un suo amico.»

«Mia!» grida mamma, con le guance rosse. «Metti un filtro alla tua bocca, per favore. Passiamo al dessert?»

Mentre mamma si alza, Felipe mi afferra il braccio.

«Sei stata a letto con Joshua? Ma non ti ferma niente! Sei peggio di una sgualdrina!»

Senza controllarmi, senza nemmeno accorgermene, la mia mano si schianta sulla sua guancia. Lo schiaffo echeggia nel silenzio, e l'ho picchiato talmente forte che mi fa male il palmo. Sia Francisco che Felipe mi guardano sorpresi.

«Figlio di puttana,» grido.

«Mia! Il tuo linguaggio!» mi sgrida mia madre dalla cucina che non ha visto ciò che è appena accaduto.

«Me ne vado. Non ho nessuna voglia di rimanere per farmi insultare in questo modo.»

«Mia, resta almeno per il caffè,» tenta Francisco.

«No, grazie.»

Mi alzo, recupero la giacca di pelle e saluto tutti sbattendo la porta.

Volevo allentare l'atmosfera ma alla fine ho solo peggiorato le cose. Sono solo riuscita ad avvelenare la situazione. Beh, lo lascerò perdere per un bel po', non voglio rivederlo molto presto. Salgo sulla mia Smart e mi avvio, facendo stridere gli pneumatici. Ho bisogno di aria. Ho bisogno di cambiamenti.

Prendo la direzione di via Saint-Honoré e parcheggio. Lo so cosa state per dire: Mia sta andando nuovamente per negozi. Ebbene, no, non esattamente. Supero la porta di Tony&Guy, il negozio più rinomato in tutta Parigi per le sue acconciature atipiche.

«Buongiorno, ha un appuntamento?» mi saluta una ragazza longilinea.

«Buongiorno, assolutamente no. Ma posso aspettare.»

«Non si preoccupi, troveremo uno spazio anche per lei. Si accomodi pure,» mi dice indicandomi le poltrone destinate all'attesa.

Prendo il cellulare e leggo gli ultimi messaggi mandati da Joshua: "Chiamami", "Come stai? " e il suo eterno "Bisogna che parliamo."

Navigo nel menù, poi nelle impostazioni, e scopro con gioia una funzionalità geniale: il blocco. Lo attivo per Joshua e faccio la stessa cosa con il mio fratellastro. Esito su Matt ma alla fine decido di tenerlo. Non si sa mai, se dovesse verificarsi un incendio in casa, lui sarebbe il primo a vederlo. E Morgana. Ma se nemmeno lei fosse in casa... Oddio, chi ci andrebbe a rimettere per questa mia scelta, sarebbe Fendi. Forse è un mostro egoista ma resta pur sempre il mio gatto. In effetti, fa comunque parte dell'arredamento. Credo che se vendessi la casa, lo metterei insieme al piano cottura. Talvolta do l'impressione di essere ignobile, lo ammetto.

«Signorina?» mi chiama un giovane parrucchiere. «Vuole seguirmi.»

«Sì, certamente.»

Lo seguo fino a una poltrona e là, mi pone "La domanda".

«Cosa vuole fare?»

Sorrido, faccio un bel respiro, e lo guardo diritto negli occhi.

«Faccia tutto quello che vuole, ho bisogno di un cambiamento radicale.»

«Carta bianca? Su tutto? Ciocche, colore, taglio?»

«Tutto,» confermo, facendogli l'occhiolino.

Anche questa è andata. Sono Mia e cambio.

CAPITOLO 26

Quando ritorno a casa, ho appena il tempo di guardare il mio nuovo look allo specchio che inizio a fare la scelta dei vestiti. Anche se è una cosa che voglio fare, mi costa comunque molta fatica a scegliere. Mi sono data come obiettivo quello di svuotare il cinquanta per cento del contenuto dell'armadio della mia camera. Si tratta di un pezzo di muro di tre metri di lunghezza, alto fino al soffitto che devo ridurre per metà. Devo scegliere sia tra le tenute estive che tra quelle invernali. Comprese le mezze stagioni.

Non sento il ritorno di Morgana, in compenso sento fin troppo bene il suo grido.

«Cosa hai fatto ai capelli?»

«Cambio radicale.»

«E questo?» mi chiede, riferendosi a tutte le cose sparse sul mio letto.

«Sono per la vendita privata. Hai ricevuto la mia e-mail?»

«Sì, ma non ho fatto ancora niente. Volevo prima parlarne con te e accordarci sul contenuto esatto. Oh, accidenti! Ti separi anche da questo Dolce&Gabbana?»

«Tutto quello che sta su questo letto, deve sparire,» annuncio. «No però, non questo abito,» dico riprendendo il Fendi che è valso il nome al mio tiranno.

«Perché vuoi vendere?»

«Ci sono un sacco di ragioni. La principale è che ho deciso di cambiare le cose che mi stanno intorno. Quello che non mi piaceva e che non trovavo giusto. E poi, ho bisogno di portare in attivo il mio conto e di soldi per le mie prossime vacanze a Tahiti.»

«Davvero farai tutto questo?»

«Uhm. Rassicurami, hai delle amiche che vorranno comprare?»

«Amiche? Tu sei la mia sola amica. Invece, per quanto riguarda l'elenco della rubrica del lavoro, non dubito nemmeno per un istante che le donne che penso di invitare non impazziranno per tutto quello che metterai in vendita. Però ho ancora una domanda: sei sicura che poi non ti dispiacerà aver preso questa decisione?»

«No. Cioè sì, sono sicura che non succederà. Voglio dare una svolta a centottanta gradi alla mia vita, e voglio avere i mezzi per raggiungere il mio obiettivo, capisci?»

«Ti invidio. Vorrei essere capace di fare la stessa cosa. Ma, per il momento, sono ancora troppo attaccata a quello che ho. Sono i soli beni che mi appartengono, del resto, e so già che starai per chiedermi a cosa mi potranno servire.»

«A renderti felice quando li indossi, e già questo non è così male. Conosco cosa si prova quando si indossa questo genere di abiti, bisogna solo arrivare a staccarsene un pochino.»

«Cosa ti ha fatto prendere coscienza di tutto questo?»

«Molte cose che mi sono successe negli ultimi tempi. Oggi, è l'anniversario della morte di mio padre. Ogni anno mi deprimo all'inverosimile. Ma questa è stata l'ultima volta. Ho deciso di rialzare la testa e andare avanti.»

«Che grande forza di volontà!» si congratula con me.

«Arriverà anche il tuo turno.»

Continuiamo la cernita e, bene o male, riesco a conservarne solo la metà. Quando infine dico basta, davvero non ne posso più. Che mi passava per la testa quando ho comprato tutte queste cose? E pensare che per il momento ho fatto la scelta solo di una piccola parte!

«Sono esaurita,» confesso.

«Per forza, vista l'ora in cui ti sei alzata. Forza, vai a metterti il pigiama, io mi occupo della cena di questa sera.»

«Sei un angelo.»

«Vedremo se la penserai allo stesso modo, dopo aver assaggiato quello che cucino.»

Rido, ma so che quello che sta per preparare sarà una sorta di lascia o raddoppia. Conoscete l'espressione: o la va o la spacca? Ebbene bisogna credere che sia stata inventata appositamente per lei. I suoi talenti da cuoca sono... come dire... La pasta alla parigina, secondo il pensiero della mia coinquilina, l'ho scoperta grazie a lei. Non capite? Ebbene, vi spiego. Secondo Morgana i parigini hanno sempre così fretta, che fanno un mucchio di cose, tutte insieme. E Dio sa che quando i compiti si accumulano, nessuno ottiene un risultato all'altezza delle nostre aspettative. Siete convinti, come me, che in cucina la precisione sia un fatto importantissimo? Un secondo di disattenzione e ci ritroviamo con una pentola che strabora, del caramello che brucia o una bistecca che ha la consistenza di una suola. Bene, prendete un pacco di maccheroni, non quelli a cottura rapida in tre minuti, e lasciateli cuocere per venti minuti, contrariamente agli undici necessari, come indicato sul sacchetto. Visualizzate il risultato? A questo, aggiungete della crema e qualche dado di prosciutto e otterrete la ricetta della pasta alla carbonara della mia coinquilina. Ma la cosa peggiore è che, cosciente dei suoi risultati, resta vicino al piano cottura per non dimenticarli sul fuoco. Ma c'è sempre un elemento che può... Per farvela breve, anche un timer, con lei può non funzionare. Quindi le ho insegnato a preparare delle insalate. Menomale che ci siamo conosciute in estate: non oso immaginare cosa cucinerà quando sarà inverno, quando i piatti saranno più consistenti. Sebbene una zuppa di pasta potrebbe essere da prendere in considerazione.

* * *

Il sabato mattina mi sento come un brodo lasciato sul fuoco da più di due ore. Sono impaurita, angosciata, stressata e ho mal di pancia. Non voglio assistere a quello che si svolgerà nel mio salone per le prossime tre ore, anche se è tutto pronto. Ma non posso vedere i miei vestiti, così cari al mio cuore e al mio portafoglio, essere osservati, giudicati, criticati per poi vederli andare via come delle cose ripugnanti. Soprattutto se non so niente delle mani in cui andranno. È un poco come separarsi dal proprio animale da compagnia. Immaginate se il futuro acquirente mescolasse i tessuti nel guardaroba o, peggio ancora, non sapesse abbinarli? Sarebbe una vergogna per loro, come per me. Anche se bisogna essere veramente pazzi per non prendersene cura e dimenticare che sono materiali da portare solo e soltanto in lavanderia. Quindi sì, ho deciso, passo. Affiderò la gestione completa del recupero del mio conto e del mio futuro risparmio a Morgana.

Conosce tutte le tariffe perché le abbiamo elaborate insieme, ha organizzato tutto affinché le "grazie" da Picard siano ben riscaldate, o forse sarebbe meglio dire abbastanza scongelate per poter acquistare, e infine si è assicurata che le porte delle nostre camere restino bloccate.

Esco e vado a prendere un po' d'aria, con il cuore leggero ma le spalle basse. So che una buona decina di donne si butterà a pesce sulle mie cose e, per parare il colpo, decido che merito un caffè gelato da Starbucks. Mi fermo e poi prendo la direzione del canale Saint-Martin. Ci sono i turisti perciò non circolano auto e c'è un bel sole. Mi siedo su una panchina per apprezzare questo momento. Sono rari e, anche se mi sento sola, sto bene.

Ne sono convinta al punto da provare una sorta di solitudine nella mia esistenza depravata, e so quali somme tirare. Niente si può realizzare senza concedere qualcosa. Per cambiare vita, bisogna arrivare a modificare tutto.

Il mio cellulare suona ancora e, per abitudine, non rispondo. Solo che colui che mi sta cercando richiama una seconda volta. Avendo bloccato sia Joshua che Felipe, non possono essere loro a contattarmi. Quindi, realizzo che non ho niente da temere e mi concedo di buttare uno sguardo allo schermo. Sospiro sbloccando l'apparecchio e decido di rispondere.

«Signor Grimberg, buongiorno,» lo saluto immediatamente.

«Signorina Johanesson, come sta?»

«Molto bene, grazie. Suppongo che mi abbia chiamato per l'appuntamento della settimana prossima.»

«Volevo proprio proporle di incontrarci martedì pomeriggio.»

«Signor Grimberg, nel caso in cui non l'abbia notato, ho un lavoro. Non sono disponibile durante il giorno.»

«In questo caso, suppongo che abbia libero solamente il sabato, vero?»

«Sì, è così.»

«Va bene, facciamo sabato prossimo allora. Alle dieci va bene?»

«Perfetto. Arrivederci, Signor Grimberg.»

«Arrivederci, signorina Johanesson. Le auguro un buono week-end.»

«Anche a lei,» gli dico, mettendo fine alla comunicazione.

Se solamente sapesse! Sto quasi per scoppiare a ridere, prima di sentire una certa nausea. Indubbiamente, questa storia mi sta logorando. Sistemato lo scoperto come fondo inesauribile, a me Tahiti, accada quel che accada. Preferibilmente dopo aver allontanato lo spettro della Banca di Francia.

Mi rimetto in moto e cammino sul lungofiume come se fossi una turista, passeggiando verso Piazza della Repubblica, dove riesco anche a non avere la voglia di fermarmi in qualche negozio. Festeggio la cosa prendendo un altro caffè in un bar e torno tranquillamente verso casa. Quasi davanti all'insegna del ristorante Chez Papa, vengo ghermita da un ragazzino dalla voce acuta, a causa della sua eccitazione.

«Mia! Come stai?» mi chiede Liam, apparentemente lietissimo di rivedermi.

«Sto bene e tu?»

«Benissimo! Ma è normale che ci sia tanta gente a casa tua?»

«Sì, sto togliendo un po' di cose dall'appartamento e delle amiche sono venute ad aiutarmi a sbarazzarmi di alcuni oggetti ingombranti.»

«Ah, d'accordo. È per questo motivo che non ti abbiamo più visto? Mangi con noi questa sera? Papà voleva prenotare per essere sicuro di trovare posto. Eh, papà, Mia può venire con noi?»

«Certamente, ma forse bisognerebbe chiederle cosa ne pensa. Non è così che si invita una signora al ristorante.»

«Allora, spiegamelo. Perché quando Gaultier ci porta mamma, dice appena: Si va al ristorante?»

«Sì, ma loro sono sposati, Liam. E poi è più semplice per loro, vivono insieme. Forse Mia ha qualche altra cosa da fare, ma riconosco che sarei felicissimo se accettasse di dividere questo momento con noi. Ma prima, come vuole l'educazione che io e tua madre ci sforziamo di inculcarti, inizierò con un bacio, dato che non mi hai lasciato il tempo di salutarla.»

Si avvicina a me e, prima di depositarmi un bacio amichevole sulla guancia, mi mormora delicatamente all'orecchio: «Mi spiace, ma di' comunque sì, mi farebbe davvero piacere.» A sentire le sue parole provo un brivido. Respirare anche un po' del suo profumo basterebbe quasi a mettermi in ginocchio. Ma, malgrado tutto, decido di mostrarmi onesta.

«Mi spiace ometto, e anche per il tuo papà», dico, guardando negli occhi Matt affinché ascolti bene. «Mi sarebbe davvero piaciuto venire con voi, ma, sai, ho una coinquilina adesso. Si chiama Morgana, e lei poi dovrebbe passare la serata da sola.»

«Capisco. Ma non potrebbe venire con noi?» mi chiede quasi supplicando.

«Non penso che sia una buona idea. Forza, ora, andate, anche io ho da fare. Approfittate del week-end.»

Rialzando la testa, vedo che ho ottenuto ciò che volevo. Ha afferrato il concetto perché è sbiancato. Ecco, questo mi dà un'ulteriore ragione a non ricominciare a uscire con lui. Sarei anche potuta esserne capace. Avrei potuto fare lo sforzo di vedere dove ci avrebbe portato. Ma no. È così che si cambia il mondo.

Almeno, in questo modo saprà che sono al corrente di ciò che è accaduto tra di loro. Dovrei dirlo a Morgana, adesso? Non penso. Per lei non ha importanza, mi dico, entrando nel residence.

Come tutti i sabati, c'è un gran casino soprattutto a quest'ora in cui gli gnomi saltano nella piscina. Appena arriva il bel tempo, il tetto di vetro viene aperto e tutto il fracasso risuona nel cortile. Detesto il rumore che fanno i bambini. Se un giorno ne avrò uno, sarà muto come le carpe! So che è impossibile e penso che tutti i genitori sognerebbero di trovare il bottone *on/off*. Purtroppo, con il tempo imparano ad accontentarsi delle poche ore di sonno che i loro germogli gli regaleranno.

E dire che certi decidono di avere anche un secondo pargolo. Soffrire due volte, e passi, ma diventa quasi un accanimento anti-terapeutico. Dormire ancora meno, avere più smagliature, pagare più rette scolastiche, e subire l'umore cupo del maritino, perché è stato svegliato quando ho dovuto alzarmi per cambiare le lenzuola del piccolo che ha vomitato? No, grazie.

Un bambino non può che essere una scelta egoistica perché, pur amandolo con tutto il cuore, ci prende tutto. Il nostro corpo, il nostro cibo e, per finire, il nostro denaro. Ci si indebita per loro. In questo momento se trovassi un uomo carino con cui dormire ogni tanto, e che mi scaldasse i piedi, sarebbe ampiamente sufficiente.

È con questi pensieri gioiosi che ritorno all'appartamento, dove ritrovo qualcuna che è ancora più arzilla di me: Morgana. Appena arrivata mi porge una scatola, e mi dice: «Puoi contare, ma con tutto quello che hai venduto, starai tranquilla per un bel po', mia cara.»

«Così tanto?»

«Oh sì! Ti restano solamente un paio di stivali, due maglie, e una giacca. Tutto il resto è partito! La tua vendita privata è stata un successone.»

«È fantastico! Grazie per aver gestito tutto, al posto mio.»

«Di niente. So che l'avresti fatto anche tu per me.»

«Certamente.»

«Forza ora, fila a sistemare il denaro mentre io preparo l'aperitivo.»

«Giusto un bicchiere,» le dico.

«Lo so. Uno solo,» ripete sorridendomi, felice per me.

CAPITOLO 27

Contrariamente a ciò che pensavo, non è difficile vivere con meno cose, soprattutto per quanto riguarda i vestiti. È veramente pazzesco. Ero sicura che non ce l'avrei fatta, che la mancanza si sarebbe fatta sentire e che, potenzialmente, sarei stata capace di rubare in qualche negozio, o durante qualche vendita privata organizzata da qualche altra ragazza come me. Ma oramai sono una donna responsabile che non cede più alla tentazione.

Lo so, so cosa state per dirmi: è troppo presto, aspetta a cantare vittoria, Mia. Ma in tutta la mia vita non c'è mai stata una settimana in cui non abbia acquistato nulla, fosse anche una sciocchezza. Appena il mio piede entrava in un negozio, dovevo uscirne con qualcosa, e quando ero un tantino bloccata finanziariamente, chiamavo mamma. Eh, ora me la sto cavando alla grande. Pensate, mercoledì scorso sono anche andata in un atelier con Morgana, che sta cercando un abito per andare al matrimonio della sorella, il mese prossimo. Poiché non ha voluto essere la damigella d'onore, non mi ricordo più quali fossero le sue ragioni, non le è stato imposto il vestito. Quindi ha solo il dovere di rispettare il *dress code*, e cioè: cappello per tutti. Confesso di essere stata stupita quando me ne ha parlato.

Vi rendete conto che in Inghilterra ci sarà un matrimonio con l'obbligo del cappello? Anche se non sarà proprio lì, visto che sua sorella vive a Nantes. Ma poco importa. Non sono riuscita a trattenermi dal prenderla un po' in giro a proposito dei maialini. Dopotutto, è lì che li allevano ricavandone un sacco di soldi. Anche quelle brave bestioline dovranno portarne uno, le ho chiesto? Come al solito, non le è piaciuto il mio scherzo, che ha giudicato stupido e mi ha mandato a quel paese. Me lo sono meritato e quindi non ho detto nulla, poi ha aggiunto che in quanto "piccola principessa dei quartieri alti", si stupiva della scelta che avevo fatto nel comprare casa.

Ah, è una cosa certa che mamma all'inizio ha fatto proprio fatica ad accettarlo, ma siccome non le avevo chiesto niente quando l'ho acquistato, non ha avuto voce in capitolo. In realtà, se mi soffermo a pensarci ora, devo ammettere che all'epoca nessuno capì la mia scelta. Francisco, Felipe, lo stesso Joshua, nonché le ultime conoscenze scolastiche che avevo in quel periodo, non furono completamente felici di quella scelta. Però è stata una mia scelta e, anche se talvolta mi piace immaginarmi in un appartamento più grande, in un quartiere meno popolare o altro, mi accorgo ancora una volta che non ho nessun rimpianto ad averlo fatto. Soprattutto adesso che mi sono resa conto che c'è abbastanza spazio per viverci comodamente in due. Anzi, in tre, se contiamo Fendi. Quel piccolo farabutto, giorno dopo giorno, fa sempre più coccole a Morgana, mentre a me nemmeno la più piccola delle attenzioni. Questo è il ringraziamento per la sua padroncina, che si dissangua per comprargli le crocchette dal veterinario del quartiere. Potrebbe, che so, guardarmi come se fossi il suo tesorino, no? Vabbè, non è grave. Oggi avevo bisogno di sfoggiare per un attimo il mio lato drammatico.

Eh, sì! È il giorno del mio appuntamento in banca, con il mio caro consulente Grimberg. Avendo preso appuntamento alle dieci, mi sono arrischiata ad alzarmi alle nove, non certa di essere puntuale, ma ormai, grazie alla poca scelta offerta dal mio guardaroba, sfioro la perfezione in termini di puntualità. *Mia, sei davvero folle!* L'ultima volta in cui ho dovuto prepararmi così rapidamente risale al liceo, quando frequentavo un corso sportivo. Ma è inutile pensarci, potrebbero venirmi i sudori freddi.

Visto che già covo una gastroenterite, preferisco evitare di ricordarmi le crisi mattutine con mamma per alzarmi dal letto, o ancora di Felipe, che si divertiva a sbattere le casseruole, vicino alla mia testa, per svegliarmi: un inferno! Quando vi dico che è un piccolo egoista, non esagero di certo. Faceva veramente di tutto per darmi fastidio, e rompermi le scatole era il suo gioco preferito... Come si dice: Chi ama molto, castiga bene!

«Signorina Johanesson, il signor Grimberg la riceverà a momenti,» mi avverte la cassiera.

Muovo la testa per ringraziarla, e aspetto guardando pazientemente in direzione della porta del corridoio, dove sono disposti gli uffici dei consulenti alla clientela. Non sono stata qui spesso, ma me lo ricordo bene. La prima volta che ci sono venuta è stato per il cambio di domiciliazione bancaria quando ho traslocato. Mi ricordo che ero felicissima di avere la mia banca a tre metri da casa. Certo, questo succedeva prima che sfiorassi l'interdizione bancaria, il pignoramento dei beni, e la vendita del mio appartamento... sto delirando lo so, ma siccome sono abbastanza rilassata malgrado gli effetti dei dolori addominali, riesco anche a riderci un pochino sopra.

«Signorina Johanesson, buongiorno, Andrew Grimberg,» mi dice una voce maschile, già familiare.

Quando alzo la testa nella sua direzione il mio cuore manca un battito, mi sale il rossore alle guance e il mio polso accelera. Avete capito? Cazzo! A. Grimberg uguale Andrew uguale il bisessuale di Joshua uguale il ragazzo in Spagna uguale quello di 'una botta e via' uguale l'alcol uguale la perdita del mio migliore amico uguale il conforto nelle braccia di Matt nella sauna uguale l'anticiclone che recentemente ha spazzato via la mia vita e che ancora oggi ha alcune ripercussioni!

Nemmeno lui si sente tanto a suo agio, ma, beh, ognuno di noi deve assumersi la responsabilità dei nostri atti. Mi alzo e gli tendo la mano.

«Puoi chiamarmi Mia,» annuncio sorridente.

Me la stringe, e un certo brio comincia ad apparirgli all'angolo delle labbra. Dopotutto, non abbiamo scelta. Se è lui il mio consulente, tanto vale avere dalla mia parte tutte le possibilità affinché ogni cosa vada per il meglio. Lo seguo lungo corridoio che porta agli uffici e, una volta dentro, mi accomodo sulla sedia che mi offre. Quando richiude la porta, lo sento ridere.

«Il mondo è veramente piccolo,» comincia. «Se avessi saputo che eri tu, ti avrei fatto venire prima».

«Per fare un passaggio sotto la tua scrivania?» ironizzo. «No, grazie.»

«Ma no, Mia. Per discutere delle tue finanze altalenanti.»

«Uhm,» mi lascio scappare. «Sarai contento, ho questo per te.»

Rovisto nella mia borsetta e ne tiro fuori una busta. Gliela tendo, sotto i suoi occhi stupiti.

«Ho venduto un po' di cose, e questi dovrebbero rimettere a posto il conto,» continuo nel vederlo spalancare gli occhi.

«Hai venduto un rene?»

«No. Ma come sai, o come hai sicuramente capito, avevo molti, ma veramente molti vestiti. Siccome ho deciso di ripartire più o meno da zero, perché ho voglia di cambiare vita, ne ho venduto una grande parte. Visto che si trattava di abiti firmati da grandi stilisti, o semplicemente costosi, sono riuscita a ricavarne molto.»

«Okay, ho afferrato,» mi dice, richiudendo la busta. «Stai bene?»

«Sì, abbastanza.»

«Possiamo parlare?»

«Io preferirei evitare l'argomento, se non ti spiace,» confesso.

«E tuttavia, bisognerebbe farlo. Joshua non ha capito allora, e non capisce ora.»

«Lo vedi ancora?» mi stupisco io.

«Si, abbiamo parlato, molto, dopo aver provato a cercarti a Sitgès, quando abbiamo trovato la tua camera vuota. Quando ce ne siamo accorti, lui ha avuto proprio paura. Non poteva fare niente. Avresti dovuto lasciargli almeno due righe.»

«Non sono qui per discutere di ciò che abbiamo fatto durante le nostre ultime vacanze, ma per vedere il mio consulente. Dunque, per ritornare al vero discorso, il mio scoperto è rimborsato e mi piacerebbe che il resto del deposito lo versassi sul mio Libretto A.»

«Certamente.»

«Questo è tutto quello di cui volevi parlarmi? Delle mie spese preoccupanti?»

«Pressappoco, sì. Questo mese hai fatto molti acquisti con la tua AmEx?»

«L'ho usata solo per il noleggio dell'auto. Sai, per questo tipo di spesa, il mio vecchio consulente mi aveva detto di utilizzare la carta. Mi aveva raccomandato di usarla soprattutto per le assicurazioni.»

«Ha avuto ragione, le garanzie sono superiori e ti evita di avere delle spese bancarie più elevate per assicurazioni di cui non avresti bisogno che poche volte.»

«Fantastico, dunque è tutto a posto,» dico alzandomi.

«Mia, chiamalo. Lo conosco un poco, ed è veramente perso senza di te.»

«Confortalo tu. Sei dotato in questo campo, se i miei ricordi, sebbene sfumati, sono esatti.»

«Non stiamo insieme,» si difende. «È diventato una specie di amico da... dalla nostra disavventura in discoteca.»

«Disavventura? Uhm... non avrei utilizzato questo termine. Fiasco lo trovo più calzante. Però pazienza. Passa un buon week-end, Andrew. E spero che l'opportunità di rivederci in queste circostanze non si ripeterà. Cercherò di essere più responsabile.»

«Te lo auguro, Mia. Buona continuazione.»

Esco dalla banca, e prendo un bel respiro. Non è stato così difficile quanto sembrava all'inizio. La voglia di un caffè mi prende alle viscere, e mi fermo al primo bar disponibile. Ordino la mia bevanda calda mentre una coppia mi si siede accanto con due kebab fra le mani. L'odore della carne e delle patatine mi disgusta. Per non pensarci, provo a concentrarmi su altro in attesa che arrivi il mio caffè.

Solo che non ce la faccio, la nausea mi riprende e, mentre il cameriere mi porge la bevanda, ho appena il tempo di correre fino in fondo alla sala per raggiungere il bagno e dare di stomaco. Dio santissimo! Come mi è venuto questo mal di pancia? Brutti virus estivi... preferisco ammalarmi d'inverno. Così posso approfittare pienamente dei programmi idioti che danno in televisione. E anche di avere il brodo di pollo di Joshua. Bah, no, ora non posso avere quello di Joshua. Ma non è grave, ora c'è Morgana.

Quando ritorno a casa, lei è uscita per gli ultimi acquisti, e soprattutto per trovare il regalo perfetto per il matrimonio della sorella. So che è contenta per lei, ma questo matrimonio le fa pensare ancora di più al suo triste stato di single e a tutti i problemi che ha avuto quest'anno. Charlie che l'ha ingannata, il trasloco con la sua peggiore nemica, sono tutte cose terribili, specie quando si ha "quasi una vita da principessa." Ora Morgana comprende meglio perché, in due anni e mezzo, quel cretino non le ha mai chiesto la mano. È poco ma sicuro che, amando saltare da un letto all'altro, non aveva nessuna voglia di ritornare a casa e sorbirsi la mogliettina, anche se lei non era proprio il tipo. Il cretino non aveva voglia di rinchiudersi in una gabbia dorata, ma tanto i ragazzi sono degli idioti in tutto e per tutto. E non le ho ancora parlato di Matt.

In attesa che ritorni, decido di essere un po' più matura e disattivo il blocco dei numeri di Joshua e Felipe.

Morgana ritorna verso le quattro, e mi trova rannicchiata sul divano, con questa gastroenterite che mi sta facendo impazzire. Ho l'impressione di star per vomitare mentre in effetti, ho solo una forte nausea.

«Hai preso qualche compressa di Spasfon,» mi chiede poggiandomi una mano sulla fronte.

«Sì, ma non mi ha fatto niente.»

«Non sei calda, quindi non hai la febbre. Vuoi che ti prepari un tè alla menta?»

«Saresti adorabile,» le dico riconoscente.

E lo penso veramente. È così carina che ancora non riesco a capire come abbiamo fatto a non parlarci prima né quali fossero le ragioni che ci spingevano a detestarci. Ad avere quell'atteggiamento meschino l'una verso l'altra, mentre in realtà eravamo sensibilmente simili.

Come è successo per il mio migliore amico. Sono giunta a dirmi che non essere più innamorata di Joshua, alla fine era solo una questione di volontà. Sono passati quindici giorni da quando ho preso la decisione di rimettere tutto a posto, di darmi una possibilità per avere un ipotetico avvenire radioso, con il "Signor Perfetto" e non provo più niente. A parte queste brutte nausee.

«Tieni. Bevilo finché è caldo.»

«Grazie. Hai trovato il regalo per il matrimonio?»

«Sì. Mi sono proprio divertita a cercare una cosa folle. Guarda,» mi dice, tendendomi la busta di un negozio che vende abbigliamento per la notte.

Non riesco a trattenere un grido di sorpresa scoprendo all'interno due pigiami orribili! Vi giuro, che sono degni di appartenere a una vecchia zia. Sono realizzati in una sorta di flanella lanuginosa con motivi floreali per la sposa, e blu scuro a righe bianche, per lo sposo.

«Hai davvero osato,» rido.

«Sì, e ho preso anche delle mutandine da nonna per lei e un perizoma per lui.»

«Ti maledirà.»

«È quello lo scopo. È più giovane di me e tuttavia si sposa prima. Ciascuno ha la sua croce. Io dovrò subire quest'onta e lei l'umiliazione del mio regalo,» mi dice ridendo.

«Spero che i tuoi genitori lo apprezzeranno.»

«Sì, lo adoreranno. Il loro umorismo è speciale,» precisa lei prima di aggiungere: «Voglio farti una semplice domanda tecnica visto che questa non è la stagione della gastroenterite. Quando deve arrivarti il ciclo?»

Spalanco gli occhi comprendendo il senso della sua domanda, e mi metto a contare mentalmente. L'ho avuto il primo giorno di vacanza, sono partita da tre settimane, avrei dovuto averlo... questo week-end! Ma con tutto quello che è accaduto recentemente, non ho fatto molta attenzione.

«No!» esclamo tutto a un tratto. «Dovevo averlo sabato, otto giorni fa!»

CAPITOLO 28

No! Non può essere possibile! E poi come? I soli rapporti che ho avuto ultimamente sono quelli avuti in vacanza con Joshua ed Andrew. E ci siamo protetti. Certo, non mi ricordo di tutto ma se c'è una cosa di cui sono certa, è di aver visto la scatola dei sacchetti in alluminio, svuotarsi man mano che avevamo rapporti. Dunque non è possibile!
Tranne che... eh sì... ora comincio a capire.
Matt. Con lui non abbiamo usato nulla, ci siamo lasciati trasportare dalla passione e poi non c'era un distributore di preservativi accanto alla sauna. Cazzo! Devo analizzare la situazione. E nel caso, fare un test di gravidanza. Ho un ritardo di otto giorni. *Zen, restiamo zen*, mi sussurra il cervello che rasenta l'incoscienza. Ho quasi voglia di fargli chiudere, una buona volta per tutte, l'unica valvola che ha, ma se lo faccio mi ritrovo in stato vegetativo. Ebbene sì, ho il cervello a pezzi. Non mi seguite vero? Forse sono un poco confusa ma, provate a visualizzarmi, sono nel mio bagno, morta di angoscia e nuda come un verme, mentre mi guardo da tutte le angolazioni.
So bene che non mi verrà subito il ventre tondo, né che i fianchi si allargheranno in pochi giorni, ma cercherò comunque dei segni e finirò col trovarne, con mia grande disperazione. I seni sono sensibili e l'addome è teso. Ho le nausee e un ritardo nel mio ciclo. *Danza della gioia, Mia. Stai per diventare mamma.* E la cosa non mi entusiasma

affatto, ma voglio esserne sicura. Morgana è già corsa alla farmacia del quartiere e sto aspettando che ritorni.

Nel momento in cui comincio a realizzare che la mia pazienza sta raggiungendo il limite, sento la porta d'entrata richiudersi ed il toc-toc della mia coinquilina contro quella del bagno.

La socchiudo, e tendo la mano per prendere la borsa con dentro *quella cosa* che non intendevo utilizzare mai prima di... di anni.

«Te ne ho presi due. Falli nello stesso momento nel caso in cui non fossi certa di riuscire a fare due volte pipì.»

«Sei del mestiere,» constato.

«Ehm, no. Non ci sono mai passata, ma mi sono sempre detta che, se un giorno mi fosse capitato, ne avrei voluti parecchi per confrontare i risultati.»

Non rispondo e mi chiudo di nuovo dentro. State per assistere a una commedia drammatica, in cui la ragazza rimane incinta e si ritrova a gambe aperte, seduta sul water, tenendo in ogni mano un test. Ispira, espira, e non riesco a farla, ti pareva! Ho sempre la vescica pronta a ogni occasione e, come per caso, proprio ora che serve si è prosciugata.

«*Psss, psss,*» mormoro io per incoraggiarla.

«Che succede?» mi chiede Morgana attraverso la porta.

«Non ci riesco!» grido.

«Apri il rubinetto del lavabo. L'acqua potrebbe fare da stimolo.»

Provo la sua tecnica e, come per magia, una pipì, anche se non come quella del mattino, fa la sua comparsa. Rimetto i cappucci sulle due linguette, mi abbasso l'abito e ritorno in salone dalla mia coinquilina che si sta torturando i capelli.

«Smettila. Ora sapremo.»

«Lo so, ma mi sembra talmente irrealizzabile quello che ti sta succedendo. Sono consapevole che non mi riguarda ma... hai un'idea di chi sia il padre? Sempre ammesso che tu sia incinta.»

«Sì, ho un grosso dubbio. Anzi no, ne sono certa.»

«E ti darà una mano?»

«Non so nemmeno ancora come reagirà. Beh, vedremo quando sarà il momento,» dico prendendo un bicchiere d'acqua.

Aspettiamo, e quando il mio cellulare squilla per avvertirci che il termine è scaduto li giro sottosopra per non vedere.

«Non posso,» rivelo, iniziando a piangere.

«Ma sì.»

«Fallo tu per me,» la supplico.

«Sei sicura? È meglio che sia tu a farlo, è un momento molto intimo. È il *tuo* momento.»

«Vivilo con me, dividiamocelo e, soprattutto, dimmi se ho un fagiolo in pancia!» mugugno, cercando invano di trattenere le lacrime.

Le faccio scivolare i bastoncini nella mano e la osservo. La sua reazione non si fa aspettare.

«Mi spiace, cara. Sono entrambi positivi.»

«Oh merda!» urlo.

La guardo di nuovo ma questa volta mi prende la ridarella e Morgana mi segue in questa reazione fuori controllo.

«Sai che di solito quando un'amica ti dice che sei incinta, non si scusa?» dico, per sottolineare l'ironia della situazione.

«E tu sai che la futura mamma non dovrebbe piangere?»

«Un punto a testa. Ho bisogno di un bicchiere, adesso.»

«No!» protesta. «Sei incinta, perciò niente più alcol né canne e nemmeno una sola sigaretta per i prossimi nove mesi.»

«Otto e mezzo,» la correggo. «Lo sono già.»

«Sei consapevole che il rischio di aborto è grande per una prima gravidanza, soprattutto prima del quarto mese? Dunque, niente stupidaggini se vuoi tenerti il tuo fagiolo.»

«Lo so.»

Morgana mi abbraccia mormorando un «congratulazioni» che non può non essere che di circostanza, ma, per assurdo, le sono riconoscente per la mancanza di tatto che sta dimostrando. Dire le cose così come stanno mi porterà più facilmente a pormi le domande giuste. O l'unica che ha veramente importanza: terrò questo bambino?

Ancora un altro tabù della nostra società: l'aborto. Io sono sia favorevole che contraria. In quanto donna, sono rassicurata dal sapere che posso abortire se il bisogno o la realtà della vita sono tali da non essere in grado di allevare il bambino. Una donna violentata e picchiata dal suo compagno dovrebbe avere il diritto di scegliere di non tenere il bambino. Anche una ragazza ancora adolescente o una madre di famiglia che potrebbe avere seri problemi di salute a portare avanti la gravidanza. Ci sono un sacco di ragioni accettabili a favore dell'aborto.

Io non ne ho nessuna.

Sì, forse sono sola, una futura ragazza madre, ma ho un lavoro, uno stipendio, un appartamento, una famiglia intorno a me. Nel mio caso non c'è niente che potrebbe scusarmi. Che mi si colpevolizzi perché non mi sono protetta, non è grave. Invece, che mi si giudichi per aver preso la decisione migliore possibile o la più legittima secondo il mio punto di vista, non l'accetterò mai. Certo, sarebbe più facile praticare un'interruzione volontaria e dire addio a ciò che vive in me. Non è davvero un buon momento questo per me: non ho un marito, non ho i mezzi, ma io non voglio utilizzare nemmeno uno di questi pretesti. Senza rendermene conto o, piuttosto, mentre lo sto pienamente realizzando, ho appena preso la decisione più importante e più facile di tutta la mia vita.

Ho pensato veramente di eliminare questa microscopica piccola cosa che è nel mio utero? Non credo. Tuttavia, c'è un elemento che non posso controllare: Matt. Ma non è il momento di pormi questa domanda. Ogni cosa a suo tempo. A ogni modo, quale potrebbe essere la sua reazione? Ora però non ho voglia di pensare anche a quello. Dovrò essere io a gestire tutto e già non so da dove iniziare...

Mi prende un secondo attacco di ridarella e Morgana mi guarda come se fossi completamente impazzita, e non posso darle torto.

«Si può dire che ho fatto bene a vendere i miei vestiti. Rischiavo di non poterli più indossare.»

«Sì, ma potremo andare nei negozi per le donne incinte! Ti prometto che sarai la mamma più bella del mondo, per il tuo *baby shower.*»

«Uno, non abbiamo un mega gruppo di amiche, due, non ci sarà nessuna festa. E tre, per il momento non ho nessuno con cui condividere la mia gioia, eccetto te. Perché è una gioia. Un bambino è vita, ma perché abbia almeno una possibilità di avere una mamma meravigliosa, bisognerà che prenda delle buone decisioni, e per un tempo piuttosto lungo. Beh almeno per i primi diciotto anni. Non ci sarà più solo *Mia* da gestire, ma anche il mio piccolo fagiolo. Merda! Divento sentimentale peggio di mia madre!»

Andiamo a metterci sul divano e Morgana mi prende le mani in modo abbastanza cerimonioso.

«Quali sono i tuoi piani?»

«Per il momento non ne ho la minima idea.»

«Vuoi che me ne vada?»

«Che ti passa per la testa? Stai bene, qui. Si vedrà più avanti.»

«Okay, grazie. A chi lo dirai, adesso? A tua madre?»

«Sì, penso che è quello che farò. Non ti dispiace se ceno da loro, questa sera? Potrei sempre fare l'annuncio tra le pere e il formaggio. Creerebbe atmosfera,» ironizzo.

«Non del tutto. E scusami, ma mi sto chiedendo: è Joshua il padre?»

«Eh? Perché mi fai questa domanda?» chiedo stupita, sapendo che non gliene ho mai parlato.

«Semplicemente perché non viene più a casa, e che tu non sei più sempre al telefono con lui. So che non mi hai detto niente, ma non sono cieca. Stavate sempre insieme. E per caso ho trovato la fattura del noleggio di un'auto e ho capito che eri ritornata prima dalle vacanze. Questo vuol dire che è accaduto qualcosa laggiù.»

«Sei una vera amica,» affermo. «Non me ne hai mai parlato, eppure avevi dedotto tutto. Ti adoro. E per rispondere alla tua domanda, no, non è Joshua il padre del fagiolo.»

«Questo soprannome è azzeccato. Aspetta,» mi dice prendendo il cellulare, o piuttosto la tavoletta che funge da telefono, per quanto è grande. «Sei incinta di quanto?»

«Se ho capito bene, ma... come potrei capirlo?» dico, ridendo della sciocchezza detta. Poi mi ricompongo. «Quindici giorni.»

«Allora hai avuto un'ovulazione tardiva. Ciò che hai là,» mi dice Morgana, mettendomi la mano sulla pancia, «è una forza della natura già prima di venire alla luce.»

Non rispondo niente, ha ragione. Ho sempre detto che ho un ciclo preciso come un orologio svizzero, mentre in questo caso non è stato affatto così. Perciò il mio fagiolo voleva nascere. Come un segno del destino, come la prova vivente del mio cambiamento, che già si batte per mostrarmi le responsabilità che avrò. Per lui. Per noi. Ci siamo appena incontrati e già lo amo. Può essere stupido, da immaturi o che so io, ma sono già pazzamente innamorata di quello che sta crescendo nel mio ventre, nel mio corpo. Nel mio cuore. Sto per generare una vita. Dovrò insegnare a questo esserino come affrontare l'esistenza. Non dubito delle difficoltà che dovrò superare, tuttavia, ora comprendo il significato della parola amore di cui mia madre mi ha sempre parlato. So che lei mi ama e ora sto capendo le scelte che ha fatto. Per un bambino, si fa di tutto. Glielo dimostrerò anche io. Lo proverò a tutti loro. Ma lo farei anche se non ci fosse nessuno a cui rendere conto.

Faccio un bel respiro, mi alzo e mi guardo allo specchio. Mamma non ha ancora visto i miei capelli e devo dire che il risultato non è niente male. Un carré un po' destrutturato, con ciocche colorate sulle punte, nei toni del cioccolato e del caramello.

«Devo cambiarmi, e so esattamente cosa indosserò.»
«Cosa?»
«L'abito Chanel.»
«Lo Chanel?»
«Sì, quello foderato. Il più classico ma anche l'unico impalpabile, quello che...»

«Ogni donna dovrebbe avere,» finisce per me Morgana.

Vado in camera, mi vesto e la mia coinquilina viene a chiudermi solennemente l'abito. Questa sera dirò a mia madre e Francisco che sto per diventare mamma!

CAPITOLO 29

Vestita perfettamente per l'occasione, calzo le mie Louboutin, un altro grande classico, e prendo la borsetta dal porta-borsa attaccato al bancone della cucina. Questo piccolo gioiello che Morgana mi ha regalato è molto pratico. Ha una grossa ametista decorativa è l'ha scelto perché porta serenità e saggezza.

«Augurami buona fortuna,» dico alla mia coinquilina, prima di uscire.

«Incrocio tutto ciò che posso per te: le dita di mani e piedi, le braccia, le gambe, i capelli e se avessi un seno prorompente avrei provato a incrociare anche le tette!» mi risponde a mo' di incoraggiamento.

Mentre l'ascensore mi porta al parcheggio, realizzo che Morgana è una vera amica, e che siamo state veramente delle idiote a comportarci con indifferenza per tutti questi anni. È fantastica, solidale e non dubito della sua presenza nei mesi a venire. Come una roccia, o una cozza attaccata alla sua roccia, resisterà alla tempesta che può abbattersi in qualsiasi momento su di me, per via di ciò che mi sta accadendo. *Sorridi, Mia, abbi un atteggiamento positivo. Non sei più sola,* penso toccandomi la pancia. Ed ecco che la mia piccola voce ha cambiato disco. *Ciao Zazie, benvenuta Lorie!*

Oggi ho quasi battuto un record per raggiungere casa dei miei: più di un'ora! Impreco contro la municipalità che ha deciso di chiudere una parte della periferica e contro gli idioti che preferiscono spostarsi in auto piuttosto che in metropolitana. Anch'io faccio la stessa cosa, ma ho una scusa: sono incinta. Sì, ora ho un bel ruolo, ne convengo, tanto più che non ho quasi mai preso i mezzi pubblici da quando sono uscita dal collegio.

Nel momento in cui chiudo lo sportello della macchina, realizzo che dovrò cambiare anche la Smart! Avrò bisogno di più posto dietro, per la culletta prima e il seggiolino dopo. Mi pervade un'angoscia quando prendo coscienza che tutta la mia vita sta veramente per cambiare del tutto. Senza parlare del fatto che la responsabilità è immensa! Beh, ma capita a tutti, o quasi. Cerco di rassicurarmi, dicendomi che non sono così male da non farcela. Dopotutto, essere genitori non significa forse provare e imparare, commettendo degli errori, pur facendo del proprio meglio per diventare migliori?

Dopo aver suonato, apro la porta e non sono sorpresa di sentire il buon odore della cena che mi chiama.

«Mamma! Francisco! Sono qui,» annuncio, come al solito.

Lascio la borsa nell'ingresso, senza preoccuparmi di recuperare il cellulare, e mi dirigo verso la cucina dove trovo mamma affaccendata ai fornelli. Quando si gira, il suo grido mi fa sobbalzare.

«Mia! Cosa hai fatto ai tuoi capelli?»

«Avevo voglia di cambiare. Non ti piace?» le domando, baciandola.

«Erano anni che non portavi i capelli così corti. E queste ciocche colorate? Ma non si vede nemmeno più il tuo splendido colore naturale con tutte queste sfumature! Non dico che non ti stiano bene, ma... è una sorpresa, ecco. Devi lasciarmi il tempo di abituarmi, presumo.»

«Uhm, certo. Mi è sembrata una buona cosa, per iniziare sotto i migliori auspici.»

«Sì, e cambiare poi non fa male a nessuno. In ogni caso, hai una bella cera. Ah, Felipe è qui.»

«Ancora?» mi stupisco. «Beh, a forza di stare sempre qui, finirà per somigliare a Tanguy.»

«Non ci crederai,» ride lei. «È tornato a vivere qui.»

«Davvero?»

«Vai a parlarne con lui. Ma, per favore, sii calma e comprensiva, sta attraversando un periodo difficile.»

«Non è perché divorzia che deve ehm... imbestialirsi con tutti,» recupero io, in extremis.

«Sono contenta di non più essere da sola con il tuo patrigno, così si rompe un po' la monotonia del quotidiano.»

«Spero che non metterà radici. Immagina se fosse ancora qui quando inizierete a mettervi i pannoloni... Almeno, non dovrò fare il lavoro sporco da sola, e ci farà risparmiare sulla badante,» ironizzo.

«Mia,» mi sgrida mamma. «Un po' di decenza e di rispetto, ti prego!»

«Perdonami mamma,» mi scuso, dandole un bacio sulla guancia. «Bene, ora vado di là a salutare, altrimenti mi faranno notare che sono stata allevata male.»

«Ben detto, ora fila,» mi dice, baciandomi di nuovo. «Comunque hai veramente un bell'aspetto. Preferisco vederti così. L'ultima volta, eri...»

«Era la Mia del passato,» taglio corto io. «Ora, ci prepari qualcosa di delizioso?»

«Assolutamente. Prendi il vassoio per l'aperitivo in frigo, per favore. Ma dimmi: sto sognando o... si tratta dell'Abito?»

«Sì, avevo voglia di farmi bella.»

«Ti sta sempre d'incanto,» si complimenta lei. «C'è un uomo nella tua vita?»

«Ah ah, forse,» glisso ridendo.

Prendo quello che mi ha chiesto, e ignoro il suo sguardo inquisitore che mi segue mentre porto il vassoio nel salone. Felipe e Francisco sono comodamente seduti sul divano, e non mi faccio scrupolo di richiamarli all'ordine.

«Non sentitevi a disagio a lasciare una povera giovane donna a fare tutto in questa casa,» li prendo in giro, posando gli aperitivi sul tavolo basso.

«Signorina Sfacciata, vorrebbe forse insegnarci la buona creanza?»

«Figliolo, non cominciare,» lo richiama all'ordine Francisco.

«Oh, patrigno, come sei premuroso. Non come il tuo mostriciattolo,» gli dico sorridendo io.

Scoppiamo a ridere tutti e tre e sembra che l'ascia di guerra sia stata infine seppellita. Bisogna fare sempre così con il mio fratellastro: una frecciata fraterna e tutto ritorna come prima. Ma se un giorno avrò un secondo bambino, sarà la stessa cosa? Oh, ma avrò tempo di prevedere questo genere di cose, tanto anche Felipe sta per averne uno. Non riesco a trattenere una risatina all'idea di immaginarmi come saremo mentre cerchiamo di dividere i nostri bambini, come i nostri genitori facevano e fanno tutt'oggi con noi. Ancora non abbiamo smesso di punzecchiarci. E in futuro litigheremo sia sull'educazione dei bambini, sia sul modo in cui si comporteranno.

«Cosa ti fa ridere?» mi chiede Felipe rivolgendomi uno sguardo interrogativo.

«Niente di particolare,» rispondo aggirando abilmente la domanda.

«Cosa volete bere?» ci chiede Francisco.

Maledizione! Non ho ancora pensato a questo lato della faccenda. Mi occorre un diversivo, una cosa, un sotterfugio per non risvegliare subito i loro sospetti. Qual è il regime disintossicante di moda in questo periodo? A ogni modo non ne capiscono niente, quindi non è una scusa che posso usare.

«Mamma ha carote e pomodori?»

«Sì, mi sembra, vuoi una centrifuga?»

«Sì, sarebbe l'ideale. Rimettermi dagli eccessi di quest'estate farebbe proprio un gran bene al mio corpo,» dico io.

Francisco si alza e va a prepararlo, senza fare il minimo commento, contrariamente al mio fratellastro.

«Gli abusi non fanno più per te, *Mia,*» ironizza Felipe, imitando la voce di mia madre.

«Come sta la Charlotte alle fragole?» lo rimbecco io.

«Straordinariamente bene, ora. In effetti, malgrado la situazione, si comporta con un certo charme.»

«Tanto meglio. E dopo come farete?»

Per una volta, non sto facendo la stronza ma mi sto realmente interessando alla questione. Sembra che abbia capito che sono seria perché decide di rispondermi.

«Non farò lo stronzo. Le lascio l'appartamento e abbiamo deciso di occuparci del bambino insieme, alternandoci. Devo soltanto trovarmi un posto dove vivere nello stesso quartiere in cui abitiamo adesso. Certo però che è un po' complicato mettere a posto le cose...» mi confida, tristemente.

«Hai un buon stipendio, dovresti farcela. Alla peggio, potrai sempre chiedere una mano ai nostri genitori, che non esiteranno ad aiutarti.»

«Sorellina, sono io che ho deciso di andarmene, di divorziare e di fare una serie di altre cose. I nostri genitori non devono assumersi il peso delle mie scelte. Vedrai che ce la farò, devo solo pianificare tutto. È per questo che sono venuto a stare qui. Papà è un ottimo consigliere e poi tua madre sa come risollevare il morale delle persone che sono sotto il suo tetto,» ride lui.

«Non dimenticare di includere nel tuo bilancio previsionale una modifica al guardaroba. Se resterai a lungo qui, rischi di prendere tre taglie!»

«Dice la ragazza che porta una trentasei e che non ingrassa perché non mangia niente.»

«Uhm.»

A saperlo che le cose sarebbero cambiate nei prossimi mesi, e che c'è il forte rischio che non riesca più a rientrare nei miei vecchi vestiti dopo la gravidanza... Okay, basta, se comincio a pensare così, mi deprimerò di brutto. E non è il momento. Devo mantenere il sorriso e annunciare la buona notizia, perché questa *è* una buonissima notizia. Sì, ma quando lo faccio? *Tra le pere e i formaggi*, come ho detto prima a Morgana. Solo che questa vecchia espressione medievale non ha più senso. Non mangiamo più il dessert prima del formaggio dal diciassettesimo secolo, a parte forse in Inghilterra. E noi siamo a Parigi, non a Londra! Sono abbastanza fiera delle reminiscenze dei miei corsi di storia, ma la smetto con le mie elucubrazioni mentali, quando mamma e Francisco ritornano con gli aperitivi.

«Possiamo brindare! È tutto pronto,» annuncia mamma, mettendosi accanto a me.

«Cosa hai preparato per questa sera? Si sentiva un buon profumo quando sono arrivata.»

«Tutto a base di salmone affumicato,» mi dice tutta contenta. «È estate, fa caldo e non c'è niente di meglio del pesce per mangiare leggero. Così ho fatto degli amaretti salati con una spuma all'aneto e una fettina di salmone affumicato, e poi una tartare di salmone scozzese che accompagnerò a un risotto ai funghi porcini.»

Senza che lei se ne renda conto, vado letteralmente in pezzi. Forse non sono stata mai troppo brava, ma la mia gravidanza, sebbene imprevista, mi obbliga a rivedere il mio regime alimentare. Gli alimenti che ha elencato mi sono chiaramente sconsigliati, da quello che so... Prima di brindare, mi alzo e vado nel corridoio, dove prendo la borsa che ho lasciato prima e mi chiudo in bagno. Cerco velocemente su internet, e realizzo che non mi sono sbagliata. Sono tutte cose che non posso mangiare. Bene, dovrò fare l'annuncio prima di quanto pensassi. Ovvero, fin dall'aperitivo. Impreco, ma che scelta ho? Non voglio mentire spudoratamente per sfuggire alle mie responsabilità. *Forza, Mia*, mi dico, prendendo un bel respiro.

Torno nel salone, e Felipe mi prende in giro.

«Ah le ragazze e la loro piccola vescica! Avresti almeno potuto aspettare che brindassimo.»

«Scusatemi, e per la cronaca, la cosa durerà a lungo,» rivelo alzando il bicchiere.

I bicchieri tintinnano e, siccome nessuno di loro ha afferrato il sottinteso, decido di fare l'annuncio, con un'apprensione che raramente ho conosciuto.

«Mamma, Francisco, ho qualcosa da dirvi,» comincio.

«Come si chiama lui?» mi sorride lei.

Se solamente fosse così semplice... *Ma no, sono giusto incinta*, penso prima di risponderle.

«Fagiolo.»

Un coro di «eh», «che cosa», «non è un nome», si alzano da una parte e dall'altra della stanza, e io non so più cosa aggiungere. Salvo una cosa.

«Non ha un nome perché l'ho appena incontrato. Si potrebbe dire che mi si è imposto.»

«Mia, non sto capendo assolutamente niente di quello che stai dicendo. Puoi essere più chiara?»

«Sono incinta.»

E a quel punto, come state sospettando, si scatena il dramma. Non ci sono più rumori, nessuno di loro fiata, e tutti mi guardano come se avessi lanciato una bomba. Felipe imita Nemo, mamma si porta la mano alla bocca, sbiancando, e Francisco alza le sopracciglia fino a raggiungere la radice dei capelli. Beh, lo farebbe se li avesse ancora.

«Non nascondete la vostra gioia! È una buona notizia!»

«Sì, certo, Mia,» dice mamma. Poi continua senza esultanza: «Congratulazioni! Posso solo chiederti chi è il padre di questo bambino?»

«Nessuno,» dico categorica.

«Sorellina, sei lontana dall'essere la Vergine Maria. Non si partorisce per intercessione dello Spirito Santo. Anche perché sei lontana anni luce da quel lato,» ribatte lui divertito.

«Uhm. E tu faresti meglio a ficcarti tu sai dove un bel manico di scopa, così magari ti sbloccheresti un poco,» replico glaciale, prima di continuare con più calma verso i miei genitori. «Non c'è un padre. Non ne è informato e forse non lo saprà mai. Perciò vi chiedo di non interrogarmi oltre su questo argomento.»

«Non puoi prendere una decisione simile da sola,» mi fa notare gentilmente mamma. «Hai intenzione di tenerlo?»

«La risposta è sì. È qui, non l'ho voluto, ma nascerà.»

CAPITOLO 30

Meglio che vi dica fin da subito che l'ambiente non è festoso. Non so dirvi cosa mi aspettassi, ma resta il fatto che non si respira proprio gioia di vivere nella stanza. Mamma sembra molto imbarazzata. E la cosa mi fa stare male visto che non è proprio una santa con i suoi tre matrimoni! E l'altro, il futuro divorziato, si sta comportando come se niente fosse. Francisco non abborda l'argomento così decido di rompere io il ghiaccio e dire le cose come stanno, nel momento in cui mamma ci serve l'antipasto. Del resto, mi reputo felice che mi abbia preparato altro, una semplice insalata di pomodori accompagnata dalla mozzarella.

«Vi dà fastidio che stia aspettando un bambino?»

«Certo che no, Mia. È solo... sconcertante. Non sei ciò che si può definire come un "modello di stabilità." Riconosco che hai un lavoro, un appartamento e tutte le comodità necessarie per accogliere questo bambino, ma sei sola,» riassume mamma.

«E?»

«Non è appropriato.»

«Vediamo: è normale che il mio fratellastro divorzi mentre la moglie è incinta del loro primo bambino, ma è scorretto che io ne abbia uno perché sono single? Bene, mi troverò un cretino da sposare, così rientrerò negli standard che la famiglia desidera.»

«Non è questo che voglio dire,» si difende. «Sono solo un po' in apprensione per il modo in cui stai affrontando le cose. Senza parlare del fatto che rifiuti anche di abbordare il problema del padre di questo bambino.»

«Vorresti che abortissi? È questo?» È questo che ho letto tra le righe. «Sarebbe più semplice, e dunque più *ragionevole,* se facessi una cosa simile?»

«Forse,» confessa, abbassando gli occhi. «È sicuramente la soluzione più logica, vista la tua situazione.»

«E io che ero così felice di venire a dirvelo. Tu sarai anche sconcertata o disillusa, come preferisci, ma io sono molto delusa. Che mia madre mi parli di una cosa simile mi sembra così surrealistico che mi chiedo perché sono venuta. Credo di non aver più niente da fare qui,» dico alzandomi.

«Non andartene, sarebbe sciocco.»

«Oh, no! Non rimarrò un minuto di più in presenza di qualcuno, per di più mia madre, che mi propone come soluzione quella di uccidere il mio futuro bambino.»

Bacio Francisco e, nel momento in cui mi preparo a fare la stessa cosa a Felipe, mi dice che mi accompagna alla porta. Nessuno dei due uomini ha preso parte a questa discussione, e credo che siano sbalorditi quanto me. Mia madre è irriconoscibile. Il mio patrigno non ha parlato ma è un medico, di sicuro ne avrà viste e sentite tante. Quando arrivo davanti alla porta, il mio fratellastro mi stringe in un abbraccio e mi mormora qualcosa all'orecchio.

«Lasciale il tempo di comprendere, di digerire la notizia. Io sono fiero di te. Ti stai assumendo le tue responsabilità, e in questo ti riconosco. Sembra che, in questa famiglia, non siamo fatti per seguire le regole. Ancora congratulazioni, sorellina,» mi dice prima di lasciarmi.

«Grazie, Felipe.»

«Se hai bisogno di qualunque cosa, non esitare a chiamarmi.»

«Lo farò, anche se farò di tutto per non disturbarti.»

«Lo so.»

Esco e non mi prendo la briga di aspettare l'ascensore. Scendo le scale e mi rendo conto che, per la prima volta nella mia vita, non ho salutato mia madre. Mi tocco il ventre concentrandomi con intensità per parlare al fagiolo. «Benvenuto in famiglia.»

Il cellulare si mette a squillare quando arrivo alla mia auto. Guardo velocemente lo schermo, e rimango sorpresa quando vedo apparire, per la prima volta dopo tanti giorni, il nome del mio migliore amico. Cioè, il mio ex migliore amico. Joshua!

«Pronto?»

«Principessa! Era ora! Pensavo di finire ancora una volta sulla segreteria telefonica,» mi rivela, stupito.

«Non questa volta. Come stai?»

«Bene, fottutamente bene, ora che ti sento! E tu?»

«Sono incinta.»

«Scusa?»

«Sono incinta.»

«Sì, ho capito. Ma, come... quando... chi?» balbetta. Poi si riprende subito. «Scusami. Congratulazioni, Principessa!»

«Grazie, Joshua. Allora, prima di parlare voglio chiederti una sola cosa: conti di chiedermi anche tu di abortire? Perché sicuramente sarò incapace di allevarlo e non dovrei dimenticare che sono single. E che manco anche di stabilità.»

«Neanche per sogno!» si difende. «Chi ha osato dirti una scemenza simile?»

«Mia madre.»

«Oh, merda! Mi spiace...»

«Tu non c'entri niente,» dico. «Ho bisogno di rilassarmi e ho fame. Cosa stai facendo?»

«Sono a casa.»

«Non esci, questa sera?»

«No, mi sono un po' calmato. Vuoi che ci vediamo da qualche parte?»

«Sì, passo a prenderti se vuoi.»

«Con piacere, Principessa. Ti aspetto.»

«A fra poco, Joshua.»

Concorso di circostanze o meno, volontà divina o semplice coincidenza, impiego solo venti minuti per raggiungere il quartiere del mio migliore amico, nell'undicesimo arrondissement. Apparentemente, gli dei avevano provato ad avvertirmi, quando sono andata dai miei genitori. Riesco anche a parcheggiare quasi davanti al palazzo di Joshua e alcuni istanti dopo sono tra le sue braccia.

«Principessa, vedrai che andrà tutto bene,» mi dice, chiudendo la porta del suo appartamento.

L'ho ignorato per settimane ma è contro di lui che mi sciolgo in lacrime, devastata da ciò che è appena accaduto e probabilmente anche a causa degli ormoni. Senza dire nulla, nemmeno la più piccola delle riflessioni, mi fa scivolare la mano dall'alto in basso lungo la schiena. Tentando anche di fare un po' di ironia, mi sussurra qualcosa che arriva a strapparmi un sorriso.

«Una donna in Chanel non piange.»

«Anche quando è incinta?»

«In ogni momento. Principessa, non c'è niente di grave. Al contrario, stai per diventare mamma!» esclama. «È meraviglioso.»

«Sono d'accordo con te. Ma se l'avessi vista. Era come se... oh, non so come spiegartelo... come se le avessi appena fatto l'affronto peggiore del mondo. Mentre, in realtà, aspetta questo momento da anni. Solo che non lo voleva così.»

«Importa poco il modo,» mi dice lui. «Sei e resti la sola madre di questo bambino. Lei sarà nonna. Volente o nolente, lo sarà. Qualunque cosa pensi o dica. E poi, non sarà mica lei a doverlo allevare. No?»

«Hai ragione. È mio e gli darò la migliore educazione possibile.»

«Ecco! Devi essere più positiva, Principessa. Sono talmente contento per te. Cosa vuoi bere?» mi chiede, mentre ci spostiamo verso il divano.

«Non ho più diritto all'alcol, né alle quantità astronomiche di caffè e adesso mi vengono vietati anche un sacco di alimenti. E, per di più, diventerò anche grassa,» mi lamento.

«Sì, avrai il privilegio di guadagnare qualche taglia, ma per la ragione più valida del mondo: partorire.»

«Uhm. So che non hai torto, ma è troppo da digerire per una sola giornata.»

«Da quanto lo sai?»

«Da qualche ora. All'inizio del pomeriggio. Morgana lo ha capito prima di me...»

«Perché?»

«Ho le nausee e sono in ritardo...»

«Bene, prima che iniziamo a sviscerare la cosa con più profondità, posso proporti un succo di frutta? La guava potrebbe andar bene. Ti è sempre piaciuto berlo con...»

«La papaia, per giocare a fare la bionda, come dice Florence Foresti nel suo sketch.»

«Ecco,» ride lui. «Allora, lo vuoi?»

«Certo.»

Mi lascia e ritorna alcuni secondi dopo, con le nostre bibite. Una volta comodi, inizia l'interrogatorio che mi aspettavo, e io so che non gli mentirò. Non a lui. Non merita di essere ingannato, e poi se non ne parlo con qualcuno, finirò per scoppiare. O impazzire. Pronta per il ricovero! Ed è fuori questione che partorisca in un ospedale psichiatrico, imbottita di tranquillanti. *Mia, riprenditi, ti stai allontanando dalla realtà*, mi dico bevendo un sorso di succo di frutta.

Gli spiego che non c'è nessuna possibilità che siano lui o Andrew i genitori del piccolo, poiché eravamo protetti, o almeno lo erano loro. Mi conferma che se ne ricorda anche lui e ne approfitta per scusarsi di ciò che abbiamo fatto. Ci prendiamo le mani e comprendiamo che sì, possiamo accettare quello che è accaduto senza che ciò faccia del male alla nostra relazione. Bisogna solo riconoscerlo. Mi ripete ciò che Andrew mi aveva detto, e cioè che mi ha cercato dovunque a Sitgès, prima di accorgersi che avevo preso tutte le mie cose. Solo a quel punto, ha dedotto che ero ritornata a casa prima. Rimane sorpreso quando gli rivelo che ho preso a noleggio un'auto, e fatto tutti quei chilometri per ritornare. Mi dice anche che non c'è stato più nulla con Andrew, ma che sono diventati dei buoni amici. Capisco che ci sia sotto più di quanto sembri, ma non vuole dirmi di cosa si tratta.

«E il tuo bisessuale? C'è sempre?»

«È una cosa complicata.»

Non gli chiedo altro. Non tocca a me giudicarlo. Del resto, non posso permettermi di giudicare nessuno. Quando mi chiede chi è il padre, lo dico per la prima volta a voce alta.

«È Matt.»

«Il tuo vicino?» si stupisce.

«Sì. Quando sono ritornata da Sitgès non stavo proprio bene. Sono andata nella sauna del residence a rilassarmi un po' e lui è arrivato nel momento in cui sono crollata. Gli ho pianto addosso e, una cosa tira l'altra, abbiamo finito fare l'amore. Solo che non avevamo preservativi, quindi non può essere che lui il padre. Morgana mi ha anche detto che il fagiolo ha avuto una grandissima volontà di vivere, poiché sono rimasta incinta all'infuori del mio periodo fertile.»

«Come è possibile?»

«Sai che sono precisa come un orologio svizzero? Ebbene, il momento in cui sarei potuta rimanere incinta doveva essere una settimana prima, non dopo, il che vuol dire che il ciclo si è spostato di circa otto giorni, Dio solo sa come, e il fagiolo ha pensato bene di mettere radici,» gli dico, puntando il dito sul mio basso ventre.

«È già un guerriero, allora,» osserva lui. «O una guerriera! Poco importa, sono felice per te. Ti prometto di aiutarti in qualsiasi momento e per qualsiasi cosa tu abbia bisogno.»

Quando mi fa questa promessa, le sue mani sono nelle mie, e il suo sguardo è fermo e sincero. È una promessa solenne, una sorta di decisione super-mega-giga importante. Sono convinta che la rispetterà. Joshua è un uomo che non delude mai.

Continuiamo a parlare e, anche se mi fa capire che non è del tutto d'accordo con la mia scelta di non parlarne con Matt, sembra accettarlo. Dentro di me so che ha ragione. Ma come potrei dire all'uomo che ho continuamente allontanato dalla mia vita che sono incinta di lui? E che la mia difficoltà ad avere una relazione con lui è legata all'amore che divide con il figlio? Ma la cosa peggiore di tutte è che io provo dei sentimenti per Matt. È un uomo buono, piacevole, educato, ed è capace di farmi credere nelle cose che rifiuto a priori. Sapete, la vita perfetta, i momenti normali, e... la stabilità. Quella stessa stabilità che mia madre mi rimprovera di non avere.

Finiamo per ordinare una pizza alla bolognese, la nostra preferita, e poi ritorno al mio appartamento, dove trovo Morgana sul punto di prendere uno dei numerosi secchielli di gelato che abbiamo nel congelatore. Ne prendo uno anch'io e ci lanciamo in una maratona televisiva, o meglio una maratona di serie televisive, andando a letto all'una passata. Ho dimenticato tutto in queste tre ore, immergermi in un universo fantasmagorico mi fa proprio bene. Così tanto, che nel momento in cui vado nella mia camera, mi sento già meglio.

Mi spoglio, appendo l'abito nel mio guardaroba e mi guardo nello specchio. Mi tocco il ventre e parlo con il mio fagiolo.

«Vedi, alla fine non siamo soli. Abbiamo tante persone intorno a noi. E poi, proveremo a trovare una soluzione anche al problema familiare. Per il momento io e te vivremo nove mesi in simbiosi totale.»

Mi stendo sul letto e, inconsapevolmente, mi addormento con la mano poggiata sul posto in cui il combattente si è radicato.

CAPITOLO 31

Sono passate due settimane da quando ho scoperto di essere incinta. Vi tralascio il dettaglio delle nausee mattutine, del numero di forum che ho visitato per immagazzinare il maggior numero di notizie possibili, e anche del silenzio di mamma. Ho contattato Francisco quando sono ritornata al lavoro per chiedergli il nome un buon ginecologo, che mi seguirà per tutto il periodo. Mi ha consigliato un collega che lavora a due passi dal suo studio. Attraversare Parigi per andare a farmi visitare non è proprio una passeggiata, ma so perché lo faccio.

Durante il primo colloquio mi ha fatto un prelievo di sangue in quattro e quattro otto, per verificare che fossi davvero incinta e che fossi in buono stato di salute. I controlli continueranno nelle settimane a venire. Per il momento, i primi risultati sono positivi e tutto va bene. Ho detto basta ai pasti ridicoli, ho cominciato a mangiare in modo sano, ma un po' meno restrittivo. E quando si dice che l'appetito vien mangiando, non posso che confermare che è vero, anche se non mi nutro per due, contrariamente al detto popolare. Faccio attenzione, ma non voglio neanche privarmi, perché ormai non sono più sola. Comportarmi in questo modo è abbastanza nuovo per me, ma mi sento bene. Credo che la cosa più dura da affrontare di tutti questi cambiamenti, sia la limitazione di caffè. George non entra più in funzione tre volte prima di andare in ufficio, mi obbligo a prenderne uno solo, ma lungo. Ne prendo un altro quando arrivo al lavoro, e un ultimo dopo la pausa pranzo. Tre al giorno, contrariamente ai tanti, troppo numerosi, di prima.

Ho avuto l'opportunità di rivedere Joshua un paio di volte, e la nostra amicizia non sembra aver patito di quanto accaduto in vacanza. Ci incontriamo di meno, dopotutto io ho meno tempo di prima, e anche lui sembra attraversare un periodo da recluso in questo momento. Non riesco a farlo parlare, ma ho capito che ciò che gli sta succedendo è legato al suo bisessuale. Non lo dice apertamente, ma comprendo che si tratta di questo quando mi accorgo che guarda sempre il cellulare e che vi si getta sopra al minimo squillo con un barlume di speranza negli occhi. Speranza che si affievolisce e si spegne, quando si rende conto che non è la persona che si aspettava. Non mi sento messa da parte, anche per lui questa situazione è nuova. Innamorarsi non è un affare da poco per il re delle saune, delle discoteche di ogni genere e delle relazioni senza un domani. Del resto, non esce e non mi racconta più le sue avventure amorose. Non sta seguendo solo la retta via, ma se continua così è prossimo a entrare in seminario. Se va avanti così rischia di ritornare vergine, e da questo punto di vista facciamo proprio una bella coppia, vista la mancanza di sesso nelle nostre vite. Non esito a dirvi che in questo periodo della mia vita il mio livello di libidine è al minimo storico. Non mi manca e non riesco nemmeno a pensare di poter andare a letto con qualcuno. Anzi, sì. Solo che l'unico con cui potrei fare l'amore è Matt. È una cosa da idioti, lo so, ma non mi sento di fare nulla con un uomo che non è il padre del fagiolo. Del *mio* fagiolo. Sarebbe un affronto per lui, per ciò che cresce in me.

Quando esco dallo studio del ginecologo da cui sono andata per parlare degli ultimi risultati degli esami, apprendo che in passato ho avuto la toxoplasmosi. Sono sollevata perché adesso non dovrò prendere nessuna precauzione con Fendi. Rimango sorpresa di vedere un messaggio di mamma sul cellulare.

Buongiorno Mia, se hai un po' di tempo dopo il tuo appuntamento, vieni a casa. Baci.

Ah ecco, si tiene informata, visto che sa cosa dovevo fare oggi.

Decido di farla aspettare. Dopotutto, è lei che mi ha giudicato, lei che mi dato il peggior consiglio di sempre, perciò mi avvio verso la mia auto, per andare dal concessionario a Porte Maillot. Non ho nessuna idea di cosa sceglierò, ma se già inizio a informarmi è una buona cosa. La mia Smart è ancora nuova, quindi dovrei ricavarne abbastanza, senza parlare del fatto che è un'auto molto comoda per chi abita nella capitale.

Il venditore è molto affabile, come lo sono tutti i professionisti di questo settore, ma vi giuro che ho l'impressione di ritrovarmi in *Desperate Housewives,* quando Gabi, all'epoca incinta, doveva scegliere l'auto nuova. L'odore del cuoio mi irrita un po' alla gola e per mascherare la nausea uso il foulard, preziosamente custodito nella mia borsa. Mi mostra differenti modelli e prova a indirizzarmi verso un'auto troppo grossa per cui gli spiego cosa voglio.

«Ho solo bisogno di qualcosa di un po' più grande.»

«Se proprio deve cambiare, non posso che consigliarne una che potrà soddisfarla per i prossimi anni.»

«Allora, è semplice: sono incinta. Mi occorre un'auto con quattro porte e un bagagliaio abbastanza capiente da metterci un passeggino. È più chiaro, adesso? Se potessi, mi terrei la mia Smart. Ma non è questo il caso, quindi un'auto media con le caratteristiche che le ho chiesto, andrà a meraviglia.»

«Certamente, signora. In questo caso, la piccola A1 sembra perfetta per lei. Se vuole seguirmi, gliela farò vedere.»

Dirigendoci verso il parco auto, ne noto una che mi piace. Ma non dico nulla al venditore aspettando che mi faccia vedere il modello di cui mi ha appena parlato. E niente, a vederla so che è l'auto ideale, ma non ne sono convinta. Soprattutto quando ripenso a quella che ho notato poco prima. Gliela indico e lui mi dice: «Beh, non sarebbe proprio un'auto media.»

«Okay,» rido io. «Probabilmente ha ragione. Ma mi sembra più sicura e anche se è più grande mi pare più appropriata, no?»

«È un'auto che incontra un grande successo nel pubblico femminile,» mi conferma lui. «Le sue forme arrotondate e la sua posizione sopraelevata seducono molte donne del vostro status,» aggiunge per adularmi.

«Lei è proprio carino,» gli dico, prima di abbassare un po' il tono come per stessi per fargli una confidenza. «Ma non sono cieca. Sta facendo un po' il cascamorto per farmi comprare questa. In più, lei è gay. Se ci fosse qui il mio migliore amico, andreste d'accordo, solo che nessuno dei due ha molta fortuna in amore, in questo periodo.»

Arrossisce un po', cosa che trovo adorabile, e poi mi risponde: «Ha azzeccato in pieno. Su forza, per farmi perdonare le faccio vedere questo veicolo e, se le piacerà, potrei lasciarglielo per due giorni, così potrà rendersi conto da sola se è adatto ai suoi bisogni.»

«La ringrazio, lei è veramente adorabile.»

E lo penso davvero. Ancora di più quando salgo nel Nissan Juke e lui mi mostra tutti gli optional. L'esterno è relativamente sobrio; al contrario dell'interno perché, quando mi siedo, scopro tutto il suo potenziale. Non sembra soffrire di angoli morti, la visibilità è ottima e, soprattutto, la parte posteriore è comoda. Senza parlare della postazione di guida che essendo sopraelevata dà più sicurezza. Un cross-over fantastico!

Firmiamo alcuni documenti e facciamo lo scambio delle chiavi. Parcheggia la mia Smart nel parco auto, e io parto al volante di quella che sarà, forse, la mia futura auto. Percorro i tre chilometri che mi separano da casa di mamma e brontolo un poco per posteggiare. Addio agli spazi ristretti. Dovrò cercare un vero posto, d'ora in poi. Riesco a scovarne uno e faccio come mi ha spiegato il venditore attivando il programma *Park Assist*. Lo schermo di navigazione rivela subito l'area, e io comincio ad appoggiare sui pedali lasciando il carico del volante al programma. Retromarcia, prima, retromarcia, prima e l'auto è parcheggiata. Devo confessarvi che mi sto innamorando di questo sistema che è fantastico! Nel giro di pochi secondi, durante i quali non ho dovuto far altro che azionare la leva del cambio e i pedali, l'auto è parcheggiata. Un po' sconcertante per me che ho l'abitudine di parcheggiare perpendicolarmente, ma con la Smart mi risulta più pratico.

Per la prima volta nella mia vita non entro subito in casa, come faccio di solito, ma suono alla porta e aspetto. Mamma sembra sorpresa quando si accorge che si tratta di me, ma non dice niente.

«Buongiorno, mamma.»

«Buongiorno ragazza mia. Come stai?» mi chiede quando entro.

«Bene, davvero bene. Sarei arrivata prima,» dico appoggiando la borsa sulla mensola dell'anticamera, «ma ero da un concessionario d'auto.»

«Vendi la tua?» si stupisce.

«No, la cambio. Quella che ho non è più adatta. E tu, stai bene?»

«Sì, sì. Come sempre, lo sai.»

«Uhm, certamente. Perché hai voluto che venissi?»

«Per parlare un po' con te. È molto tempo che non ci vediamo.»

«Due settimane,» le ricordo io. «E l'ultima volta mi hai quasi chiesto di abortire, allora no, non ho avuto molta voglia di venire a farti visita.»

«Ti chiedo scusa. Sono veramente dispiaciuta per il mio comportamento. Ho un po' superato i limiti con le mie parole. Tuttavia, devi cercare di capirmi, Mia. Sono rimasta totalmente sorpresa dal tuo annuncio.»

«Perché credi che non lo sia stata anche io, quando l'ho scoperto? Non è stato come se avessi deciso di rimanere incinta e diventare mamma. Ma è andata così. E mi assumerò completamente le responsabilità della mia scelta.»

«Lo so.»

«Mi spii?» la interrogo.

«No, non farei mai una cosa simile. Cerco solo di estorcere qualche notizia a Francisco. Mi preoccupo per te e quando mi ha detto che gli avevi chiesto dei consigli per un medico, sono stata felice di sapere che avevi accettato il suo suggerimento. È un eccellente ginecologo, e sono sicura che sarai ben seguita da lui.»

«Lo penso anche io.»

«Vuoi bere qualcosa? Con questo caldo degno di un'estate indiana, ho preparato un'aranciata. Ti va?»

«Sì, con piacere.»

Va in cucina e ritorna alcuni istanti dopo. Discutiamo un po' e mi rendo conto che si sta trattenendo dal parlare della mia gravidanza. Soprattutto evita di chiedermi di nuovo del padre. Non dice niente ma la posizione che ha assunto mentre è seduta è tesa, mi fa capire che fa fatica a non chiedermi nulla. Alla fine cede, ma abborda l'argomento in un altro modo.

«Come farai con il lavoro?»

«Ti confesso che non ci ho ancora riflettuto. So solo che non devo perdere tempo a iscriverlo al nido, altrimenti non ci sarà più molto tempo alla fine del congedo parentale.»

«Lo prenderai?»

«Certo. Ho diritto a sei mesi e conto di approfittarne per stare con lui. O lei,» aggiungo, guardandomi la pancia.

«Quando è prevista la data del parto?»

«A metà maggio, ma non conosco ancora il giorno preciso,» dico.

«Sarà un bel bambino d'estate, spero che sceglierai delle belle cose per lui, o lei.»

«Se vuoi, potremmo andare per negozi insieme,» le propongo, in segno di pace.

«Ne sarei felice. Ah, aspetta, stavo quasi per dimenticarmene,» mi dice, alzandosi.

La vedo andare nel corridoio e ritornarne con una scatola di legno.

«Tieni, è per te. Ho fatto fatica a ritrovarla ma alla fine sono riuscita a metterci le mani sopra.»

«Cos'è?» le domando, curiosa.

«Aprila, e vedrai.»

Faccio ciò che mi dice, e sono sorpresa di scoprire all'interno delle cose per bambini. E non dubito che si tratta delle mie, soprattutto quando vedo l'incisione del mio nome sul dorso del coperchio.

«Non è granché. Giusto i primi vestiti che hai indossato. Me li aveva confezionati mia madre e me li aveva regalati quando sono rimasta incinta.»

«Grazie, mamma,» la ringrazio, un po' commossa.

Dannati ormoni! Ho la lacrima facile e, anche se lo detesto, appena si tratta di sentimenti gli occhi iniziano a colare. Sono una vera fontana in questo momento! Mamma mi abbraccia, scusandosi ancora una volta.

«Non preoccuparti, è passato. Ora sei qui.»

«Sì, e ti sosterrò sempre, Mia.»

CAPITOLO 32

«Merda!» esclamo davanti al computer, l'indomani della mia visita a mia madre.

Guardando il calendario dei mesi a venire, specie per quanto riguarda la futura fusione e la nuova organizzazione che ne verrà fuori, mi rendo conto di una cosa orribile. Sì, orrore proprio! No, non aggiungo altro! Ma, ve lo giuro, è una catastrofe. Se solo fossi rimasta incinta l'anno prossimo, non sarebbe successo niente di tutto questo. Non potrò partire per Tahiti! Sono anni che mi riprometto di andarci e nel momento in cui mi sono messa all'opera per riuscire a concretizzare il mio progetto, non c'è niente che vada per il verso giusto!

Allora, vendere i miei costosissimi vestiti mi ha dato modo di recuperare finanziariamente. In questo momento mi sento anche a mio agio, se così si può dire. Da alcune settimane sono sorpresa di vedere che il mio conto corrente è sempre in attivo, la mia AmEx è vicina allo zero, visto che non spendo più niente, e sono riuscita anche a recuperare il mio conto di risparmio in modo sostanziale. Solo che, ecco, non posso più partire...

E sapete cosa mi ci ha fatto pensare? Una dannata e-mail sulle nuove promozioni per il mio paradiso sognato. Un sogno. Sì, adesso rimane solo un sogno.

«Che succede, Mia?» mi chiede Dominique, infilando la testa nello spiraglio della porta del mio ufficio.

«Niente, niente,» dico.

«Dici raramente una parolaccia ad alta voce,» mi sussurra scherzando.

«Non preoccuparti, va tutto bene.»

No, invece, non c'è niente che vada. Ma non posso dire al mio superiore che il fagiolo che mi cresce nel ventre, che amo, eh, non dubitatene, mi impedirà di partire per... i prossimi vent'anni! Beh, forse non saranno così tanti, ma alcuni sì!

«Okay. Non ti sarai dimenticata di preparare la sala conferenze per la riunione di questo pomeriggio?»

«Non c'è problema, lo farò al ritorno dalla pausa pranzo. Vedi, lo avevo già previsto,» gli dico, indicandogli uno dei numerosi post-it incollati sui bordi dello schermo del mio computer.

«Perfetto. Buon appetito, allora.»

Guardo l'ora e, difatti, mancano solo dieci minuti a mezzogiorno.

«Grazie, anche a te. Suppongo che Marie ti abbia preparato il pranzo.»

«Sì, come al solito,» mi sorride lui, ritornando nel suo ufficio.

Rileggo velocemente l'e-mail che mi ha fatto imprecare, e constato che la promozione è veramente interessante. Solo che è una cosa che non mi porta niente, salvo una rabbia indicibile contro la Natura. Adoro il mio fagiolo, sia chiaro, ma queste vacanze erano uno scopo, una conclusione finale e un sacrificio fuori norma. Non ho venduto i miei vestiti per niente. Ora ho un guardaroba ridicolo e la cosa non è servita a niente. Attenzione, ho ancora un mucchio di vestiti, però non possiedo più tutta la mia collezione...

Navigo, clicco, inserisco date ipotetiche, vedo i prezzi cambiare in funzione del periodo, e mi deprimo. Arriva ancora un altro sbalzo d'umore, le lacrime mi salgono agli occhi e ispiro profondamente, per dimenticare questa cosa che non posso più permettermi.

«Come va lì?» mi interroga Morgana entrando.

«Uhm,» dico, alzando la testa verso di lei.

«Che ti succede, pulce?»

«Niente.»

«Forza, andiamo a pranzo. Mi racconterai tutto davanti alla tua insalata Caesar e al succo del giorno.»

Mi alzo, indosso la giacca, la seguo e ci fermiamo in panetteria per acquistare il nostro pranzo, prima di fermarci nel nostro solito caffè.

«Allora, dimmi,» mi invita gentilmente.

«Ho appena realizzato che non potrò partire per Tahiti.»

«Merda!» impreca come me, qualche minuto prima. «Non ci avevo neanche pensato.»

«Se non avessi il fagiolo, la situazione non sarebbe cambiata più di tanto visto i prezzi del periodo in cui volevo andarci e la fusione... ma con lui... è proprio incompatibile. Non mi vedo a fare più di venti ore d'aereo con un bambino di pochi mesi...»

«È decisamente impossibile,» conferma anche lei.

Ordiniamo da bere e mangiamo le nostre insalate. Ovvero, le tre foglie corredate da una mini fetta di pollo bio per Morgana, mentre io ho una vera Caesar, con una bella fetta di pollo. E, Dio, quanto è buona! Non ho intenzione di prendere venti chili ma non farò attenzione alla mia linea come facevo prima. *Ho un'autentica coscienza materna*, mi dico, mentre immergo un pezzo di pane nella salsa.

Torniamo al lavoro e metto a posto la sala, badando ad abbassare la temperatura per i clienti. Il pomeriggio passa velocemente e, nel momento in cui lasciamo l'ufficio, chiedo a Morgana se non le dispiace accompagnarmi dal concessionario, per riportargli l'auto.

«No, assolutamente! Allora, intendi ordinare questo modello?»

«Sinceramente? Credo che lo farò. Però devo calcolare quanto riuscirò a ottenere rivendendo la mia. E anche se è possibile avere questa.»

«Non la vuoi nuova?» si informa, nel momento in cui parto.

«Non ne vedo l'utilità. Questa ha solo tremila chilometri e non ha un solo graffio. In più, è accessoriata con tutti gli optional possibili. Penso che potrei risparmiare un po'. Inoltre mi piace molto il colore bianco. Lo trovo di classe, se non fosse che bisognerà lavarla più spesso della Smart nera.»

«È vero. Posso farti una domanda?»

«Da quando trattieni la lingua?» la prendo in giro.

«Da... mai,» mi conferma. «Mi diresti quanto te la valuta il concessionario? Potrei essere interessata a prenderla io.»

«Ebbene, vieni con me, allora. Te lo dirà lui stesso. A ogni modo, se la compri preferisco comunque che passi da un'officina per una revisione completa.»

«Sì, e anche per riparare gli altri danni che possono esserci,» mi dice ridendo.

«Allora facciamo così?»

«Sì, per me va bene.»

La persona che si occupa di noi è il venditore della sera prima, e riusciamo subito a trovare un accordo che soddisfa sia Morgana che me. Alla fine, lei decide di acquistare la mia auto direttamente dal concessionario che gliela vende quasi allo stesso prezzo che ha valutato per me, offrendo anche di sistemare qualche piccolo danno, a metà prezzo. Per il Nissan Juke mi fa una buona offerta, e decido di pagare la differenza tra i due veicoli con un prestito a un tasso molto basso. Tutto sommato, siamo tutti contenti della transazione. Stabiliamo di firmare i documenti la settimana prossima, così io avrò la mia auto nuova, Morgana la sua Smart e avremo anche il tempo di chiedere al residence un secondo parcheggio per lei.

Quando alla fine ritorniamo a casa, siamo entrambe felici, tanto che è Morgana a guidare. A me non dà fastidio lasciarglielo fare, e devo confessare che è talmente contenta, che non brontola nemmeno quando rimaniamo imbottigliate nelle strade di Parigi.

Mi rilasso a lungo sotto la doccia e poi preparo tranquillamente la cena. Fendi si mette a miagolare come un dannato per uscire. Come al solito, me lo chiede sempre quando ho altro da fare, e nel momento in cui gli apro per fargli prendere aria, sollevo istintivamente gli occhi e incrocio lo sguardo di Matt, dall'altro lato dell'edificio. Mi fa un grande sorriso mentre io mi limito a un maldestro segno della mano. Ci osserviamo a lungo senza muoverci, tanto che non mi rendo conto che Fendi è già ritornato dalla sua passeggiata, e mi riprendo solo quando Morgana mi dice scherzando: «La tua mano sta mettendo radici sul pomello della finestra?»

Come per un elettroshock, sobbalzo, saluto di nuovo Matt il cui sorriso si spegne quando capisce che sto chiudendo il battente e girandomi verso la mia amica, le rispondo: «Fendi voleva uscire. Per questa sera ti vanno bene delle verdure in padella con delle fette di tacchino freddo?»

«Perfetto! Senti, hai visto che domani hai la riunione di condominio?»

«Detesto queste dannate riunioni. Servono solo a spiegarci, con una serie di paroloni, l'importo che ci obbligano a pagare ogni trimestre per le spese del palazzo. Hai per caso letto l'ordine del giorno?» le domando per curiosità e per assicurarmi che non succederà niente di interessante.

«Credo che sia per l'affitto di alcuni locali del pianterreno e della messa a nuovo di alcuni spazi in comune.»

«Ah, bene, come al solito,» mi lamento.

«C'è una cosa che non comprendo però. Perché dovete parlare dei locali?»

«In effetti, i locali appartengono al palazzo, dunque gli affitti li percepisce l'amministratore, che poi li usa per abbassare le nostre rate condominiali. Per questo motivo abbiamo il diritto di decidere a chi li affitterà. Per farla breve, l'amministratore ci presenterà il futuro affittuario e noi dovremo votare se accettarlo o meno. In realtà è già tutto deciso, ma bisogna pur far finta che siamo in democrazia,» scherzo io.

«Beh, certo passerai proprio una serata simpatica,» dice ironicamente. «Ti aspetterò con una confezione di gelato al caramello.»

«Sei un angelo! Forza ora, scegli tu il film di questa sera? Io nel frattempo finisco di preparare.»

«D'accordo.»

Ceniamo tranquillamente e a un certo punto, come una furia, Morgana esclama: «Ho un'idea geniale!»

«Addirittura?»

«Allora, non so se potrà essere fattibile, ma esiste una soluzione per andare comunque a Tahiti!»

«Che dici tengo il fagiolo al caldo tre mesi in più?» azzardo io.

«Potresti andarci adesso. Cioè, non subito, ma fra un mese, per esempio. Hai i soldi per farlo e mi hai detto che le promozioni che ti sono arrivate oggi erano buone. Dunque, perché non andarci prima di partire con tre anni di pannolini e pappe, e venti di schiavitù?»

«Forse perché sono incinta?» rispondo, scettica.

«Non sei malata, hai solo un bambino che cresce nel tuo ventre,» dice lei.

«Non hai tutti i torti. Chiederò al mio ginecologo. Ma anche se mi desse il via libera, come faccio con il lavoro? Mi restano solamente due settimane per quest'anno.»

«Dominique te le darà in anticipo senza problemi.»

«Non sono sicura che sia una buona idea, anche se riconosco che il tuo cervello ha avuto un'illuminazione!»

«Oh certo! Sei brava tu, con il tuo neurone solitario,» mi sfotte.

Scoppiamo a ridere, e ancora una volta apprezzo le nostre baruffe. Allentano l'atmosfera. Soprattutto dopo lo scambio di sguardi con Matt. Se solo non fossi stata così stupida quando è iniziata la nostra relazione. Se solo non ci fosse stata quella storia dello sguardo che mi perseguitava. Se solo non fossi stata in preda al mio lutto non elaborato. Perché, alla fin fine, mi ci è voluta solo una presa di coscienza per farmi andare avanti. Ma a quel tempo volevo una sola cosa: mettere fine alla nostra storia a causa di un senso di colpa inutile. Se in quel momento non fossi stata tanto ingenua e ottusa, ora sarei assieme a lui, e forse saremmo stati felici dell'arrivo di questo bambino. Mentre ora non sa neanche che sono incinta, non è informato di niente e il nostro futuro come coppia si è ridotto al nulla.

Capirà quando mi vedrà diventare grossa e deforme, che è lui il padre del bambino? Che è stato lui che ha seminato il mio utero? E che il bambino che nascerà è il frutto di una notte particolare, o piuttosto di una serata controversa, nella sauna del residence?

Oziamo tranquillamente davanti al seguito di *Desperate Housewives,* e quando vado a dormire, nel momento in cui chiudo gli occhi, mi dico che forse Morgana ha ragione, e che devo andare a Tahiti prima che sia troppo tardi. Domani chiamerò il ginecologo per sapere se ci sono delle controindicazioni.

Sono Mia, ho ventisette anni e un fagiolo nel ventre, e ho voglia di andare sull'isola dei miei sogni prima di diventare mamma.

CAPITOLO 33

Comodamente seduta alla mia scrivania, contatto il ginecologo prima di cominciare a lavorare. La segretaria mi annuncia e trasferisce la chiamata al medico. Alla fine di una lunga attesa in cui sono trepidante di impazienza, il medico è in linea.

«Signorina Johanesson, cosa posso fare per lei?»

«Buongiorno dottore, cerco di non farle perdere tempo e vado diritta al sodo: posso prendere l'aereo?»

«Non c'è nessuna controindicazione. Dove vuole andare?»

«A Tahiti.»

«Oh! È un bellissimo viaggio. In ogni caso la mia risposta non cambia. Tanto più che lei è solo all'inizio della gravidanza. La sola cosa che posso consigliarle è di fare attenzione a causa delle nausee mattutine. Potrebbe essere sgradevole durante il volo. Ma per il resto, posso solo dirle di approfittarne.»

«Veramente?» mi stupisco. «Mi sta dando una bellissima notizia, dottore.»

«Ne sono felice, signorina. Quando partirà?»

«Devo parlarne con il mio superiore ma comunque abbastanza presto. Credo alla fine del mese.»

«Molto bene. Mi avverta, o contatti la mia segreteria per prendere un appuntamento appena ritorna.»

«Certamente, dottore. Grazie mille.»

«Buona giornata, signorina Johanesson. Approfitti alla grande delle sue ferie.»

«Buona giornata,» gli dico, prima di riagganciare.

Wow! Posso andarci! Dominique! Dal punto di vista medico posso andare in vacanza, ma con il lavoro sarà un altro paio di maniche. Dovrò fargli sapere anche della mia gravidanza. Mando un messaggio veloce al mio superiore per sapere se ha qualche minuto da dedicarmi e la sua risposta non tarda ad arrivare.

Adesso.

Preparo due caffè, ci aggiungo una goccia di crema per lui e mi reco nel suo ufficio.

«Mia, come stai?»

«Bene, e tu?»

«Stavo molto bene fino al tuo messaggio, ora mi preoccupo un po',» scherza, prendendo il suo caffè.

«Niente di grave, Dominique. Vorrei parlarti di una cosa o due,» comincio, sedendomi di fronte a lui.»

«Ti ascolto.»

Prendo il coraggio a due mani e gli dico della mia gravidanza. Il suo sorriso sincero mi conferma che la cosa non lo disturba. E sono sorpresa quando mi consiglia di sollecitare il periodo di congedo parentale. Gli dico che ci ho già pensato, e che difatti ho intenzione di approfittare di questi mesi di riposo per essere presente nelle prime settimane del mio fagiolo. Si diverte per quel nomignolo e mi chiede se può parlarne a Marie. La moglie sarà felice per me e mi confida: «Rischi di vederla arrivare in ufficio per insegnarti tutto quello che c'è da sapere su biberon e pannolini.» Scherziamo per qualche minuto e poi arrivo al secondo punto, ovvero la mia richiesta di ferie impreviste.

Aspetto la sua risposta mentre si gratta il mento. È un segno che non sono mai riuscita a decifrare. Lo usa sia per dire sì, sia per dire no, quando è in piena riflessione. I secondi passano veloci, e tutto ad un tratto, prende il telefono.

«Morgana, puoi venire per favore? Molto bene. Ti aspetto.»

Mi guarda facendomi un largo sorriso, ma ancora non mi dà una risposta, e non ho nessuna idea del perché debba raggiungerci anche Morgana.

«Dominique, volevi vedermi?»

«Sì, Morgana. Devo chiederti una cosa.»

«Dimmi.»

«Mia vorrebbe prendere dei giorni non previsti sulla programmazione delle ferie.»

«Sì, ne sono informata,» risponde lei.

«Ah sì, dimenticavo che ora vivete insieme,» ride lui. «Quindi, ti senti in grado di gestire le due postazioni durante la sua assenza?»

«Certamente.»

«Malgrado la futura fusione?»

«Sì. Casomai dovessi incontrare qualche difficoltà, posso sempre chiamare il centralino, ma niente può impedire a Mia di partire,» gli assicura.

«Perfetto. Grazie, Morgana, puoi tornare al lavoro. Al più presto informerò il tuo superiore.»

La vedo scuotere la testa e farmi un occhiolino discreto, prima di lasciare l'ufficio. Dominique mi dice che posso prendere le tre settimane richieste, e che me le detrarrà da quelle del prossimo anno, così non perderò niente sullo stipendio. La notizia mi riempie di gioia. Non mi resta che organizzare queste vacanze.

Su una piccola nuvola, la giornata passa a una velocità pazzesca. Sono così concentrata sul mio compito che il mio spirito e le mie dita sono un tutt'uno. Curioso sui siti di viaggio, alla ricerca del miglior piano per la Polinesia. Intendo trovare la mia felicità proprio nel momento in cui Morgana viene nel mio ufficio per ritornare a casa.

«Guarda,» le dico indicandole lo schermo.

Clicco su un itinerario da diciannove giorni, le faccio vedere i tour previsti e i momenti di dolce far niente. Morgana mi mette una mano sulla spalla.

«Penso che tu abbia trovato quello giusto. Dal punto di vista economico com'è?»

«Con una riduzione del cinquantaquattro percento non posso certo lamentarmi. Allora, prenoto?» le chiedo per attingere da lei la forza necessaria per una tale spesa.

«Vai!» mi incita lei. «Vuoi andarci da anni, o lo fai ora o mai più. Il tuo boss ti accorda le ferie, e il medico non ha posto nessuno *veto*. Senza parlare del fatto che hai preso questa decisione per una buona ragione: andarci prima di essere incatenata a vita da ciò che hai dentro di te.»

«Oh, smettila di dire che diventerò la schiava del mio fagiolo,» la sgrido ridendo. «È il più bel regalo che la vita potesse farmi.»

«Grazie ormoni!» mi risponde lei. «Se ne riparlerà quando non dormirai più per tutta la notte e ti impedirà di prenderti cura di te. Senza dimenticare le occhiaie che toccheranno il suolo, per quanto sarai stanca.»

«Sì, ma tu hai un prodotto miracoloso!» le ricordo io.

«Uhm... sono scettica circa il risultato, visto quello che ti aspetta.»

«Sei proprio una stronza,» scoppio a ridere io.

Entrambe ridiamo ma poi mi concentro per completare la mia prenotazione. Anche il volo è fantastico: Parigi-Los Angeles e Los-Angeles-Tahiti, sia all'andata che al ritorno, ed è il più veloce e anche il più semplice. C'è un solo scalo che per fortuna non dura dieci ore, ma solamente tre. Giusto il tempo di passare i controlli doganali. Con la partenza fra circa una decina di giorni, posso dire che sono vicinissima a realizzare il mio sogno. Inizierò subito a fare le valigie.

Prima di lasciare l'ufficio mando un'e-mail veloce a Dominique per dargli tutte le informazioni che riguardano la mia assenza dall'ufficio. Mi rimane solo da compilare il foglio di richiesta, ma lo farò domani. Il mio passaporto è aggiornato, quindi non ho nessuna formalità da espletare, eccetto la dichiarazione d'entrata in territorio americano. È tutto pronto. Nello spazio di ventiquattro ore ho acquistato una nuova auto e organizzato delle vacanze impreviste.

Quando arriviamo a casa, faccio una doccia veloce e mi reco al pianterreno per la riunione dei condomini. Quando ho traslocato, mi ricordo di non aver partecipato ai primi, e l'ho rimpianto amaramente. Non c'è quasi mai niente di interessante, ma mi costringo ad andarci comunque. Così, non ho delle brutte sorprese. La maggior parte dei miei vicini non vi prende più parte, limitandosi pazientemente a ricevere le bollette. Io preferisco essere informata di eventuali spese non previste, per evitare di ricevere una doccia fredda all'arrivo della fattura.

Mi servo un succo di frutta e mi accomodo su una sedia al centro della sala. Ci sono le stesse facce di sempre ma, per una volta, non incontro Matt. Di solito è sempre presente. Mi dico che probabilmente ha avuto un impegno di lavoro e metto da parte il pensiero. L'amministratore arriva e la seduta comincia con il bilancio degli ultimi lavori effettuati. Velocemente, apre l'argomento dei nuovi affittuari, chiedendoci di votare per affittare i due locali a due società diverse, oppure entrambi i locali a una sola, che rappresenta una novità.

«Come sapete,» ci ricorda affabile l'uomo, «di solito i contratti di locazione sono quasi già firmati quando ve ne parliamo, ma questa volta non è stato così. I due dossier presentano entrambi delle buone qualità, e noi siamo stati incapaci di prendere una decisione. Perché reputo che la seconda proposta sia molto interessante, sebbene abbiano richiesto uno sconto sull'affitto.»

«E sarebbe a dire?» esclama il solito vecchio brontolone, sempre pronto a non perdere nemmeno un centesimo.

Anche se non sempre è così. È spilorcio solo quando fa comodo a lui. Quando è stato deciso di rinnovare i corridoi delle zone comuni, abbiamo dovuto cominciare dal suo edificio, sistemando tutte le pareti rovinate. Nessuno ha detto niente per evitare le discussioni che di solito ne vengono fuori.

«Allora: o diamo l'opportunità a due società interessate ad aprire i loro uffici qui o la lasciamo tutta a un'altra, creata di recente, che vuole aprire un asilo per bambini. Ci chiede una riduzione del venti percento, ma in compenso dice che privilegerà i residenti nei posti disponibili.»

Sono un po' insonnolita sulla mia sedia, ma la parola "asilo" attira tutta la mia attenzione.

«Si tratta di un asilo nido?» mi informo.

«Sì, proprio così, signorina Johanesson,» mi conferma l'amministratore.

«Non se ne parla proprio di avvantaggiare una parte dei condomini, a scapito degli altri,» esclama Picsou.

«Mi sembra che lei abbia tanto peso quanto tutti noi su questa decisione, signor Murine,» replico io. «Lei è una persona di una certa età ed è normale che la cosa non le interessi. Tuttavia, nessuno di noi si è opposto ad accettare la sua idea di firmare una partnership con la società di badanti, così che potesse restare comodamente nel suo appartamento. E potrebbe ricordarmi quante di queste persone ha cambiato nel frattempo? Li manda sempre via.»

«Non le permetto di giudicarmi, signorina,» mi risponde.

«E io mi permetto di dirle che voto per l'asilo. Essendo incinta, trovo fantastica l'idea di sapere che potrei lasciare il mio bambino nel residence, senza dover cercare altrove. Possiamo votare?» chiedo, guardando l'amministratore, per evitare il dibattito acceso che ne seguirebbe se continuassimo a discutere.

«Certamente,» mi conferma lui prima, di rivolgersi all'assemblea. «Quelli che sono per le due società, alzino la mano.»

Sulle due file davanti a me, se ne alza una sola, e, beninteso, si tratta del vecchio brontolone. Non mi giro, per paura di vedere tutte le altre alzate.

«E adesso, quelli che sono a favore dell'asilo.»

Tutte le mani si alzano immediatamente. La mia è alta e fiera, quasi conquistatrice.

«Sembra che l'unanimità sia tutta per questa proposta. Sessantatré voti contro uno. Ci metteremo in contatto con il futuro asilo per notificargli il nostro accordo.»

Passiamo velocemente allo stato dei miglioramenti che dovremo fare e poi ci salutiamo. Sono felice della piega che ha preso la serata. Per una volta che partecipo, e soprattutto che sono interessata, sarebbe quasi l'occasione di festeggiare con lo champagne. Tranne che c'è il mio fagiolo e quindi rinuncio.

Mi alzo e mi preparo ad andarmene, ma quando mi dirigo verso l'uscita incrocio lo sguardo di Matt. Sembra sorpreso, stupito. Dio santissimo! Ha sentito quando ho detto che sono incinta. Ma non è mica obbligato a capire che è lui il padre del bambino, no? Cazzo, porca puttana!

Lo vedo dirigersi verso di me, ma sono più veloce e scappo nel mio appartamento, dove mi chiudo a triplice mandata. So che è infantile, abita sul mio stesso piano e niente può impedirgli di venire a bussare. Però non lo fa. Addossata contro il legno della porta, ascolto i rumori del corridoio. Sento l'ascensore aprirsi e una porta sbattere. No, non verrà.

«Che fai?» mi chiede Morgana.

«Eh, niente.»

«Allora perché sembri in agguato?» ride. «Hai paura che venga un assassino?»

«No, certo che no,» rido.

«Come è andata?»

«Bene!» affermo. «Ho trovato un asilo.»

Le racconto della riunione, ma tralascio deliberatamente il finale. Riuscirò mai a dirle che l'uomo con cui ha avuto una storiella, è il padre del mio fagiolo?

CAPITOLO 34

Matt non è venuto. Non ha suonato. E io ho lasciato che fosse Morgana ad aprire la finestra per far uscire Fendi. Sospiro di piacere finendo di truccarmi. Questa sera ho previsto di cenare da mamma e conto di avvertire tutti della mia partenza imminente per Papeete.

Prima di scendere nel parcheggio, passiamo dalla portineria per avere notizie sull'affitto di un altro posto auto. La mia nuova macchina arriverà fra pochi giorni e a me gira la testa al solo pensiero di tutto quello che devo ancora fare. Senza dimenticare che le mie notti sono passate dalle nove alle undici ore. Sono letteralmente esausta e gli ormoni che giocano allo yoyo mi gonfiano. Sì, lo so, succede a tutte le donne incinta. Ma confessarvi che piangere mentre il caffè cola, perché non è abbastanza veloce, mi deprime ancora di più. Ma mi prendo cura di me o almeno ci provo. E poi vivo con una coinquilina che non dice nulla quando mi metto a singhiozzare.

Il portinaio ci dà la lista dei vari posti disponibili e i nomi dei proprietari che vogliono affittarli. Toccherà a noi contattarli quando avremo scelto quello più adatto al caso nostro. Ma la scelta viene fatta rapidamente quando notiamo che ce n'è uno a pochi metri dal mio. Morgana mi dice che se ne occuperà lei e così scendiamo giù per andare al lavoro. Saliamo in auto, ma la mia amica ridiscende immediatamente per prendere una busta poggiata sul parabrezza. Le dico di metterla nella mia borsa e che me ne occuperò quando saremo arrivate.

Il percorso è divertente come al solito: un mucchio di partenze brusche, di colpi di clacson e gestacci con le dita. Morgana è gentile quanto me, e quindi non mi sento in imbarazzo quando urla contro un cretino che ci sorpassa in modo ignominioso. Siamo delle vere parigine nell'anima.

Siamo entrambe pronte a lavorare, quando arriviamo in ufficio. Mi preparo il secondo caffè della giornata e vado a sedermi alla mia postazione di lavoro. All'improvviso, ripenso alla busta, e l'apro.

Mia,

non credo di essermi sbagliato su quello che ho sentito durante la riunione di ieri sera. Solo che non afferro. Non sono riuscito a chiudere occhio questa notte, a forza di ripetermi ciò che ho sentito, e di ripensare a ciò che abbiamo vissuto in questi ultimi mesi.

Non si può dire che le cose siano facili con te. Mi fai impazzire da anni, e nel momento in cui mi dai una possibilità, nel momento in cui tutto inizia ad andare bene tra noi, tu fuggi. Ancora non sono riuscito a capire cosa sia successo il giorno in cui siamo andati a Disney. Liam ha fatto o detto qualcosa che non ti è piaciuto? Sono stato io?

Per pochi giorni ho creduto che avremmo avuto la nostra storia. Che avrei smesso di guardare dalla finestra della mia cucina solo per vederti. Che tu e io saremmo stati una coppia. Un po' come in un sogno a occhi aperti, speravo che avremmo intrapreso un cammino insieme. Solo che mi hai lasciato. Una prima volta, dopo la nostra cena seguita alla meravigliosa giornata passata tutti e tre assieme. E una seconda volta, dopo quella notte improvvisata, quando ci siamo ritrovati nella sauna del residence...

Fin dall'indomani, ho ripensato a ciò che avevamo fatto, specialmente al fatto che non avevamo usato nessun tipo di protezione. Non è una cosa che faccio d'abitudine, però è andata così. Abbiamo fatto l'amore senza precauzioni. Il rimorso mi ha perseguitato, non perché avessi avuto paura di trasmetterti una qualsiasi malattia, né che tu l'avessi trasmessa a me, ma per la totale mancanza di rispetto nei tuoi confronti. Ed ecco che un mese più tardi, senza che tu mi abbia visto, annunci alla riunione condominiale che vuoi un asilo per il bambino che stai aspettando. Mi faccio delle strane idee? Sono io l'uomo all'origine di questa gravidanza? In altri termini, sono il padre?

Tutte queste domande mi tormentano. Ho contattato tuo fratello durante la notte, per sapere la verità, perché pensavo che lui la sapesse. Per me era logico che ne fosse informato, ma è caduto dalle nuvole, scoprendo di noi due. Tu non gli hai mai detto nulla e nemmeno io gli avevo parlato di te. A mia discolpa, perché non voglio che tu creda che non volevo dirlo apertamente, è che mi sentivo male a parlargli del mio amore per te, visto quello che sta vivendo negli ultimi mesi. Tutti in ufficio sono informati che sta per divorziare, dopo che Charlotte è venuta a trovarlo in ufficio. La poverina ha fatto una scenata pazzesca. E Felipe non sapeva più dove mettersi. È stato così che abbiamo saputo che il suo matrimonio stava naufragando.

Per ritornare a quello che mi porta a scriverti questa lettera, devo dirti che Felipe si è impegnato moltissimo. In effetti non so chi abbia contattato, ma ho avuto la mia risposta. Nel momento in cui cominciavo a scriverti queste parole, non conoscevo tutti gli annessi e connessi. Poi, però, tuo fratello mi ha mandato un messaggio per dirmi che sì, sono io il padre. Ho voglia di vederti, ho voglia di bussare alla tua porta per parlarti. Ma non mi lascerai entrare, altrimenti me lo avresti detto, non è così? Mi avresti dato questa grande notizia. Sei incinta di un bambino che abbiamo concepito insieme e non mi hai neanche informato...

Cosa ti aspettavi? Cosa speravi? Cosa credevi che avrei fatto? Come pensavi che avrei reagito venendo a sapere che diventerò di nuovo papà? Che amo la madre di questo bambino, ma che questi sentimenti non sono condivisi? Che cosa farai?

Dentro di me ci sono tutte queste domande, e non dubito per un solo istante che altre se ne aggiungeranno. Mia, ti amo. Sei una donna stupefacente, ambiziosa e indipendente. Quest'ultimo punto, non posso negarlo. La prova è che vuoi assumerti questa maternità da sola. Ma questo bambino, il nostro bambino, non ha il diritto di stare con entrambi i genitori? Non vuoi dargli la possibilità di un focolare stabile? Non vuoi offrirci questa possibilità?

Sai, mi trovo in una situazione alquanto strana, poiché la storia si ripete. Liam non era programmato, ma è stato amato appena abbiamo saputo della sua esistenza. Abbiamo fatto di tutto, io e sua madre, per dargli solo il meglio. Ma eravamo in due. Tu, invece? Tu non mi lasci nemmeno l'opportunità di provarci... Ma alla fine provare cosa? Perché sono innamorato di te? Lo sai già, Mia.

Se servisse a qualcosa farti la corte, mi getterei volentieri ai tuoi piedi per avere questa possibilità. Diventerei un vero Romeo. Non so se mentre mi leggi stai sorridendo o piangendo, ma sappi che non abbandonerò mai la speranza. Sappilo. Non ti lascerò. Mai. Non sono uno di quegli uomini che fuggono davanti a un ostacolo. In questo caso l'ostacolo è la tua ostinazione a tenermi in disparte, a impedirmi di entrare nel tuo cuore. Però nella tua vita ci sono già. Diventerai mamma di un bambino che abbiamo concepito insieme. Sei una persona formidabile, Mia, e anche se non puoi amarmi, cosa ti impedisce di dare il meglio a nostro figlio o a nostra figlia?

Il nostro bambino non è responsabile delle nostre scelte. Non deve subirne le conseguenze.

Dimmi cosa possiamo fare.

Ti bacio teneramente e non dimenticare che ti amo.

Matt.

PS: Ti lascio questa lettera sul parabrezza così la prenderai prima di andare al lavoro. Non voglio che questo messaggio aspetti una giornata intera per essere letto.

Questa lettera è tutto ciò che ci vuole per farmi alzare e andare in bagno a vomitare. Merda, merda e merda! Al di là di tutto ciò che ha scritto, sa troppe cose. La prima è indiscutibilmente il fatto che sa di essere il padre. Che è stato lui a piantare il semino che ha fatto germogliare il fagiolo nel mio utero. Chi glielo ha detto? Non vedo cinquantamila soluzioni, tanto più che c'è una sola persona che lo sa. Joshua è il solo a esserne informato. Ma lui non ha il numero di Felipe, e nemmeno il mio fratellastro ha il suo. Mamma neanche. Come avrebbero potuto contattarsi? In ogni caso, l'informazione è venuta da lì, e questa è una certezza. Mascalzoni! Non toccava a loro decidere. È il mio corpo! *E il nostro bambino*, mi ricorda la mia coscienza.

Mi rinfresco e torno nel mio ufficio. Non mi sento molto bene e telefono al mio medico generico per farmi visitare d'urgenza. Mi dà appuntamento per l'ora seguente, e avverto Dominique e Morgana che mi assento per la giornata. Tanto il mio superiore non è stupido, quanto la mia coinquilina non comprende cosa sta succedendo. Leggo nei suoi occhi un'inquietudine che calmo con un movimento della mano, assicurandole che le spiegherò tutto più tardi.

Prendo le mie cose e impiego solo pochi minuti per ritornare a casa. Vado dal mio medico e mi faccio prescrivere nove giorni di malattia, quelli che mancano alla mia partenza per la Polinesia.

Ritorno a casa, preparo due valigie e scrivo qualche parola per Morgana, attaccando un biglietto al frigo.

Vado a prendere un po' d'aria per qualche giorno, ritornerò il prossimo week-end. Così potremo fare lo scambio delle automobili. Baci.

Le lascio il certificato medico affinché lo consegni a Dominique e torno nel parcheggio. Mi lascio dietro tutto senza uno sguardo e senza sapere dove andare.

Comincio a guidare, prendo la A10, e una volta arrivata al casello di Saint-Arnoult, mi fermo sull'area di sosta per mandare un messaggio.

Non so come avete fatto ad entrare in contatto, ma siete entrambi dei mascalzoni. È la mia vita. Le mie scelte. Non avevate nessuno diritto di intervenire. Né l'uno né l'altro.

Lo mando ai due interessati che hanno interferito in questo nuovo marasma che è la mia esistenza, e spengo il cellulare. Una volta fatto, riparto e prendo la direzione della A11. Dopo duecento chilometri, mi fermo e cerco di capire sulla cartina dove mi trovo. Ringrazio mentalmente il mio patrigno per avermi obbligato, subito dopo aver preso la patente, a saper utilizzare questo tipo di strumento, che pur essendo arcaico mi permette di sapere dove sono, in qualsiasi circostanza.

Se continuo su questa strada, rischio di ritrovarmi a Nantes, mentre se prendo la A87, potrò raggiungere Les Sables-d'Olonne. Certo si tratta di una destinazione turistica, ma all'inizio del mese di ottobre non dovrebbero esserci molte persone. A ogni modo, non sarà peggio che restare a Parigi.

Un buon centinaio di chilometri più tardi vedo finalmente il cartello della stazione balneare. Cerco velocemente un hotel e finisco in uno che mi sembra ideale: l'Atlantic Hotel&Spa. Parcheggio praticamente davanti alla porta, recupero le mie cose e riesco a ottenere una camera. La receptionist è talmente carina, anche se ho una testa da far paura, che mi dà una stanza con vista sul mare.

Una volta chiusa la porta, sistemo i miei vestiti nell'armadio e indosso qualcosa per andare nella piscina dello stabilimento. Non mi porto il telefono, nessuno sa dove sono e mi sento bene. O almeno mi piace pensare che sia questo il mio stato d'animo attuale. Quando la sera, dopo aver mangiato, salgo nella mia camera per andare a dormire, le barriere si sgretolano e mi sciolgo in lacrime, fino allo sfinimento.

CAPITOLO 35

Sono trascorsi sei giorni da quando sono arrivata in questa città dove la Vendée Globe attracca ogni quattro anni. Secondo alcune persone del luogo, con cui ho parlato mentre mi rilassavo sulla spiaggia davanti all'hotel, ho avuto molta fortuna. Doveva arrivare il brutto tempo e invece ci sono delle temperature degne di un'estate indiana, con più di venticinque gradi.

Non ho acceso il cellulare da quando sono qui e non dubito nemmeno per un secondo che la mia segreteria telefonica sia satura di messaggi simpatici e di altri un po' meno affascinanti. Malgrado tutto, questo mi permette di riflettere con calma e di prendere un po' di decisioni. Matt ha ragione: non posso ignorarlo. Ho stupidamente creduto che avrei potuto fare a meno di parlargliene. Ma ora è lui che ha messo tutte le carte in tavola.

Ho pianto a lungo, e non solo il primo giorno. Ho anche riletto più e più volte la sua lettera e alcune delle sue parole hanno iniziato a smuovere delle cose dentro di me. Al mio ritorno, fra tre giorni, andrò da lui e discuteremo del futuro. Non so se è possibile riparare gli errori che ho commesso, e al comportamento immaturo che ho avuto. Ora comprendo un po' meglio la reazione di mamma quando le ho rivelato la mia gravidanza. Dopo tutto, non sono forse stata io che dopo l'annuncio non ho voluto parlare del padre? Come ho fatto a non realizzare quanto è importante per questo bambino avere tutto l'amore che si può sperare? Inconsapevolmente, ho rischiato di riprodurre lo schema che ho vissuto per tutti questi anni: l'assenza di un padre.

Grazie a Dio non ho avuto bisogno di consultare uno psicologo, o uno psichiatra, per rendermi conto di questa triste realtà. Sono stata un'idiota a pensare che avrei potuto fare tutto da sola. Un bambino si fa in due. Penso con una certa ironia alla frase di Felipe: "Non sei la Vergine Maria" e riconosco che ha ragione. Matt ha le mie stesse responsabilità in questa storia. E, alla fine, lui è anche il più maturo.

L'ho rifiutato senza dargli nemmeno una possibilità. Ho messo fine a qualcosa che avrebbe potuto funzionare. Quando tante donne sono costrette dal destino a diventare delle mamme single, io l'ho allontanato volontariamente dalla mia vita per colpa della mia paura di amare. Perché, alla fine, è così che stanno le cose. Mi sono ritrovata deliberatamente da sola. E tutto a causa di uno sguardo che esprime solamente i sentimenti più puri di un padre verso il proprio figlio. Perché lo temo. Perché mi rende debole. Solo che l'amore ci rende più forti, no?

Ho acquistato una raccolta di poesie in una piccola libreria del centro città. All'interno, una ha attirato la mia attenzione: *Trattieni per sempre nella tua memoria,* di Victor Hugo.

Trattieni per sempre nella tua memoria,
trattienilo sempre
Il bel romanzo, la bella storia,
Dei nostri amori!

Tuttavia, avremo la possibilità di avere questo finale?

Giorno e notte, sera, e mattino,
A ogni momento,
Tra loro ribadiscono ancora
I nostri dolci giuramenti.

Vieni, nell'antro dove li pronunciammo,
Riposiamoci!
Vieni! Ci scambieremo le nostre anime
In un bacio!

Ritorno con calma verso l'hotel, accarezzata dalle parole di Hugo che mi cullano e si insinuano in me. Bighellonando sulla battigia, assaporo questo profumo di libertà che mi offre il mare. Ha così tanto potere da calmare tutti i disagi legati alla gravidanza. E anche se il mio morale oscilla costantemente tra alti e bassi, posso certamente riconoscergli questa virtù.

Arrivata in hotel, salgo nella mia camera e mi rilasso in un bagno relativamente caldo, ma non troppo, come viene raccomandato nei vari libri sulla gravidanza che ho acquistato nello stesso negozio dove ho preso la raccolta di poesie. Devo confessarvi che questi pochi giorni lontana da tutti mi hanno portato molti benefici.

Avvolta in un accappatoio morbido e delicato dell'hotel, mi asciugo velocemente i capelli prima di essere interrotta da un bussare discreto alla porta. Vado ad aprire senza preoccuparmi di sapere chi può esserci dietro la porta, nessuno sa dove mi trovo. Però rimango sorpresa di trovare Matt, con un mazzo di fiori in mano.

«Buongiorno, Mia.»

«Eh,» balbetto io, prima di aggiungere: «Buongiorno.»

«Mi dispiace,» si scusa, prima di entrare e offrirmi le rose rosse.

«Di cosa?» gli chiedo, guardandolo sconcertata.

«Di essere qui, di aver mosso quasi cielo e terra per ritrovarti.»

«Sei qui, quindi spiegami» gli dico, fermandomi ai piedi del letto.

«Quando non ho visto la tua auto, la settimana scorsa, ho sospettato che la mia lettera ti avesse fatta fuggire. Oramai inizio a capire come funzioni,» mi confessa prima di continuare. «Così ho chiamato tuo fratello...»

«Fratellastro,» intervengo io per rettificare.

«Poco importa,» risponde. «Tua madre ha sentito la conversazione e mi ha chiesto di andare da lei. Ci sono andato e abbiamo discusso parecchio, io e lei. Non volergliene, ma questo mi ha permesso di bucare un po' la tua corazza e capire cosa per te fosse così insormontabile. Tanto più che sei pronta a tutto quando desideri qualcosa. L'ho capito perfettamente quando sei venuta a farmi il discorsetto quella volta. Così abbiamo fatto di tutto per ritrovarti. Joshua è riuscito a tracciare il percorso che avevi fatto, grazie a un certo Andrew...»

«Ha seguito la mia carta blu, il mascalzone!» esclamo io sorridente.

«Non dire parolacce davanti a orecchie innocenti,» mi dice, facendo scivolare timidamente la mano sul mio ventre.

Lo lascio fare e lo osservo. I suoi occhi brillano di una tale intensità, di una tale speranza ed è appassionato e delicato quando infine mi tocca. Il suo calore si diffonde immediatamente nel punto in cui il mio fagiolo cresce. *Il nostro fagiolo*, mi ricordo. Senza rendermene conto, una lacrima scivola all'angolo dei miei occhi e noto che Matt è commosso tanto quanto me.

Poggio la mia mano sulla sua e mormoro: «Qui c'è il nostro fagiolo. Potrai mai perdonarmi?»

«Non ho niente da perdonarti.»

I minuti successivi si succedono come in un sogno. Le nostre bocche si avvicinano prima di fondersi, le nostre mani si toccano prima di partire alla scoperta dei nostri corpi che conosciamo ancora così poco. La precisione dei suoi gesti, la pazienza dei suoi movimenti, l'amore che mi dimostra, tutto questo crea una bolla, un involucro di intimità in cui ci avvolgiamo senza ritegno. Prendiamo lentamente la strada della lussuria e non so più dove sono quando raggiungo le vette dell'estasi... I suoi occhi non mi lasciano mai. Sono talmente rivelatori di ciò che prova per me, che lo lascio fare. Lo autorizzo a darmi tutto ciò che mi concede. Raggiungiamo insieme il paradiso, ed è tra le sue braccia che lascio andare la pressione che avevo accumulato sulle mie spalle.

Lo sento tastare alla cieca su un lato del letto per recuperare qualcosa, ma non capisco cosa cerchi. Quando mi mette sotto gli occhi una piccola scatola capisco cosa sta per succedere.

«Mia Johanesson, accetti di diventare la mia legittima sposa e di essere anche la futura madre del nostro bambino? Ma cosa dico? Dei *nostri* bambini.»

I miei occhi si appannano di fronte a questa semplice domanda che riveste tuttavia una tale importanza per me. Il Matt che conosco è sparito. Quello che mi sta di fronte in questo istante sembra fragile. Ma forse è così perché ha paura che lo rifiuti di nuovo. Paura dell'ennesimo rifiuto che potrei dargli, solo che questa volta, quest'ultima volta, non lo farò soffrire mai più.

«Sì.»

FINE

Care lettrici, cari lettori,

avete appena finito di leggere La vita (non così) superficiale di Mia. *Spero che abbiate apprezzato tanto quanto me questo romanzo e sono quasi certo che vi state ponendo un mucchio di domande. Specialmente sul futuro di Mia, di Matt, del fagiolo... O ancora, di Morgana, Felipe, Joshua, Andrew...*

Non abbiate paura, da qui a qualche mese, li ritroverete tutti.

Grazie mille per la vostra fiducia che mi fa crescere e superare i miei limiti, allo scopo continuo di regalarvi momenti di evasione...

A presto.

Mathias.

Garde à jamais dans ta mémoire

Garde à jamais dans ta mémoire,
Garde toujours
Le beau roman, la belle histoire
De nos amours!

Moi, je vois tout dans ma pensée,
Tout à la fois!
La trace par ton pied laissée
Au fond des bois,

Les champs, les pelouses qui cachent
Nos verts sentiers,
Et ta robe blanche où s'attachent
Les églantiers,

Comme si ces fleurs amoureuses
Disaient tout bas:
– Te voilà! nous sommes heureuses!
Ne t'en va pas!

Je vois la profonde ramée
Du bois charmant
Où nous rêvions, toi, bien aimée,
Moi, bien aimant;

Où du refus tendre et farouche
J'étais vainqueur,
Où ma bouche cherchait ta bouche,
Ton cœur mon cœur!

Viens! la saison n'est pas finie,
L'été renaît,
Cherchons la grotte rajeunie
Qui nous connaît;

Là, le soir, à l'heure où tout penche,
Où Dieu bénit,
Où la feuille baise la branche,
L'aile le nid,

Tous ces objets saints qui nous virent
Dans nos beaux jours
Et qui, tout palpitants, soupirent
De nos amours,

Tous les chers hôtes du bois sombre
Pensifs et doux,
Avant de s'endormir, dans l'ombre,
Parlent de nous.

Là, le rouge-gorge et la grive
Dans leurs chansons,
Le liseron et, dans l'eau vive,
Les verts cressons,

La mouche aux ailes d'or qui passe,
L'onde et le vent,
Chuchotent sans cesse à voix basse
Ton nom charmant.

Jour et nuit, au soir, à l'aurore,
A tous moments,
Entre eux ils redisent encore
Nos doux serments.

Viens, dans l'antre où nous les jurâmes,
Nous reposer!
Viens! nous échangerons nos âmes
Dans un baiser!

Victor Hugo

INDICE

TRAMA	**7**
RINGRAZIAMENTI	**9**
CAPITOLO 1	**11**
CAPITOLO 2	**19**
CAPITOLO 3	**27**
CAPITOLO 4	**35**
CAPITOLO 5	**43**
CAPITOLO 6	**51**
CAPITOLO 7	**59**
CAPITOLO 8	**67**
CAPITOLO 9	**75**
CAPITOLO 10	**83**
CAPITOLO 11	**91**
CAPITOLO 12	**99**
CAPITOLO 13	**107**
CAPITOLO 14	**115**
CAPITOLO 15	**125**
CAPITOLO 16	**133**
CAPITOLO 17	**141**
CAPITOLO 18	**149**
CAPITOLO 19	**157**
CAPITOLO 20	**167**

CAPITOLO 21	**175**
CAPITOLO 22	**183**
CAPITOLO 23	**191**
CAPITOLO 24	**201**
CAPITOLO 25	**209**
CAPITOLO 26	**219**
CAPITOLO 27	**229**
CAPITOLO 28	**239**
CAPITOLO 29	**247**
CAPITOLO 30	**257**
CAPITOLO 31	**267**
CAPITOLO 32	**275**
CAPITOLO 33	**283**
CAPITOLO 34	**291**
CAPITOLO 35	**299**

L'AUTORE

Mathias Paris-Sagan, il cui nome è ispirato alla vita di Françoise Sagan e non alle sue opere, fa vivere ai suoi personaggi vicende complicate, molto vicine a ciò che spesso è la realtà. Affascinato dalla vita, trae la sua ispirazione da un nulla e inventa storie sorprendenti, che possiedono tutti gli ingredienti per far viaggiare i lettori in un mondo in cui il lieto fine è sempre assicurato

Made in the USA
Middletown, DE
03 April 2017